唐诗甄品

王志清 著

河北出版传媒集团
河北人民出版社
石家庄

图书在版编目（CIP）数据

唐诗甄品 / 王志清著. -- 石家庄：河北人民出版社，2022.3
ISBN 978-7-202-13775-8

Ⅰ.①唐… Ⅱ.①王… Ⅲ.①唐诗－诗歌研究 Ⅳ.①I207.227.42

中国版本图书馆CIP数据核字(2021)第229354号

书　　名	唐诗甄品
	Tangshi Zhenpin
著　　者	王志清
责任编辑	王　静　王　岚
美术编辑	李　欣
封面设计	马玉敏
责任校对	余尚敏
出版发行	河北出版传媒集团　河北人民出版社
	(石家庄市友谊北大街330号)
印　　刷	河北新华第一印刷有限责任公司
开　　本	787毫米×1092毫米　1/16
印　　张	13.5
字　　数	156 000
版　　次	2022年3月第1版　2022年3月第1次印刷
书　　号	ISBN 978-7-202-13775-8
定　　价	38.00元

版权所有　翻印必究

序言

中国是一个诗的国度。作为中国诗歌的天花板，唐诗距今已有千年之遥远。如何跨越时空，与遥远的审美对象取得共振，我们一直并存着专业和普及两个战线。尽管中间也有走出学术象牙塔的各类选本、教材、鉴赏辞典、百科全书等这样的交叉，但大多时候是各自为政。以上四种交叉性成果在专业研究领域，也远不如论文、专著和古籍整理更被认可。怎样能像白乐天的诗歌一样雅俗共赏，始终是摆在两条战线不同作者读者面前的一个问题。

王志清教授的《唐诗甄品》，给我们提供了解决这一问题的良好思路。这部雅俗共赏的唐诗研究著作，既兼得熟参之功与妙悟之趣，同时也兼备学术性和可读性，体现出一种独具特色的著述品格。

"唐诗甄品"之命名，值得品味。与高棅《唐诗品汇》意在汇集正始、正宗、大家、名家、羽翼、接武、正变、馀响、旁流之唐诗九品不同，也有别于钟嵘《诗品》评骘诗人的上中下三品，《唐诗甄品》的用意，是围绕公元618年至907年这将近三百年间的唐代诗歌，加以别裁鉴赏而涵咏滋味。甄品者，甄别品评也，昔人所谓"陶甄品汇""甄品详谛"也。而《唐诗甄品》之"甄"，别裁鉴赏也；"品"者，涵咏滋味也。三口为品，众多之谓也；陶人作瓦为甄，鉴别选拔之谓也。未来的唐诗研究史，恐怕要给这一崭新而独特的品目留下足够章节。

在众多优秀的唐诗作品作家中，全书甄选十六桩个案，分章加以品评鉴赏。其主要特色在于，独抒己见，大胆论断；很多结论，颇具颠覆前人知见的看点，令人联想到"甄读为震，震动之意"（段玉裁语）。不过，这些看点，绝非片面迎合媒体热点，故作翻案，而是在没有学术压力的自由情形之下，于慢品细读中，静思熟参之后的有机成果。乍看起来，有些或许与学界的常见常识常论并不相同，但也正因如此，才更具有一隅三反的参考价值，与《诗品序》所谓"直寻"可谓一脉相承，亦禅家所谓"现量"之意也。在这个意义上，笔者非常欣赏著者率真耿直的学术个性——走自己的路，而非人云亦云，独与唐诗唐人精神相往来，然不傲睨于学界已有成果，以臻于"充实不可以已"之境。

算起来，现代意义上的唐诗研究已过百年，甄别品评唐诗的路数虽百花齐放，但重要者基本上不外乎文献、理论、感悟三种，正可分别对应着真的追求、善的追求、美的追求。笔者从上个世纪末的1997年开始撰写隋唐五代文学综述，从纸本到电子本，由前知网时代至数字化时代，已连续撰写20多年，相对于综述的研究对象——李唐王朝的三百载而言，笔者所亲历的二十载，只是历史长河中的一丝微澜，但对研究者而言，却着实可称是承旧启新的重要阶段。在唐诗研究可资利用的文献和史料基本完备的今天，诗史与分期、空间与地域、流派与思潮、接受与传播、因革与动力、原点与特质、生态与文化等综合研究，作家与作品、题材与体裁等个案研究，唐诗学体系建构、唐诗理论研究、艺术规律探索等宏观研究，相对而言还有很大发展空间。

但是，环顾每年蒸蒸日上的唐诗研究成果，笔者最大的感触就是，像闻一多《唐诗杂论》那样体现个性、熔铸性灵或情趣的研究，已经近乎绝迹，触目都是符合学术规范的力著，大多还都填补空白。与民国学者纵比，与国外汉学家横比，眼下此地是视研究为事业（有时是产业），著书所谋，或为学位，或为课题，或为所谓学术，稻粱味浓，烟火气重，愈来愈远离兴趣。对此，十二年前，王志清教授在总结改革开放三十年唐诗研究成果时，也曾在综述的基础上，专门就学界研究的得失利弊加以剖析，指出不足与缺憾。

因此，《唐诗甄品》正可视为著者在指出向上一路的研究方向的基础上，具有实践性质的研究成果。这一成果，显然未取陈尚君先生擅长的文献整理的路数，也有别于董乃斌先生擅长的理论建构，而更接近赵昌平先生擅长的艺术感悟。志清教授多年来始终致力于在直接感知与整体把握中直面唐代诗人诗作，注重直觉判断，强调情感参与，颇具审美自信，其风范有些接近本所陶文鹏老师——同样擅长旧体诗创作的一位可敬可爱的前辈。相信读者从《唐诗甄品》每章结尾的七绝诗中，可验此言不虚。

放眼今日学界，能够创作与研究兼善的学者可谓屈指可数。眼下的中国，可能是最缺少诗意的年代——消费时代，传媒时代，网络时代……世界渐小，而诗意渐远；交流愈便，而情谊愈淡。商业化、城市化、数字化，环境污染、资源破坏、生态失衡……眼前变化之快之巨之广，已远超任何诗意的想象。早些时候文论学界的失语症，曾如癌蔓延，之后有人宣称文学理论（包括诗歌理论）已死，乃至文学（包括诗歌）亦亡，而文学史（包括诗歌史）有限论与无限论的辩争还未及展开，E考据、机器人作诗，已接踵而来。诗歌何为？诗史何为？诗歌研究何为？

不妨停下匆匆脚步，回望唐诗的远空，遥忆曾温暖我们心田的唐诗之梦。就算明晨世界毁灭，眼下依然需要可以淡然坦然怡然面对春花秋月的清澈之心、皎然之眸。唐诗，并非万能药，也难以催眠一切，但唐诗的灵与感，不亚于哲人之思，禅者之悟，有时也能改变乾坤；风的颜色雨知道，月的温柔云可晓，心的深广，唐诗或许最明瞭。正如林庚先生所说："中国被称为是一个诗的国度，唐诗就是这国度中最绚丽的花朵。它的丰富的创造性、新鲜的认识感，是祖国古代灿烂文化中永远值得自豪的艺术成就。我们今天读唐诗当然不是打算去摹仿唐诗，摹仿是永远也不会让人感到新鲜的……我们读唐诗，正是要让自己的精神状态新鲜有力，富有生气，这种精神状态将有助于我们自己认识我们周围的世界；而世界的认识却是无限的。唐诗因此正如一切美好的古典艺术创造，它启发着历代一切的人们。"①确实，唐诗不仅是华夏民族的文化遗产，也是世界人民的共同财富。岁月沧桑，物质性的存在终将消逝，而作为精神财富的唐诗当会永存，持续地"照烛三才，晖丽万有"（锺嵘《诗品序》）。辉煌而丰神独具的唐诗，不仅是美育和文学教养的经典，哺育了伟大的诗歌传统，同时也是其他艺术创作挹之不竭的灵感源泉。

展阅《唐诗甄品》，与唐代诗人对话；慢品王志清教授笔下的十六桩唐诗公案，与唐人和唐诗进行心灵交流。汉语是一种

---

① 林庚：《唐诗综论·我为什么特别喜欢唐诗——代序》，人民文学出版社1987年版。

富有诗意的语言。数量有限的汉字,组合为意蕴无限的唐诗诗意之美。无论如拾级而上的律诗,还是沿着自然之坡原展开的古体,必有一种节奏,一帧画面,一缕情思,一段感悟,堪与世间唯一的你——有情有意的读者朋友,共鸣相应。而每首唐诗背后的本事、异文、争议等,更会随着书中娓娓道来的辨析赏评,令你得到深入浅出的阅读享受。这种享受,在前辈中,可追溯至金性尧、栗斯、肖文苑、李元洛等,而当代作家中,则有江弱水、西川、汗漫、潘向黎、六神磊磊等。当然,体貌相似而神情迥别,因为像志清教授这样古今打通、创论兼善的学者,实在不多见也。

　　由此联想到本所前辈钱锺书先生。王水照老师在接受戴燕教授采访时,曾经说:"钱锺书那一代是从研读大量的原典入手的,相比之下,我们则有些'先天不足'。从面对文献的身份而言,他们既作为一个研究者,也是一位鉴赏者,又是一位古典诗词的创造者,这三种身份是合一的。"[①]同样也是王姓的志清教授,可以说,也正是这样的三位一体者也。这种三位一体,与苏轼那种文人、学者和官员的三位一体,也是貌相似而神不同。

　　苏轼《记三养》,有安分以养福,宽胃以养气,省费以养财,志清教授的斋号,恰巧也是三养斋,但不同的是他的"三养"是养志、养心、养身,并取博采众长、广为汲取之意。敝乡前贤马忠骏,曾自辟田园,结遁园吟社,日事吟咏,率子女课耕课读于内,他也自称三养斋斋主,以养心、养德、养身为三养,与志清教授大同小异。志清教授所在的南通,和笔者所居之京华通州,正所谓"南通州北通州,南北通州通南北",而

[①]《王水照访谈:文学史谈往》,收入戴燕《陟彼景山:十一位中外学者访谈录》,中华书局2017年版。

三养,无论具体内容如何,其目的无非是钱默存先生所倡导之打通,打通四部,打通古今,贯通中外,沟通研创,融通雅俗,互通文献、文化、文学三维学术境地,兼备学人、文人与诗人三重风范。这个理想的境界,正是《唐诗甄品》所带给我们的期待。

不揣浅陋,奉命为序。纠偏补阙,望之大雅。

陈才智

辛丑寒露

于京华通州

(序者系中国社会科学院文学所研究员,中国社会科学院研究生院教授,中华史料学学会副会长,中国王维研究会会长,中国苏轼研究学会副会长等。)

前言

第一次这么写，随笔的写法。整理出类似笔记的一些读诗参悟，而将原来很熟悉的那些唐诗与诗本事，读出了陌生来，并真诚地说出来了。我以为我是读出了自己，是自己的见解而非学舌与照搬，是独有会心，是颠覆自己，自然也可能是颠覆了别人。

郭沫若先生很是看不起那些没有己见的研究者们，认为这些"近时专家"对唐诗与唐代诗人的认识，不是自己的，而是古人的。他写《李白与杜甫》就有着这种鲜明的针对性。郭沫若在《李白与杜甫》里明说，他确有翻案"抑李扬杜"的意思。郭老喜欢做翻案文章，也确实翻了不少历史的案。翻"抑李扬杜"案有什么不可以呢？作为学术研究应该没有什么过错的。郭老非常不满的是过誉杜甫，他这样揶揄说："以前的专家们是称杜甫为'诗圣'，近时的专家们是称为'人民诗人'。被称为'诗圣'时，人民没有过问过；被称为'人民诗人'时，人们恐怕就要追问个所以然了。"他认为，这些"近时专家"只是"换上了一套新的辞令"，而观点还是古人的。他辛辣地批评说，那些"新旧研究家的眼睛里面有了白内障——'诗圣'或'人民诗人'，因而熟视无睹，一千多年来都使杜甫呈现出一个道貌岸然的样子，是值得惊异的"。[①] 这种不为尊者讳的有所冒犯，真应该是研究者所必具的胆识。我

[①] 郭沫若：《李白与杜甫》，《郭沫若全集》第四卷，人民文学出版社1982年版，第346、336、433页。

真不是要为《李白与杜甫》翻案,而是认为这样读出自己而说出真话来也并非易事。三十年前读《李白与杜甫》,与现在再读,感觉完全不一样。我这才发现,这是一部正常的学术著作,真不应该有以政治偏见来考量的批判。如果纯是就事论事,从学术规范性与学术水准来考量,当代李杜专家也真没几人能够超越郭沫若的,尤其是他读出了自己。

袁枚说:"双眼自将秋水洗,一生不受古人欺。"(《随园诗话·补遗 卷三》)这也是说我们阅读中的痼疾的,"受古人欺"与"白内障"差不多是一个意思,只是郭说侧重说自欺欺人,袁说侧重说被欺。学界的那种起哄跟风者,是先受人欺,而后欺人也,作品还没有细读,或还没有读懂,就无端起哄。钱穆先生说:"若读诗只照着如《唐诗别裁》之类去读,又爱看人家批语,这字好,这句好,这样最多领略了些作诗的技巧,但永远读不到诗的最高境界去。"[1]钱先生所批评的这种读法,最要害的是思想的惰性与禁锢。因此,那种阅读的见解,多现成得来,而后作学舌古人的转述,作搬运性的整理。唐诗穿过千年云烟,经过百代解读,尤其是那些经典唐诗,被缠裹上了千百层豪华包装而让人难见真身,遮蔽了我们对唐诗的真切认知,看不到唐诗的"自性灵光",或者说我们看到的不再是原生态的"不染一尘"的"胴体",故而受古人之欺亦在所难免也。而我们所认定的唐诗,又主要是依据康熙朝编定的《全唐诗》。这部九百卷五万首的大书,由十位江南在籍翰林仓促编成,而所收录唐诗未加充分考证鉴别,不仅有将说不出名来的好诗认作唐诗的现象,也有强行将某诗不合适地归入某

---

[1] 钱穆:《中国文学论丛》,北京三联书店2002年版,第122页。

某唐人名下的做法，还有一首诗同时在两三个人名下出现的情况。而由于版本的问题，同一首诗的异文现象也不少。陈尚君在接受采访时说，《全唐诗》里"伪诗很多"。李白的诗来源很杂，"有的诗100%是李白的，有的诗只有1%的可能性是李白的，李白名下的伪诗至少就有几十首"。[①] 其实，杜甫诗亦然，有的诗百分之百是杜甫的，有的诗只有百分之一的可能性是杜甫的，譬如杜甫《江南逢李龟年》，怎么看怎么不像杜甫的诗。如何才能老吏断案，在没有文献可以依托的情况下，断定是否"伪诗"，那就要靠鉴宝家那样的"眼力"，通过细读性地把玩品鉴而来推断。袁行霈先生说："长期以来，在庸俗社会学的影响下，古典文学研究往往离开了作品的审美特质，片面强调所谓现实性、人民性，文学遂成为某种思想的图解。如何从审美的角度对古典文学作出新的评价，是一个需要相当长的时间才能解决的课题。"因此，他认为："作品赏析——也就是对作品的再认识、再评价，作为一项深入细致的基础工作便日益显出它的重要。"[②] 这种"作品赏析"，就是我们所说的甄品性质的鉴赏，就是撇开"人家批语"而不为古人所欺地自己去读，"从审美的角度对古典文学作出新的评价"。因此，唐诗研究，要求研究者首先应该成为一个有情趣有灵性有审美力的文学的人，做一个不愿为古人欺也不能为古人欺的智慧读者。

唐诗是一种比儒家文化还要深入人心的美感文化，深蕴中国人审美意趣与文化价值观。唐诗的音律美、辞采美、人性美、哲理美、意境美，饱含着中国人理解自然和人生的大智

---

① 李乃清：《陈尚君：〈全唐诗〉49403首，伪诗很多》，《南方人物周刊》2020年第九期。
② 袁行霈：《重视古典文学鉴赏》，人民日报1986年8月4日第7版。

慧，具有独到的永远的语言魅力，成为特别有效的文学启蒙的内容与形式。闻一多先生认为，如果没有审美想象和个人体验，仅有清人的朴学方法和现代的"科学方法"，他仍然"还是离诗很远"。没有比较好的审美力，或许也能考辨与研究，但不能审美；没有对于美的会心，诗的好坏只能从思想上来分析，那自然就不可能真正地亲近唐诗了。"搞文学研究，若没有敏锐的审美能力，没有感情的共鸣，只靠纯理性的分析是不行的。文学不是哲学，也不是历史。现在研究文学的人，有的光搞史料清理，或者光搞历史背景研究，历史背景的种种问题，当然对于全面了解当时的文学有必要，但是研究完这些问题以后，一定要回到文学上来。假如不回到文学本身，那就不是文学研究，而是历史学研究、社会学研究或别的什么研究。"①因此，唐诗研究，不仅需要踏实的文献之功，而且需要趋于诗性的凌空之思，需要研究者真正于诗中获得新鲜而真实的文学感受，需要有直觉性灵之审美参与的熟参与妙悟。笔者享受唐诗，与经典同行，与圣贤为友，在诗性世界里过着一种高贵的生活。读唐诗几十年，像模像样的论文发表了百来篇，专著也有了十来部，然越往后来，越发现自己也曾被"古人欺"，越怕为"古人欺"也。赋闲以后，读诗癖好不改，写作也不为赶报项目或应酬考评考绩了，思想变得特别的自由，也特别有闲工夫自由思考，读唐诗自觉跳开"人家批语"而直接涵咏品鉴，把那些耳熟能详的、司空见惯的诗，读出了不是古人的认识。

因此，我的唐诗研究，越来越偏重于细读的感受，偏重

---

① 罗宗强、张毅：《罗宗强先生访谈录》，《文艺研究》2004年第3期。

于美学的感悟，偏重于情性参与的体验，虽然也是文艺学与文献学的协同作战，而多以作品呈现的"创作意图"起决定性作用。我不是不重视"文献事实"的实证考据，而是以为，"二重""三重"证据法，是对唐诗研究的极限挑战，是理想化了的学术研究。因为不是所有的纸本材料，都可能有地下出土的新材料予以补正的；因为也不是所有需要考订的文本都可以追溯到源头，而以原始文本来佐论的。唐诗研究是一种心灵的学问，是生命与学问的碰撞，是理性和感性的融合，是知识、思维和视野的交汇，重要的是通过美学活动去体验与领略唐诗意蕴，感受到诗人的感情温度。在文献考证无能为力的时候，我只有尝试用文艺学的方法来解决文献不足的问题，用形象思维来支撑逻辑思维，强化唐诗读写中的审美活动，大胆相信自己的审美判断。书题为"甄品"，重于别裁鉴赏而涵咏滋味也。"甄品"与"珍品"同音，所选皆唐诗名篇精粹，其中讨论的问题，亦多热点，或语焉不详或为人困惑者也。

　　前言，我把这些话放在书的前面说，真诚地说出了我写这部书的一些想法。因为只是真诚地言说，说出点真诚来，书稿本意虽不在于"颠覆"而却有了些"翻案"的意味，就唐诗中的一些"热点"或"热点"唐诗，读出了并非人云亦云的认识，不全同于古人说的，甚至也不全同于自己先前说的了。我不愿意被古人欺，也不希望读者为我所欺矣。

　　正所谓：

细读并非皆擅场，若无妙悟瞽朦盲。
唐诗参破三千后，始不跟风说短长。

目录

第一编　婉讽考辨

第一章　何以抬杠武则天／003
一、恭维耶抬杠耶／003
二、龙种生南岳／007
三、常愿能够事仙灵／009

第二章　所怀者应为玄宗／014
一、望怀处当在曲江／014
二、不堪盈手相赠／018
三、五律中的《离骚》／022

第三章　未能"达道"非谐谑／025
一、避俗未必即达道／025
二、因其一生颇恨枯槁／028
三、自古人心怜子同／033

第四章　寄北即是寄令狐／038
一、以妻译北到何时／038
二、何当可剪西窗烛／042
三、当解其中干谒之意／046

第二编　微意深参

第五章　为什么"领解者少"／053

一、傲吏并非真傲／053

二、最难还是"身心相离"／056

三、读者如何才"够资格"／060

第六章　何以教香菱先读王维／064

一、骨子里宗唐抑宋／064

二、源来深宗王维／067

三、学诗入门须正／071

第七章　"故人"关系未必可靠／075

一、送赠二诗疑点多多／075

二、阑入不是没有可能／082

三、憾无其他旁证材料／084

第八章　野菊移栽的异化／088

一、愿泛于金鹦鹉杯／088

二、盼取霜栽近御筵／090

三、坞边野菊欲得清晖／095

第三编　旧说别解

第九章　岂是一诗能够免罪／099
  一、泪下私成口号／099
  二、抗节以仁者之勇／102
  三、大义不污天宝之乱／106

第十章　少陵何以呼其"高人"／110
  一、气闷的是不见知音／110
  二、时辈皆许以高流／114
  三、爱汝玉山草堂静／116

第十一章　妙在中间二联纯写景／120
  一、景极工而不可追摹／120
  二、皆暗合庄禅理谛／123
  三、将意境做到极致／126

第十二章　"恶诗"之诮有失公允／131
  一、张祜自不敢争锋／131
  二、李白自比如何／135
  三、徐李二诗优劣自见／138

第四编　异文理校

第十三章　王湾料也难自选／145
　　一、初稿耶修改稿耶／145
　　二、何以要重"原璧"／149
　　三、绝笔海日生残夜／153

第十四章　"衔命"本似应更好／156
　　一、于谐律上来考量／157
　　二、起处即有崚嶒之势／160
　　三、意境之高下立判／164

第十五章　"射雕"诗的传奇／171
　　一、入编中唐应有深意／172
　　二、"未敢优劣"非笃论／174
　　三、或被误导而王冠张戴／178

第十六章　登高已力不从心／181
　　一、是否"未免过夸"／181
　　二、最不愿自然本色呈露／183
　　三、是乃强弩之末也／188

后记／192

第一编

婉讽考辨

引子

我们与经典同行，与圣贤同游，于唐诗里登峰造极。

蓦然发现，我们已不在唐诗的原地跋涉，来到了很熟悉又很陌生的地方，却是个新鲜活力而没有故旧仓味的地方。

唐诗研究的路子很多，不是只有文献整理一条路，也不是文献整理独尊独大，喜欢怎么做就怎么做，由个人的才性决定。

可以崇尚实证考据，而有"孤证不立"之信奉，还讲"二重""三重"证据法，但不全盘否定"疑古"，更不能不屑"细读"的鉴赏。

历史研究的方法，可以用于唐诗研究，但不能让历史研究取代文学研究。唐诗的历史研究，是文献研究的一部分，但不是唐诗研究的全部。

从文本细读原理看，我们每个人可能都是带了自己隐秘的经验进入阅读的，但这并不意味着文本可以被随心所欲地解读。"从作者的个性和生平方面解释作品，是一种最古老和最有基础的文学研究方法"（韦勒克、沃伦:《文学理论》），而这种方法，却能够使诗人与诗歌研究"在场化"，揣摩诗人的"本意"与文本的"诗意"，而抵达阅读的深度，对唐诗作出并非人云亦云的评价，而获得更多的审美快感。

第一章

何以抬杠武则天

提起陈子昂,很少有人不知道他的《登幽州台歌》的,他特别著名的还有《与东方左史虬修竹篇序》。这篇序更是让陈子昂身价百倍。此序被誉为唐诗的旗帜,陈子昂也成了唐诗的旗手。而冠以此序的《修竹篇》诗,却不大为人所熟知,也极少有唐诗选本选入。

由于对陈子昂的研究(包括文学史教学),注意力多放在此序上,而不关注此诗,重序轻诗,甚至根本就无视诗的存在,造成序诗分离、诗序脱节,故而对这篇诗前小序不能深刻认识与准确理解,甚至发生了认识偏差。

一、恭维耶抬杠耶

《修竹篇》是一首很有故事的诗,如果结合序来读诗,则有一种强烈的感受:牢骚太盛,自负太高,失望太深。我们不妨先来读其序,全序如下:

东方公足下:文章道弊,五百年矣。汉魏风骨,晋宋莫传,然而文献有可征者。仆尝暇时观齐、梁间诗,彩丽竞繁,而兴寄都绝,每以永叹。思古人,常恐逶迤颓靡,风雅不作,以耿耿也。一昨于解三处,见明公《咏孤桐篇》,骨气端翔,音情顿挫,光英朗练,有金石声。遂用洗心饰视,发挥幽郁。不图正始之音,复睹于兹,可使建安作者相视而笑。解君云:"张茂先、何敬祖,东方生与其比肩。"仆亦以为知言也。故感叹雅制,作《修竹诗》一篇,当有知音以传示之。

子昂此序将东方虬引作知音,而对其诗竭尽赞美之能事,其实是借赞东方虬的《咏孤桐篇》诗,来表明他的诗观,发泄他的不满。这段二百字的序,分两个部分:第一部分是指斥诗弊。序借抨击梁陈,影射当下,认为诗坛绮靡充斥,风雅不再,诗歌过分追求华丽,缺乏比兴寄托,故于心不安而感慨万千。第二部分盛赞虬诗。从"一昨于解三处"开始,说虬诗美到极点,声情并茂,抑扬起伏,鲜丽粹练,而具"金石声"的韵律美,透露出一种端直飞动的风骨美,认为解三说其诗可与晋代著名诗人张华、何劭相比肩,是乃"知言"也。

这篇被后人说成是推动唐诗发展的纲领性文献的文字,简直就是一篇"谀评"。东方虬的诗,果真如子昂所说的那么好吗?未必也。东方虬,官左史,也就是一般性的朝廷活动的记录工作,而其存诗仅四首,不以诗名,文学史上没有他的地位。非常反讽的是,他的那首被子昂夸到极致的《咏孤桐篇》竟也失传。因此,我们可以负责任地推断,这篇《咏孤桐篇》再好也好不到哪里去。那么,为什么子昂要这样"谀评"呢?事出反常必有妖。美国著名汉学家宇文所安就说:"我们应该看到,这篇文章并不是单纯的理论阐述,而是来恭维一位赏识他那一类作品的高级官员,希望赢得他的青睐。"[1] 也就是说,陈子昂是想要通过寄诗来"恭维"东方虬的了。单从字面看,《修竹篇序》似有"恭维"之嫌疑。然而,联系子昂的人生经历与现实境况看,我们对宇文所安的观点则表示怀疑了。我们以为,此序中确

---

[1] 宇文所安:《初唐诗》,北京三联书店2004年版,第129页。

有"恭维"的意思，但其目的应该不是为了"恭维"东方虬，更不是想要得到东方虬的"青睐"。如果子昂真想要恭维哪个官员，他应该恭维宋之问才是。宋之问乃武周时代的首席诗人，诗名极盛，史载："(宋)弱冠知名，尤善五言诗，当时无能出其右者。"宋因文才出众而为宫廷侍臣，颇受恩宠，时为考功员外郎，兼修文馆学士。考功员外郎为吏部考功司副长官，负责考查文武百官的功过，属于管官员的官员。子昂不去恭维宋之问，反而来恭维东方虬，我们以为，把序这么写纯是为了发泄，借"恭维"之名，而行挑战之实，说直接点就是在"抢白"武则天，与武则天抬杠。

何以如此说？姑且从子昂《修竹篇》的写作背景来看。此作应该是作于子昂仕途失意失势甚至绝望的时候，作于子昂由"颂武"到"非武"之时，或者说就是作于其辞职还乡之前夕。而其中所透露出来的信息，则让我们很自然地联想到"夺袍赐宋"的故事。子昂是个任侠使气之人，时在屈辱之际，由原来的得宠到如今的失宠，大类有先得紫袍而后被夺之的羞辱，因此，他主动寄诗给被羞辱的东方虬，既有安慰对方的意思，又有自我安慰而发泄不满的意思。

《唐诗纪事》载：

> 武后游龙门，命群官赋诗，先成者赐以锦袍，左史东方虬诗成，拜赐，坐未安，之问诗后成，文理兼美，左右莫不称善，乃就夺锦袍赐之。

圣历二年（699）春，宋之问、沈佺期、东方虬等扈从游龙门，同应制赋诗，之问得夺锦袍。锦袍之得而复失，东方虬输给了宋之问，这应该是情理之中的事。以诗而论，东方虬肯定不在宋之问之上。何况宋之问龙门夺魁也不是此一次。唐中宗曾令扈从赋诗，群臣献应制诗百余篇，最后宋之问与沈佺期二人决一雌雄，沈佺期也输得心服口服。问题是，武后率性，将锦袍夺回而另赐，弄得东方虬好生尴尬，这也是子昂感到十分不满的，从而引发了抬杠武则天的举动。宋之问的诗"文理兼美"，武则天认为好，"左右莫不称善"。而子昂却盛赞东方虬，盛赞于诗擂上输给宋之问的东方虬，反其意而赞之。范文澜说："（子昂）作诗能直抒己见，和沈、宋走相反的道路，这在当时，非有豪杰的气概，是不敢这样做的。……武则天时，士人都追随沈、宋作近体诗，独陈子昂作古诗与流俗对抗，固然近体诗是五百年来诗的自然趋势，是新产生的优美品种，但古诗也不容从此废弃，自陈子昂张扬古诗的旗帜，唐诗始备古近二体。"[1]子昂敢以"豪杰的气概"挑战宋之问，"走相反的道路"。他可以不认为宋之问的诗好，但他也没有必要硬把东方虬并不怎么样的诗"谀美"到极致呀。这个让人一直很费解的诗本事，结合龙门夺袍看，就不难解释了。子昂的"这篇文章并不是单纯的理论阐述"，他所以这么写，是不满武则天的裁判，与女皇抬杠，极其大胆地颠覆武则天。

　　子昂《修竹篇序》里说，他是在朋友处读到东方虬的《咏孤桐篇》，有感而作《修竹篇》。其实，这完全是一种托词，是他满腹忧愤而需要发泄的一个由头，是借题发挥。子昂借大赞东方虬之名，而鸣自己被羞辱被冷落的"耿耿"不平。关键还是因为"这样的予夺，对诗风有很大影响，由宫廷予夺变为科举得失，全国士人谁不从风而靡"（范文澜语）。即武则天的裁判，具有诗之走向的导向性。而子昂有些对着干的意味，他在《修竹篇序》里提出了以革新为目的的"复古"理想，认为诗要发扬批判现实的传统，不仅要政治倾向鲜明，还要有高尚充沛的情感和刚健充实的内容，要有端庄正大、刚健遒劲、清新明丽的美学品格。这是恭维呢，还是抬杠呢？

---

[1] 范文澜：《中国通史简编·百花盛放的唐文苑（诗词）》，人民出版社1965年版，第668页。

二、龙种生南岳

　　陈子昂现存诗共一百二十七首,其中古体诗七十七首,近体诗五十首。其古体诗的影响大于近体诗,人们在评价子昂诗歌成就时多着眼于其古体诗。古人特别推崇子昂在唐诗建设与发展中的重要作用,方回称他为"唐之诗祖也"(《瀛奎律髓》),应该不仅是指他在古体诗上的贡献。而他的《修竹篇》诗可谓其古诗的代表作,全诗如下:

　　　　龙种生南岳,孤翠郁亭亭。峰岭上崇崒,烟雨下微冥。
　　　　夜间鼯鼠叫,昼聒泉壑声。春风正淡荡,白露已清泠。
　　　　哀响激金奏,密色滋玉英。岁寒霜雪苦,含彩独青青。
　　　　岂不厌凝冽?羞比春木荣。春木有荣歇,此节无凋零。
　　　　始愿与金石,终古保坚贞。不意伶伦子,吹之学凤鸣。
　　　　遂偶云和瑟,张乐奏天庭。妙曲方千变,《箫韶》亦九成。
　　　　信蒙雕斫美,常愿事仙灵。驱驰翠虬驾,伊郁紫鸾笙。
　　　　结交嬴台女,吟弄《升天行》。携手登白日,远游戏赤城。
　　　　低昂玄鹤舞,断续彩云生。永随众仙去,三山游玉京。

　　《修竹篇》诗共三十六句,一分为二,前后各十八句,分为两大部分。第一部分主要写修竹之"龙种"品质。诗人比兴寄托,咏物抒怀,对比表现,修竹虽备受严冬霜雪折磨却青绿如故,而即便万木皆发却不与争荣。"春木有荣歇,此节无凋零。始愿与金石,终古保坚贞"四句,结言端直,寓理于象而自揭原委,突出表现其刚直不阿、坚贞不屈的品格,也委婉道出怀才不遇的痛楚。第二部分则转而写"洞箫"的神奇妙用。从"不意伶伦子,吹之学凤鸣"开始,歌赞对象由修竹转向了洞箫,重点表现诗人"常愿事仙灵"的人生理想与虚幻境界,结伴仙家,携手仙子,在美妙的《升天行》乐曲里,登白日,戏赤城,走三山,游玉京,玄鹤在身边忽高忽低地起舞,彩云在四周时断时续地飘飞。诗人在这里尽情描绘其结伴众仙自由欢乐的理想境界。

宇文所安说：子昂此诗"具有明显的自传寓意"，是为得珠之言也。然而，宇文先生认为，子昂是"向东方虬暗示，希望能够在宫廷圈子里升得更高"，还用了接近"天庭"的典故。我们则感到，诗里所传达出来的信息恰恰与此论相反。子昂早有了"春风正淡荡，白露已清泠"的深深痛感，对于仕进已彻底绝望，做好了放浪游仙的思想准备，通俗点说，就是"横竖横"了，表现出一种抵触与对抗的情绪，诗的后半部分集中写其"永随众仙去"的自由与欢乐，而不是要去接近武周"天庭"，因此，他真要是有什么接近"天庭"之想的话，这种"恭维"也是没有用的。恰恰相反，正是因为他已经没有了接近"天庭"之想，他才有这样所谓的"恭维"，不是想"升得更高"而接近"天庭"，恰恰是准备远离"天庭"了。他以"恭维"东方虬为名，寄慨泄愤，而较劲武则天，打脸武则天，表达他对当下诗风甚至是武后弊政的极端不满。因此，如果真要说恭维的话，子昂在恭维他自己，这在他《修竹篇》诗里是明摆着的。

闻一多先生说："中国伟大的诗人可举三位作代表，一是庄子，一是阮籍，一是陈子昂，因为他们的诗都含有深邃哲理的缘故。"[①] 闻先生说的这三个诗人，本质上都是思想者，是千古诗人中少有的思想巨人。杜甫称赞子昂："有才继骚雅，哲匠不比肩。"这也是看重其诗的思想性。这三个诗人的文字都具有强烈的理性意识和批判精神，而以子昂诗尤盛，《修竹篇》诗与序，皆具有深刻的思想性和鲜明的政治寓意。宇文所安先生也这么看。

---

① 闻一多：《唐诗杂论》，中华书局2009年版，第246页。

三、常愿能够事仙灵

我们不能忽略的是,《修竹篇》里有一句诗"常愿事仙灵",很有意味,话中有话。这是陈子昂的表白:你是仙灵,我就为你服务,我常有能"事仙灵"的想法。如果你不是仙灵了呢?子昂没有说,然不说之说也。

子昂乃汉名相陈平之后,祖传阴阳历算,其父陈元敬亦擅长五行占卜术,善推天文历算,预测天道人事,认为武后的出现,顺应了贤圣复生的"天道",而子昂则有"君臣遇合"的机遇。子昂深信乃父"贤圣遇合"的判断,而有"常愿事仙灵"之想,将武后说成是"非常之时"的"非常之主",颂以"神凤""赤雀",亦即"仙灵"了。《资治通鉴》说武后:"挟刑赏之柄以驾驭天下,政由己出,明察善断,故当时英贤亦竞为之用。"武则天时代,是个不羁之才容易出头的"英雄时代",只要你有才干,特别是有文才,而又有胆量,可直接上书给皇帝,说不定就有可能碰到好机会。睿宗文明元年(684),唐高宗崩于洛阳,武则天打算将高宗遗体西葬长安,引起朝臣议论。子昂年方二十四,刚中进士,尚未任官,便大胆上书《谏灵驾入京书》,而大受武则天和睿宗的欣赏,武则天奇其才而特别召见,誉其"文称伟晔",擢为麟台正字。其后,武则天又亲召见,命陈子昂论为政之要,授右拾遗。天授元年(690)武则天即帝位,改国号为周,自作《上礼抚事述怀》诗,李峤、陈子昂等人均有奉和应制之作。陈子昂同时作《大周受命颂》,歌颂武周革命,对武周改制极尽赞美之词。《通典·选举三》(沈既济):"公卿百辟,无不以文章达,因循遐久,浸以成风。"武则天称帝前后大肆杀戮反对派与可能成为反对派的人,而这种统治阶级上层的大换血,让庶族地主阶级获得了极好的发展机遇。武则天将用人不拘一格的非正常方式制度化,极力拉拢庶族地主出身的文人,身后紧跟一大群文臣，随时应制作诗，歌功颂德。武则天时代重文学之士的用人之术，使进士科试诗、赋成为常制，大大促进了唐诗的繁荣。因此，傅璇琮先生说，武则天又让文学重新回到了宫廷之中。陈子昂正是靠着他的卓绝文才与王霸大略说耸动人主而获得重用的。然而，不久他却开始批判武氏与武朝了，直言谴责武后弊政，甚至屡屡廷争疏抗。这时，武则天在陈子昂的心目中发生了变化，不再是他常愿事奉的"仙灵"了。

子昂好友卢藏用《陈氏别传》里以"道丧五百岁而得陈君"评价子昂，说他"奇杰过人，姿状岳立"，"然言王霸大略，群臣之际，甚慷慨焉"，"尤善属文，雅有相如、子云之风骨"，才比扬马，历抵群公。子昂生性刚强正直，慷慨任侠，是个才具极高、也极端自负的人。他的干政能力与政治见解，也为后来的历史学家所异常珍重，《资治通鉴》里就五次引用他的奏疏。从子昂一生行举看，他既谄武拥武，又斥武反武。他一方面迎合武周，诣阙上书，上表献颂，支持武则天的政治改革，为武周改制出谋划策；另一方面对武则天不合理的弊政也屡次提出尖锐的指责，大胆谴责其政治弊端。他的组诗《感遇》中也多指陈政弊、斗胆犯上的内容，有时还表现出让人瞠目结舌的大胆与泼辣。比如他的《感遇》之十九：

圣人不利己，忧济在元元。黄屋非尧意，瑶台安可论！吾闻西方化，清净道弥敦。奈何穷金玉，雕刻以为尊？云构山林尽，瑶图珠翠烦。鬼功尚未可，人力安能存？夸愚适增累，矜智道逾昏。

此诗针对现实生活中的重大政治问题，将揭露与批判的矛头直指武则天，讥刺其政权雕制佛像、大造佛寺的奢侈佞佛的愚昧。又如《感遇》之十五：

贵人难得意，赏爱在须臾。莫以心如玉，探他明月珠。

昔称夭桃子，今为春市徒。鸱鸮悲东国，麋鹿泣姑苏。谁见鸱夷子，扁舟去五湖。

诗以较曲折的方式讽刺武后滥施刑罚，勇敢地讽刺了武后对待臣下时而信任、时而杀戮的作风，使臣僚不得善终。再譬如《感遇》之二十九，则是一篇反对武则天穷兵黩武政策的作品，与建安诗中"梗概而多气"的时事之作比较接近。

诗人屡上书诤谏，干预时政，指陈时弊，斗胆"犯上"，渐为武则天冷落，并遭到武氏集团奸佞的打击，曾因"逆党"株连而下狱，后以戴罪之身而北征契丹。然时恨报国无门，"独怆然而涕下"，而"私有挂冠之意"。子昂38岁就辞职还乡，后被武三思指使县令段简加以迫害，42岁冤死狱中。

子昂《修竹篇》应该是作于其挂冠归去之前夕，而联系"夺袍赐宋"来考察，也在情理之中，虽然无人有此说也。子昂"恭维"过武则天，也批判过武则天。宋之问亦赞子昂云："知君心许国，不是爱封侯。"子昂以《修竹篇序》与武则天抬杠，完全符合其任侠使气、倔强褊躁的性格特点，也符合子昂的际遇处境。龙门斗诗，武则天裁判，其公正性并未引起其他人的不满或非议，子昂却与武则天抬杠，硬是说东方虬的诗好，好到极点，明明就是"打脸"武则天了。他也似乎是在做好了辞职准备后而有此诗序的，甚至做好了入狱或受死的准备。关于子昂之死，也成为一桩公案。岑仲勉先生对其死提出三点"疑处"，"以武后、周、来[①]之淫威，子昂未之惧，何独畏夫县令段简？可疑一。子昂居朝，尝陷狱年余（参《罗谱》），铁窗风味，固饱尝之，何竟对一县令而自馁若此？可疑二。子昂虽退居林下，犹是省官，唐重内职，故足与县令对抗，何以急须纳贿？且贿纳廿万，数

[①] 周乃周兴，来乃来俊臣，武则天重用的二酷吏，积极迎合武意，广泛罗织罪名，迫害宗室和大臣。

不为少，何以仍敢诛求无已？可疑三。余由此推想：子昂家居时，如非有反抗武氏之计划，即必有诛讨武氏之文字，《别传》所谓'附会文法'，匣剑帷灯，饶有深意。唯如是，斯简之敢于数曳就吏，子昂之何以惧，何以贿，均可释然。及不堪其逼，遂一死谢之。"① 岑仲勉推测，子昂死于犯上作乱之文字，也就是说其死与其反抗武则天有关。这种推想也不无道理，子昂大小也是个中央下来的辞职官员，也不是随便就能够让一个地方官员置之于死地的。葛晓音先生为岑仲勉的推想补证，她认为，陈子昂的《我府君有周居士文林郎陈公墓志文》，可能是他招祸的直接原因。说是子昂为其父作的碑文中的有诸如"青龙癸未，唐历云微"，"大运大齐，贤圣罔象"等言语，影射武则天不应天命，并非圣明之君。按大唐律法"十恶"条中第六曰"大不恭敬"而治以死罪。段简抓住此把柄，以碑文附会律法。② 因此，岑、葛二说如果成立，子昂于《修竹篇序》中任侠使气，是在抬杠武则天，有什么不可能呢？

陈子昂作《修竹篇》，只图一时痛快，发泄幽愤，大唱反调，"打脸"武则天。然其借东方虬的诗来说事，歪打正着，《修竹篇序》里提出的"风骨""兴寄"的诗歌主张，成为唐诗革命的一面旗帜。元好问说："论功若准平吴例，合著黄金铸子昂"（《论诗绝句三十首》其八）；胡震亨则说："子昂自以复古反正，于有唐一代诗功为大耳。正如夥涉为王，殿屋非必沉沉，但大泽一呼，为群雄驱先，自不得不取冠汉

---

① 参彭庆生《陈子昂诗注》，四川人民出版社1981年版，第309页。彭庆生不同意岑说，认为其推测穿凿附会，"唯推想子昂有反抗武氏之计划或文字，却未免凿空。依当日情势，倘子昂有此种计划或者文字，段简必然上奏，断无权擅自处理，而《别传》亦不得言其'附会文法'"。岑说详见于向群、万毅编：《岑仲勉文集·陈子昂及其文集之事迹》，中山大学出版社2004年版，第329页。
② 葛晓音：《关于陈子昂的死因》，《学术月刊》1983年第2期。

史。"①这些评论，虽有过誉之嫌，甚至近乎"谀评"，但是，毕竟后来诗歌的发展走向确实顺应了子昂的理想。

真可谓：

> 遇合君臣梦一场，幽州歌叹涕天殇。
> 不移修竹龙根性，借捧虬公讽武皇。

---

① 胡震亨：《唐音癸签》（卷五），上海古籍出版社1981年版，第44页。

第二章

所怀者应为玄宗

"海上生明月，天涯共此时"两句诗，清雄旷远，知名度极高，乃情至语亦景至语也。此诗句出自张九龄的五律《望月怀远》，诗题一作《望月怀人》。

一般而论，《望月怀远》之"怀远"，乃"思念正在远方的亲人"[①]。亦有解为诗人月夜怀念远方情人的。诗的写作时间被判定于开元二十五年（737），时张九龄在荆州长史任上。

将《望月怀远》坐实为儿女情长的诗，或读作思亲诗，显然是一种误读。这不仅不符合作者的人生经历、个性特征与情怀境界，也远离了诗人的创作本意，误解了诗的创作意旨，降低了诗的思想性与艺术性。

一、望怀处当在曲江

如何才能不误读《望月怀远》呢？我们以为，最好先弄清楚此诗作于何地写于何时。

央视诗词大会主持嘉宾答问曰，"海上生明月"写的是江景，当时张九龄被贬至荆州。一个内陆城市怎么可能看到海呢？"春江潮水

[①] 中国社科院文学所编《唐诗选》注《望月怀远》"情人"曰："有怀远之情的人"，人民文学出版社1978年版，第58页。

连海平，海上明月共潮生"中的海上明月也极有可能是江景，他根本没有看见海。唐诗中海的意象是比较宽泛的，很多时候都是指长江。

我们暂且先不论"海上生明月"之"海"，到底是江还是海，而其以"春江潮水连海平"来佐证其海非海的说法是错误的。"春江潮水连海平"①写的是镇江观海，写在初唐，是初唐的扬州与镇江的地理形势，如今这里看不到海了，连江都越来越难看到了。②显然，为了说明张九龄诗中的海不是海，而拿张若虚诗中的海来佐证，其结论恰好相反了。那么，张九龄诗中的海，到底写的是海还是江呢？我们还是来读原诗吧。《望月怀远》诗云：

　　海上生明月，天涯共此时。情人怨遥夜，竟夕起相思。

　　灭烛怜光满，披衣觉露滋。不堪盈手赠，还寝梦佳期。

诗的开篇，明确告诉我们，诗作于海边，作于天涯，我们是不能视而不见的。"海上生明月，天涯共此时"，所写的应非荆州之景，或者说非荆州之景所触发，而是韶州之景，是由韶州之景触发。也就是说，诗中所收摄的"海上""天涯"之情景，明摆着告诉人们诗作于韶州，而非荆州。不可能是荆州，因为韶州才可能有这样的情境。张九龄（678—740），字子寿，世称"张曲江"，韶州曲江人。"曲江"亦被称之为曲江县、始兴郡，即今之广东韶关，位于广东省北部，地处五岭山脉南麓，与海南诸岛隔海相望，地理上才可有天涯海角之谓。

---

① 中国社科院文学所编《唐诗选》注《春江花月夜》开篇二句曰："开头两句写长江下游水面宽阔，春潮高涨，江海不分。明月升于东方，恰遇涨潮，似从浪潮中涌现。"（人民文学出版社1978年版，第49—50页）。

② 李金坤《〈春江花月夜〉首句"江""海"辨正》说：《春江花月夜》诗中共有12处写到"江"，有3处写到"海"，"江"与"海"是两个不同的地理概念，而将"海"解释为"宽阔的江面"，"江"与"海"混淆，是不妥的。此诗写作的地点是在"江""海"交接处的"江畔"。今镇江焦山东北之江中，有两座礁岛，一称松寥，一称夷山，分峙江中，形似门户，古称海门，因为唐时焦山以东，便是大海。故历代诗人登览焦山与北固山的诗作中，"海门"一词使用频率甚高。（《中国韵文学刊》，2005年第4期）。

诗人时不在曲江，怎么可能有"海上生明月"之即景，怎么可能有"天涯共此时"之兴发呢？

而如果说《望月怀远》作于广东韶州，那么此诗就非常有可能作于740年，而不是737年。开元二十五年（737）张九龄贬官荆州大都督府长史。史载，开元二十八年（740）春，九龄告假回乡扫墓，不久染病逝于曲江。玄宗追赠其为荆州大都督，从二品，谥文献，爵封始兴公，并派特使往韶州祭吊，赠厚以抚慰其家属。根据此诗上下文的意思，这个月明的时候，应该在农历十五左右，所见之月也不一定是秋月，更不一定就是中秋夜。因此，我们宁可相信，此诗作于其740年还乡而在韶州时。这样读，对于其诗意的理解也比较合理。

如果诗写于家乡韶州、写于740年的说法成立，那么，张九龄所怀之"远"是哪里呢？所怀之"人"又是谁呢？我们认为，其所怀之远乃长安，而所怀之人乃当朝皇帝唐玄宗也。何以如此说呢？我们结合张九龄的人生经历来考，说来话略长点了。

《资治通鉴》曰："上（玄宗）在位已久，渐肆奢欲，怠于政事。而九龄遇事无细大皆力争；林甫巧伺上意，日思所以中伤之。"此段话写活了唐玄宗、张九龄与李林甫三个人，也写出了三人之间的关系。李林甫高居相位十九年，首辅十六年，于相位时间之长，有唐一代无人可比。新旧《唐书》皆说："林甫虽不文，而明练吏事"，其以富有效率的行政官见称于世。然其人柔佞奸诈，尤擅政治权术，极善言辞，史称其"口有蜜，腹有剑"，善于"巧伺上意"，顺风承旨。唐玄宗呢，他晚年"渐肆奢欲，怠于政事"，大小事务全交由李林甫处理。而张九龄史有秉公守则、尽忠体国的美誉，王维在《献始兴公》诗中评曰："侧闻大君子，安问党与雠。所不卖公器，动为苍生谋。"然其性格耿直，骨鲠坚毅，执拗固守，不擅斡旋，不会圆通。李林甫的长项，也正是张九龄的短板。张九龄刚直敢言，"遇事无细大皆力争"，且出语唐突而不中听，常常悖忤旨意，弄得玄宗很没面子，甚至下不来台。尤其是他自恃文才出众，公开蔑视那些没有书香门第背景而文才一般的官员。"张九龄坚持，施政权应保留在像他这样的士大夫手中。他反对那些从日常佐僚中提升起来的人，但对军人尤其藐视，并多次就涉及军人晋升之事与李林甫公开争吵。735年，玄宗提出任命几年前与吐蕃作战时赢得几次重大胜利和不久又大败契丹的张守珪为特任宰相，就像他以前任命薛讷和王晙那样。曾经反对与契丹交战和主张'外交'解决的张九龄便起来反对指派张守珪担任宰相的任命。"① 736年，张九龄又公开反对玄宗提拔牛仙客的尚书任命，九龄直言对曰："尚书一职，多用旧相，或者用历任内外高职且德高望重之人。"玄宗欲封户牛仙客，九龄又反对说："唐遵汉法，太宗定下的制度，边将可赏钱财，不能封地。"玄宗很生气地说："你轻视牛仙客，是因他的寒士出身吧！难道你生来就有门阀？"九龄忙谢罪说："臣生于荒野之处，陛下错爱，以文学用臣。牛仙客升任胥吏，不读诗书。韩信不过是淮阴一壮士，尚羞与周勃灌婴同列。陛下若必用牛仙客，臣以与他同列为耻。"九龄话里含有威胁的意思：我哪怕不做宰相了，有他没我，有我没他。其实，"张与牛仙客并无私仇，约在同时，他为牛父写的墓志铭中还盛赞牛仙客。他之所以反对牛仙客的晋升，无非是因为牛是军人，帝国中央机构不该有他的位置。"② 736年秋，张九龄曾撰《千秋金镜录》一部，专门论述前代治乱兴亡的历史教训，规劝玄宗励精图治，将其作为寿礼进献给玄宗，这也让唐玄宗很是不悦。玄宗已经实在吃不消张九龄动辄无休止的纠缠，又经不住李林甫"日思所以中伤之"的离间，开元二十四年（736）迁九龄为尚书右丞相，免去知政事；开元二十五年（737）四月，九龄因"举非其人"而

---

① 崔瑞德：《剑桥中国隋唐史》，中国社会科学出版社2007年版，第369页。
② 同上书，第370页。

被贬为荆州长史。玄宗逐出张九龄，真有点迫不得已而为之的意味，似乎也只是想教训他一下而以观后效的。平心而论，玄宗对九龄还是非常爱重的，对其人品风度更是高度认可。《资治通鉴》："荆州长史张九龄卒。上虽以九龄忤旨，逐之，然终爱重其人，每宰相荐士，辄问曰：风度得如九龄不？"说明张九龄离开朝廷后，玄宗也很是怀想他的。

张九龄被逐出朝廷后想不想玄宗呢？按常理肯定是想的，但是，张九龄的个性与为人，使他不可能像韩愈那样，刚刚被贬潮州，马上就进表承认错误，说自己罪该万死。韩愈《潮州刺史谢上表》的开篇即曰："臣某言：臣以狂妄戆愚，不识礼度，上表陈佛骨事，言涉不敬，正名定罪，万死犹轻。陛下哀臣愚忠，恕臣狂直，谓臣言虽可罪，心亦无他，特屈刑章，以臣为潮州刺史。既免刑诛，又获禄食，圣恩宏大，天地莫量，破脑刳心，岂足为谢！"韩愈的悔过态度非常感人，因此也只在潮州待了八个月便被召回京城了。而如果《望月怀远》诗作于韶州，作于740年，九龄离开唐玄宗差不多已三年了，即便他再怎么执拗，这时似也应该心平气消了。离开朝廷的时间长了，离开相位的时间长了，离开长安的距离也越发的远了，对朝廷对玄宗的记挂自然也越来越强烈，这是极其正常的。此时此刻，望月怀远，其所怀玄宗，应该是合乎情理也合乎诗境的。

二、不堪盈手相赠

"海上生明月，天涯共此时。"《望月怀远》诗之开篇，脱口而出，自然浑融而气象高华，以宏大的气魄写出雄浑阔大的意境，点题"望月"，而由景入情，转而"怀远"。此前谢庄"隔千里兮共明月"（《月赋》）也写"千里共月"，而曹操的《观沧海》则写大海吞吐日月的景象，"日月之行，若出其中；星汉灿烂，若出其里"，那是想象之景，而非实见之景。张九龄一代文宗,以诗文享誉盛唐,乃盛唐清丽山水诗之先驱,他的这种写法属于盛唐山水诗的"原初直观"的原样再现,既写实见之景,又非纯纪实性的描写,也非借物言志的那种,诗人已超离了齐梁山水诗赋物象形、即景寓情的阶段,人的自然本性与山水天性瞬间冥合为一,情景交融,实现了山水审美的高度意象化。

张九龄擅用月亮意象,"思君如满月,夜夜减清辉"(《赋得自君之出矣》)。如今,他告假南归,回到阔别的家乡韶州曲江,而于良辰美景的明月之夜,顿生"天涯与共"之感喟,以明月起兴,则非常自然矣。皓皓圆月出现在苍茫的大海上,虽有天涯之隔却明月与共。"共此时",很有意味,京城与韶州虽然远隔天涯,然明月与共,我想你啊,你肯定比我想你还要想我哟。此后,白居易"共看明月应垂泪,一夜乡心五处同"也是这个写法。分离五地的兄弟,共对一轮明月,彼此想念,而不是我单方面想念兄弟们。张九龄即景起兴,望月怀远,诗写于告假还乡之此时,而非写于刚刚被贬之彼时,则更合情理,更切"怀远""怀人"之题旨。

诗的颔联曰:"情人怨遥夜,竟夕起相思。"其中"情人"二字,易于让人误读为情诗,以为是写给情人的诗。诚然,有个三妻四妾的,在唐代也不是个什么稀罕的事,譬如李白元稹白居易还有杜牧,身边女人也分不清是妻是妾或是妓的,即便是韩愈也是如此,著名历史学家范文澜先生就说:"以道统自任的韩愈,也有绛桃、柳枝二妾,都能歌舞。张籍《哭退之》诗:'中秋十五夜,圆魄天差清。为出二侍女,合弹琵琶筝。'唐时士大夫大抵流连酒色歌舞,寻求快乐,相习成风,不足为怪。像杜甫那样穷困,晚年似乎还有一个小妻,其余士大夫通常有一二个歌妓,大官僚甚至有家妓成群。"[①]《全唐诗》五万

[①] 范文澜:《中国通史简编·百花盛放的唐文苑(诗词)》,人民出版社1965年版,第674—675页。

首，两千余首与妓有关。唐人挟妓成风，狎妓为荣，自非当下道德认知的评判。然而，遗憾的是，张九龄生活上却未见有这种奢侈的浪漫记载。退后一步说，九龄也有类似"情人"的情况，考察其诗的作法，他也不会取直抒写法。他的那些《感遇》诗，写男女关系，但不是写的现实生活中的男女关系，而是以男女关系写君臣关系，譬如："草木有本心，何求美人折"；"美人适异方，庭树含幽色"；"美人何处所，孤客空悠悠"；"汉上有游女，求思安可得"等。张九龄诗中常出现"美女"与"情人"，然皆弃妇形象，多怨女心理。这些诗作于其罢相后，是古来习见的香草美人的传统，属于比兴讽喻，以抒发身世感慨，表现理想操守，这种以男女关系来表现君臣关系的写法，其实也就是一种传统套路的托物寓意的政治诗。《望月怀远》应该也属于这类兴寄讽喻诗，亦是以"情人""相思"来讽喻，以写有情之人的深沉而无尽的思与怨。紧承首联"共此时"，颔联"情人怨遥夜，竟夕起相思"二句流水对，自然流畅，缠绵悱恻。因为情人对月，通宵相思，久不能寐，因此而觉长夜漫漫，故亦"怨"情深深也。"竟夕"，亦即通宵，终夜，整夜整夜的。《后汉书·第五伦传》曰："吾子有疾，虽不省视而竟夕不眠。若是者，岂可谓无私乎？"第五伦者，乃东汉大臣，为官清廉，以无私著名，其祖先乃战国时齐国的田氏，西汉初年改姓第五。有人问第五伦说："您也有私心吗？"他回答说："侄子生病，我去探望，回来后安然入睡；我自己的儿子有病，虽没能去探望，却整夜睡不着觉。像这样，难道能说我没有私心吗？"意思是说，"私心"是人之常情，我也是有私心的。张九龄用"竟夕"一词写自己此时此刻的状态，肯定不是随便所遣，其中自有其深意，是否可以理解为诗人"无私"的自我表白呢？让人触词联想，他是在与前贤相比啊。张九龄是完全能够担当起"无私"二字的。史上皆言其守正不阿，忠耿尽职，秉公守则，直言敢谏，不徇私枉法，为"开元之治"

作出了积极贡献。张九龄望月怀人，自然想到与玄宗之间的磕磕碰碰，但是，现在回想起来，也自以为没有哪件事是出于"私心"的。因此，月色越好，"相思"越甚，而"怨"情越深，以至于"竟夕"不眠，踯躅彷徨于清朗的月色之中，从月出东斗直到月落乌啼。

竟夕相思，夜不能寐，于是灭去室内火烛，披衣步出门庭，颈联"灭烛怜光满，披衣觉露滋"二句，人月合写，极其生动传情，具体描绘了怀人者彻夜难眠的情境。何以将屋内"烛"灭了，因为这月光充盈清丽忒是可爱；虽时已夜半，仍然步出室外赏月，而始有"露滋"之凉意，故而"披衣"也。海边赏月，引动相思，归来为相思而折磨，无法入睡，于是索性再走到室外，诗人左右不是而百无聊赖的心理活动被形态化，一个"怜"字，则将所有的凄凉哀怨之情全部泄出。他在《感遇十二首》（其八）已有了"夜分起踯躅，时逝曷淹留"的徘徊。如今一人独在天涯，静享月光，爱怜之心与相思之情也分外强烈。《唐诗笺注》曰："首二句领得妙。'情人'一联，先就远人怀念言之，少陵'今夜鄜州月'诗同此笔墨。"我们欣同此说。杜甫《月夜》诗曰："今夜鄜州月，闺中只独看。遥怜小儿女，未解忆长安。香雾云鬟湿，清辉玉臂寒。何时倚虚幌，双照泪痕干？"当时杜甫在长安，其家属在鄜州羌村。明明是自己长安望月想家思念远在羌村的妻与子，却说妻与子此刻一定在鄜州家中望月想自己。诗人从对面落笔，推想此时之家人，表意曲折含蓄，思乡的情意尤浓矣。按这个说法，竟夕相思而不能入睡的，就不是张九龄一个人了，自然也包括被远怀的唐玄宗，至少张九龄诗里是这么认为的。

九龄回到曲江，已是晚境，离朝廷日久也日远，思念因此也日甚，于此天涯共对明月时，情何以堪，自然而有难熬之相思。诗到最后，以大胆想象而拓开一笔，情感又推进了一层，自然而然引出"不堪盈手赠"的献曝想法。陆机《拟明月何皎皎》诗曰："照之有余辉，揽之不盈手。"月华虽好但不能相赠，遗憾的是我不能双手满捧姣好充盈的月光奉献给您。"还寝梦佳期"句则意谓，我只有寄希望于入睡后在梦中能够与你相会。尾联二句仍然是说月，仍然说相思，充满希望，而却让人于其中读到的是一种没有希望的希望，因相思过甚失眠而不能入梦。诗至此戛然而止，然余韵袅袅而不尽不散，情意悠悠而没完没了，真个是令人回味不已，也惋惜不已。这个结意尤为婉曲，感人至深，然哀而不伤，怨而不怒。

三、五律中的《离骚》

张九龄七岁能文，有"当朝师表，一代词宗"的美称。他的五言古诗，"夺魏晋之风骨，变梁陈之俳优"（王士祯《古诗选·凡例》），素练质朴，寄慨深远，对扫除唐初所沿袭的六朝绮靡诗风，贡献尤大，被誉为"岭南第一人"。中书舍人姚子颜评张九龄曰："公以风雅之道，兴寄为主，一句一咏，莫非兴寄，时皆讽诵焉。"[1] 他的《望月怀远》诗，秉承了中国古典诗歌的"怨而不怒"的风雅兴寄传统，诗以情人相思譬喻君臣关系，流露出了诗人被贬官后天涯之隔的相思之苦与感伤之悲。

"桐城派三祖之一"姚鼐，说张九龄此诗"是五律中《离骚》"（《五七言今体诗钞》）。以《离骚》比，别具只眼，非常妥帖，乃读《望月怀远》之知言也。九龄与屈原的遭遇相同，皆被放逐；二诗的写法相同，皆为"香草美人"；二诗的格调相同，皆长于哀怨而陷于怅惘。所不同者，屈原呼天抢地，直抒胸臆，而九龄诗则怨而不怒，温厚婉曲。中国古代诗中的弃妇心理描写肇始于屈原，以男女之情喻君臣关系，而作"士不遇"之叹惘。大量创作"弃妇诗"的是曹子

---

[1] 计有功撰，王仲镛校笺：《唐诗纪事校笺》第二卷，中华书局2015年版，第522页。

建,他诗中写女性的十几首诗多为弃妇诗,其"臣妾意识"多表现逐臣与弃妇的共同心理诉求。曹植的《弃妇诗》"石榴植前庭"起兴开篇,后半部分写道:"反侧不能寐,逍遥于前庭。踟蹰还入房,肃肃帷幕声。搴帷更摄带,抚节弹鸣筝。慷慨有余音,要妙悲且清。收泪长叹息,何以负神灵。招摇待霜露,何必春夏成。晚获为良实,愿君且安宁。"读此诗,自然联想到张九龄的《望月怀远》,二诗情氛意境甚至诗中人物形态上,何其相似。张九龄诗末"不堪盈手赠",与曹植诗末"晚获为良实,愿君且安宁"在感情的处理上也非常相似,都是弃妇内心希望与失望的矛盾,哀而不怨,以德报怨。看得出,张九龄的这些诗受曹植的"弃妇诗"的影响很大。他写于此前的《感遇十二首》组诗也是这类香草美人的比兴手法,表现其坚贞清高的品德,抒发自己遭受排挤的忧思,其实也多是在表现君臣关系,借弃妇意象进行自我心灵剖析,譬如《感遇十二首》(其一),为清代蘅塘退士选作卷首,成为《唐诗三百首》的开卷之作。全诗曰:

兰叶春葳蕤,桂华秋皎洁。欣欣此生意,自尔为佳节。

谁知林栖者,闻风坐相悦。草木有本心,何求美人折!

诗作于作者遭谗贬为荆州长史时,传统的比兴手法,托物寓意,开始二句春兰秋桂对举,互文以见义,以春兰和秋桂的芳洁品质,来比喻自己守正不阿的高尚节操。《孟子·尽心下》里赞美伯夷柳下惠为百世之师这样说:"故闻伯夷之风者,顽夫廉,懦夫有立志;闻柳下惠之风者,薄夫敦,鄙夫宽。奋乎百世之上,百世之下,闻者莫不兴起也。"张九龄诗典用"闻风",自然而悄然,让人根本没有感觉到他是在用典故,其实含有自比的意思,比喻自己的志洁行芳。用这种自视甚高的自喻,以写心中的不平之气。最是"草木有本心,何求美人折"二句,表现出来一种强硬执拗的对抗情绪,意思是说,兰桂草木的芬芳与高雅,源自其天性,不求人赏识,更不乞人攀折。换言之,不因为无人采折兰桂，兰桂就没有了芬芳美质。诗里所含情感非常复杂，既有哀怨孤愤的情绪，也有忧谗畏祸的心理，还流露出重获起用的渴望，最突出的还是表白不求闻达、但求无愧而坚守节操的初心。这与《望月怀远》的结尾完全不同，"不堪"二句已无怨气，而主要是相思，是渴念，是捧月以赠的感恩。因而，张九龄的《感遇》诗可以反证，《望月怀远》不可能写于《感遇》诗同时，不可能写于刚刚被贬荆州时。但是，《望月怀远》与《感遇》诗的兴寄写法是一致的，香草美人的讽谕是相同的，也应该都是政治寓意的感怀诗，其诗旨与立意都应该从其沉浮经历、身份素养以及清高志趣方面来综合考虑。

将张九龄的《望月怀远》与其《感遇》组诗联系起来读，我们就能更容易地理解作为政治家、诗人的张九龄所"怀"之人是谁了。张九龄以情人相思而委婉表达君臣关系，乃古人所习用的香草美人的寄托讽谕，表现出一种怨妇心理与弃妇形象，其所怀的那个"远"，乃皇城长安，而其所怀之人乃皇帝玄宗也。

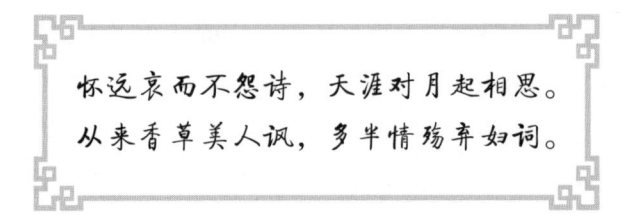

诗曰：

> 怀远哀而不怨诗，天涯对月起相思。
> 从来香草美人讽，多半情殇弃妇词。

第三章

未能"达道"非谐谑

  杜甫《遣兴》("陶潜避俗翁,未必能达道")诗,以诗论陶潜,引发了中国诗史上的一段公案。《遣兴》诗的中心意思是说,陶渊明尽管超凡脱俗而"身似枯株",终未能完全免俗而忘怀得失。这无疑是颠覆陶潜神话的"微词",自然也就会引起争讼甚至非议了。

  陶潜自南朝被"人德"化以来,造神一样被造成一个忘怀世事、绝弃名利的圣人。陶渊明的研究,也夸大了他的"高节"性,不倦地称道其胸中"无一点黏着"的超逸。而杜甫又是个与陶潜同样被"人德"化了的诗人,其对陶潜"达道"的发言,就有了许多诠释上的"不便",影响了人们对杜诗的准确理解,即便是陶潜确有未能免俗的事实,即便是杜甫也确有陶潜未能免俗的批评,也不敢往此上想,甚至让人不遗余力地为他们圆辞分辩。

一、避俗未必即达道

  杜甫的《遣兴五首》共有三组,其第三组的第三首诗云:

    陶潜避俗翁,未必能达道。观其著诗集,颇亦恨枯槁。
    达生岂是足,默识盖不早。有子贤与愚,何其挂怀抱。

  仇兆鳌《杜诗详注》卷七评曰:"彭泽高节,可追鹿门。诗若有微词者,盖借陶集而翻其意,故为旷达以自遣耳,初非讥刺先贤也。黄庭坚曰：子美困于山川，为不知者诟病，以为拙于生事，又往往讥议宗文、宗武失学，故寄之渊明以解嘲耳。诗名曰《遣兴》，可解也。"细读此评，觉得话中有话。"初非讥刺先贤也"句之"初非"很有意思，即原非，本来不是。原为"旷达以自遣"，而非讥刺先贤。即便是"诗若有微词者"，也不是原意，也不是"初心"。仇兆鳌引黄庭坚语为杜甫辩解。黄庭坚曾以陶潜《责子》说事，说是"观渊明此诗，想见其人慈祥，戏谑可观也。俗人便谓渊明诸子皆不慧，而渊明愁叹见于诗。"他认为俗人看不懂杜甫的《遣兴》诗，"便为讥病渊明，所谓痴人前不得说梦也。"[1] 黄庭坚为尊者讳，为陶潜讳，也为杜甫讳，你在陶诗里读出了"诸子皆不慧"意思，你在杜诗里读出了"讥病渊明"的意思，你就是"俗人"，你就是听了梦话而信以为真的"痴人"。仇兆鳌之评，也为尊者讳，所不同者，他在表述上有些吞吞吐吐的没有信心，从感情上说也认为杜诗不应是"讥病渊明"的，而用了"初非"语，而让人读出了杜诗里还是含有讥刺陶潜的意思，只不过不是原意也。

苏轼《书渊明饮酒诗后》里也曾说："人言靖节不知道，吾不信也。"这里的"人言靖节不知道"，是否就针对杜诗论陶"未必能达道"而言，无可考。不过，苏轼此言显然是有针对性的，言下之意是，陶潜是"知道"的。苏轼有和陶诗一百二十四首，亦可见其爱陶之深也。他在《与苏辙书》里曾说："吾于诗人，无所甚好，独好渊明之诗。渊明作诗不多，然其诗质而实绮，癯而实腴，自曹、刘、鲍、谢、李、杜诸人，皆莫过也。"（苏辙《追和陶渊明诗引》）苏轼又在《书李简夫诗集后》说陶潜"欲仕则仕，不以求之为嫌；欲隐则隐，不以去之为高。饥则扣门而乞食；饱则鸡黍以迎客。古今贤之，贵其真

---

[1] 胡仔纂集：《苕溪渔隐丛话》，人民文学出版社1981年版，第17—18页。

也。"苏轼五言古诗《和顿教授见寄用除夜韵》中却写道:"我笑陶渊明,种秫二顷半,妇言既不用,还有责子叹"云云。苏轼虽爱陶潜,然对他的行为方式不敢恭维,而有"微词"。因此,南宋叶寘《爱日斋丛钞》卷三说东坡"我笑陶渊明"诗,"苏公肯亦效痴人说梦邪?"叶寘说苏轼以诗"微词"陶潜,难道他也在"效痴人说梦"吗?叶寘认为:《责子》诗聊洗人间誉子癖,少陵、东坡亦戏言之,非不知渊明也。"意谓杜甫与苏轼"微词"陶潜的《责子》,是开玩笑,是谐谑,不是真的不理解陶潜。然而,南宋的辛弃疾不这么认为,他的《书渊明诗后》直接批评苏轼云:"渊明避俗未闻道,此是东坡居士云?身似枯株心似水,此非闻道更谁闻。"他认为陶潜"身似枯株心似水",说他如果还未"闻道"也就没人"闻道"了。看来辛弃疾也是在参与讼争,他简直不敢相信苏轼会说出陶潜"未闻道"的话来。然而,辛弃疾没有言及杜甫。康熙年间朱彝尊则在《题亡儿书陶靖节文》中批评杜甫说:"少陵野老,讥陶公未必能达道,非笃论也。"至于说此讥为什么"非笃论",朱彝尊没明言。南宋的葛立方在其《韵语阳秋》(卷十)有段诗话,似乎也是参与"达道"与否之讨论的,将陶潜的怜子诗《命子》《责子》《告俨等疏》与杜甫的怜子诗《忆幼子》《得家书》《元日示宗武》等分列出来比较,得出了结论:"观此数诗,于诸子钟情尤甚于渊明矣"。意思是说:老杜你就不要讥刺老陶啦,你比老陶还要怜子,对诸子还要不能忘情。语似含有反驳杜甫说陶"未必能达道"的意思。言下之意是:你之不能"达道"远甚陶潜也。

  我们以为,杜诗确有"讥病渊明"的意思,也似有自讥的意味。古人并非看不出杜诗"讥病渊明"的意思,但是,碍于陶贤,也碍于杜圣,而不敢言、不便言、不直言耳。杜诗引起的一桩公案,在宋代争讼尤为激烈。陶潜至宋时愈加圣化,洪迈称他"高简闲靖,为晋、宋第一辈人"。欧阳修则说:"晋无文章,惟陶渊明《归去来兮辞》一篇而已!"不过中唐之前,也有没将陶潜奉若神明者,不乏讥病陶潜的诗文,王维诗文中就直言不欣赏陶潜的人生态度,讥讽陶潜"一辱之不忍而终身受辱"(《与魏居士书》)。

二、因其一生颇恨枯槁

陶潜生前以"人德"著称,而其诗于《诗品》里仅列中品。钟嵘说:"每观其文,想其人德。"渊明逝世百年后,萧统收录其诗文并编纂成《陶渊明集》,并亲为其序而赞曰:"余爱嗜其文,不能释手,尚想其德,恨不同时。"还说其"贞志不休,安道苦节,不以躬耕为耻,不以无财为病,自非大贤笃志,与道污隆,孰能如此乎?"萧统对于陶潜也主要是从"人德"方面推崇的,《文选》收其诗八首,陆机入诗五十二首,谢灵运入诗四十首。哈佛大学教授田晓菲说:"陶渊明和他的诗被编织成一个巨大的文化神话,在二十世纪以来建筑现代民族国家文化的工程中起到作用。""我们甚至会忘记,陶渊明首先是一个诗人——无论我们多么颂扬他的'人格',如果没有他的诗,陶渊明不过是《宋书》《晋书》和《南史》所记载下来的众多隐士中的一员。"[1]也就是说,我们认识陶潜,主要还应该从其诗着眼也从其诗入手。

而杜甫说陶潜"未必能达道",他的根据是什么呢?《遣兴》诗共八句,前半部分说其未能"达道",后半部分说其未能"达生",都是先说观点,后再自证的。

诗的前四句,说陶潜未能"达道"。以"陶潜避俗翁"句起,很有讥刺意味。这分明是在说:陶潜归田而"避俗",他也只是在主观上想要免俗。《论语·宪问》曰:"贤者辟世,其次辟地,其次辟色,其次辟言。"陶潜"避俗",即辟世也,是第一等的贤者。但是,客观上

---

[1] 田晓菲:《尘几录——陶渊明与手抄本文化研究》,中华书局2007年版,第18、20页。

呢？至少从客观上说，他却没能够免俗，于是有了第二句"未必能达道"，含有想要去做某件事而未能做成的意思。首句偏于主观意愿，主观上想要去做；次句偏于客观实际，客观上没能做成。二句之间亦即主客观的关系，主客观之间不一定能够不发生矛盾，亦即未能彻悟世事而不受世事所牵累。杜甫说的那个"道"，不是自然规律，也不是道德法则，更不是儒、道之辨的"道"，其所言之"达道"，即是忘怀世情俗事的超然物外，即是不为世俗所累的彻底放下。

  诗的第二联是自证。这样的写法意在表明，我说陶潜不能免俗，是有其诗为证的。换言之，我这是从他的诗里读出来的。"观其著诗集，颇亦恨枯槁"二句意谓：细读陶潜写的诗集发现，他也是非常不满自己的那种穷困潦倒的生活状态的。渊明诗中多有"枯槁"①词，亦多"枯槁"之叹，如其《饮酒》诗曰："屡空不获年，长饥至于老。虽留身后名，一生亦枯槁。"一生"枯槁"的艰难困苦，让他生成了放弃"达道"的主观追求，而有了"高操非所攀，谬得固穷节"（《癸卯岁十二月中作与从弟敬远》）的疑惑。其在《饮酒二十首》（其十六）里通篇检讨自己一事无成的一生："少年罕人事，游好在六经。行行向不惑，淹留遂无成。竟抱固穷节，饥寒饱所更。敝庐交悲风，荒草没前庭。披褐守长夜，晨鸡不肯鸣。孟公不在兹，终以翳吾情。"诗写自己贫困而孤独的现实处境，写自己为穷困所埋没的心里苦闷，而以张仲蔚自比，渴望知遇上像刘龚那样的人。诗中的孟公，是东汉刘龚的字。据《高士传》载，张仲蔚隐居不仕，"常据穷素，所处蓬蒿没人，闭门养生，不治荣名，时人莫识，唯刘龚知之"。陶潜深为"淹留遂无成"的困境所牢囿，非常想也有个"孟公"成为他的知音。看来，陶潜"避俗"未必真正能够免俗也，虽然他口口声声宣称自己具

---

① 杜甫"颇亦恨枯槁"句，也有解作杜甫"恨"，恨陶诗不丰润，没有文采。龚鹏程：《中国文学史》（上），东方出版社2015年版，第193页。

有"少无适俗韵,性本爱丘山"(《归园田居五首》其一)的免俗品性。北宋著名诗评家黄彻《碧溪诗话》卷七评云:"渊明非畏枯槁,其所以感叹时化推迁者,盖伤时之急于声利也。老杜非畏乱离,其所以愁愤于干戈盗贼者,盖以王室元元为怀也。俗士何以识之。"黄彻亦是为尊者讳的思维,认为陶潜"畏枯槁"与杜甫"畏乱离"同,都是忧国忧民而不自忧也。黄彻认为,陶杜二人都是"非畏"者也,还把这种观点强加给人,要人家认同他的观点,如果不能认同,那你就是"俗士"也。可是,鲁迅先生就不这么看,其《魏晋风度及文章与药及酒之关系》文中指出:"陶集里有《述酒》一篇,是说当时政治的,这样看来,可见他于世事也并没有遗忘和冷淡。"甚而至于,"陶潜总不能超于尘世,而且,于朝政还是留心"。陶潜自辞彭泽令,似也不全是不愿为五斗米折腰的。他在《归园田居》中说自己是"误落尘网中",其辞归的思想十分纠结也非常矛盾。他从29岁"投耒去学仕"到41岁辞去彭泽县令,宦海沉浮十三年。陶潜一生四次出仕,且只要有官可做,也不管做什么官,不管这个官是哪家的,他都去做。其《归去来兮辞》,是其理想受挫而苦无出路时的不得意之作,通篇渲染的是归家后的出世之乐,然而文字背后却让人读到诗人的离世之苦。或者说,诗人是在用想象中的欢乐来压抑现实中的痛苦,表现出极其矛盾的心境与掩饰不住的内心苦涩。文中像"世与我而相违,复驾言兮焉求";"悦亲戚之情话,乐琴书以消忧";"已矣乎!寓形宇内复几时?曷不委心任去留?胡为乎遑遑欲何之?……聊乘化以归尽,乐夫天命复奚疑!"等,则形象表达了处于"出世"与"入世"之矛盾中而难以自拔的痛苦状态。因此,杜甫质问道:既然你深恨为生计所困,为穷愁所扰,怎么能够说你已"达道"了呢?

杜诗的后四句,说的是陶潜未能"达生"。"达生岂是足,默识盖不早。有子贤与愚,何其挂怀抱。"所谓"达生",就是通达生命与生存之道，精于养生保命。这几句的意思是，陶潜在达生方面的能力很有限，而等到他有所认识时已经迟了，其为五子的贤愚而苦恼，就是他不能参透人生而忘怀世事的明证。于杜甫看来，他连起码的"达生"也未能做到，遑论"避俗"与"达道"了。王维也有这样的说法，说陶潜任天真，性耽酒，"生事不曾问，肯愧家中妇"（《偶然作六首》其四）。现实生活中的陶渊明是个失败者，不仅事业失败，也不擅处世，不擅营生，还不擅治家与教子。《归园田居》五首几乎将他的这些生性特点都概括出来了。虽然其"晨兴理荒秽，带月荷锄归"，而且"道狭草木长，夕露沾我衣"，然而，"衣沾不足惜，但使愿无违"。诗人满以为可以凭着自己的辛勤劳动来养活自己，也养活全家的，然而事与愿违，不仅让家人受累，让妻与子都不能过上起码的温饱日子，自己也弄得没有了一点尊严。清人杨夔生在《鲍园掌录》中说："陶公终日为儿子虑，虑及僮仆、衣食、诗书，何其真也；将儿子贫苦、愚拙种种烦恼都作下酒物，何其达也。近情之至，忘情之至。"[①]杨氏这里说其"达"，似有一种揶揄的意味。陶潜"终日为儿子虑"，非常希望儿子们有所出息而做成功业，然而他却没有一个能够争气的儿子，足以说明他连"达生"都不能。陶潜的《命子》诗，据考写于其38岁时。诗为四言，共十章，前六章历述陶氏先祖功德，以激励儿子继承祖辈光荣的家风；第七章才言及自身，说到自己的不是。后三章则表达对儿子的殷切希望和谆谆诫勉，希望他们都能有所作为。《命子》里说他给儿子取名为"俨"，字"求思"，就是希望儿子也要像子思一样有出息有作为。《尔雅·释诂》曰："俨若思。"孔子之孙孔伋，字子思，被尊为"述圣"，著有《子思》二十三篇，据说《中庸》也是他的作品。陶潜自知已不可能成为像其祖陶侃

[①] 北京大学中文系、北京师范大学中文系编：《古典文学研究资料汇编·陶渊明卷（上）·鲍园掌录一则》，中华书局1962年版，第260页。

那样的人物，而将振兴陶门的希望寄托在五子身上。有人认为，陶潜自号"五柳先生"，此五柳乃指其五子。《周易》有"枯杨生稊"说。中国古人庭院中常植三槐五柳，期望于子孙中出现三公五侯。陶渊明诗曰："丈夫虽有志，固为儿女忧"（《咏贫士七首》其七），可见其望子成龙之心切，而将子之贤愚挂于怀抱也。杜甫的《遣兴》诗，即就陶潜的《命子》而感发，诗的最后质问曰："有子贤与愚，何其挂怀抱。"意思是说，你还这样介怀于子嗣的贤愚，岂不正是说明你还"未达道"吗？南宋后期著名理学家真德秀官至宰相，是个很有学问的官员，他在《跋黄瀛甫拟陶诗》中写道："予闻近世之评诗者曰：'渊明之辞甚高，而其指则出于庄、老，康节之辞若卑，而其指则原于六经。'以余观之，渊明之学，正自经术中来，故形之于诗，有不可掩。"谭嗣同也非常赞同这个观点，其在《致刘淞芙书》中说："真西山称陶公学本经术，最为特识。"真西山为了说明陶渊明学问"正自经术中来"的观点，举例简评曰："《荣木》之忧，逝川之叹也；《贫士》之咏，箪瓢之乐也。《饮酒》末章有曰：'羲农去我久，举世少复真。汲汲鲁中叟，弥缝使其淳。'渊明之智及此，是岂玄虚之士所可望耶？虽其遗宠辱，一得丧，真有旷达之风，细玩其词，时亦悲凉感慨，非无意世事者。"陶潜不能"无意世事"，这须要"细玩其词"方可识得也。杜甫"观其著诗集"，方才发现其"颇亦恨枯槁"，进而有了"未必能达道"的讥病。别说是"达道"了，连"达生"尚且未能做到啊。

宋儒为尊者讳，凡是说陶潜"未达道"者，便会遭到或"俗士"，或"玄虚之士"，或"痴人前不得说梦"之斥责，即便是苏轼也不能幸免。杜甫说陶潜"未达道"，杜甫也是先贤级的尊者，于是便只能给他圆说了，说他是"聊托之渊明以解嘲"，而不是"讥病陶潜"。杜甫《遣兴》诗写于其生活极端困境时，或者是有感于自己的同样遭遇与同样处境，言外之意中似也有自怨自叹的无奈与感喟：难啊难，陶潜且不能免俗，何况吾辈乎。但是，明明是讥病陶潜的诗，却一定要回避"讥病"。清代位极人臣的张廷玉说出了一句公道话："子美之贬渊明，盖正论也。"（《澄怀园语》）所谓"正论"，即非"戏谑"之知言，亦即杜甫说陶渊明"未达道"非曲解非误读也。

三、自古人心怜子同

杜甫《遣兴》诗，似为陶渊明《责子》诗之读后，就其教子而发议论，意谓如果你陶潜真是能够"达道"而忘怀得失的话，就大可不必"责子"，大可不必介怀于子嗣之贤愚了。我们且看陶潜在《责子》诗中是怎么表述的。

> 白发被两鬓，肌肤不复实。虽有五男儿，总不好纸笔。阿舒已二八，懒惰故无匹。阿宣行志学，而不爱文术。雍端年十三，不识六与七。通子垂九龄，但觅梨与栗。天运苟如此，且进杯中物。

诗以"虽有五男儿，总不好纸笔"二句总写诸儿皆不中用，不喜读书，不求上进。接着分写：老大阿舒，业已十六，懒惰无比。老二阿宣，行将十五，唯独不爱学文。老三阿雍、老四阿端都十三岁了还不识数，六与七都数不过来。老五通子，也快九岁，只知贪吃。陶渊明的五子，皆不成器，句句含"责"也。因为日渐年老而来日不多，也愈发为诸子不能健康发展而焦躁不安。看来"避俗"的陶翁真个是不能免俗，不可真正忘怀得失也。陶潜虽弃绝仕途，他还是个社会的人，终究不能回到蛮荒。他可以不要功名，但他还有家庭与子女；他可能脱离了社会，但绝不能脱离文明；他可以沉迷"杯中物"，但毕竟还有个不是酒醉糊涂的时候。因为心系五子的前途，挂虑他们的品学好坏及成器与否，故而才有此哭笑不得的"责"。陶潜将五子一一数落过后，慨叹曰："天运苟如此，且进杯中物。"意思是说，这也许是天意吧，不管那么多了，还是顺其自然，想喝酒就喝我的酒去吧。这是戏谑，还是无奈，抑或是达观，甚至也有点自责？杜甫就此而发出追问，发表议论：陶潜你这么介怀子嗣贤愚，怎么能够说是"达道"了呢？

陶潜的五个不肖之子，让人既好气又好笑；陶潜的责子与对儿子管教，也让人既好气又好笑。五个儿子皆不肖，陶潜还是想喝酒就喝酒，想怎么喝就怎么喝，今日有酒今日醉。萧统《陶渊明传》半数以上的文字用来记载陶潜与酒的趣事。

说到饮酒，人多将陶潜与阮籍比。阮籍醒时少，陶潜醉时多。陶渊明与阮籍一样，都是个极其痛苦的人，陶潜不同于阮籍的是，他以酒寄情入诗，诗中"篇篇有酒"（萧统语）。其诗中多处说到他是靠酒来遗忘世事的："日醉或能忘"；"酒能祛百虑"；"载醪祛所惑"；"过门更相呼，有酒斟酌之"；"春秫作美酒，酒熟吾自斟"；"觞来为之尽，是谘无不塞"；"虽无挥金事，浊酒聊可恃"。其《饮酒二十首并序》之序云："余闲居寡欢，兼比夜已长，偶有名酒，无夕不饮。顾影独尽，忽焉复醉。既醉之后，辄题数句自娱。纸墨遂多，辞无诠次。聊命故人书之，以为欢笑尔。"序中交代了其《饮酒二十首》的成诗过程。可见，酒不仅是陶潜遣忧除闷的"忘忧物"，也是他创作的催化剂，是他生命的主要内容与乐趣。用现代医学的观点，说陶潜是酒精依赖，也是一点也不诋毁他的。《饮酒二十首》的最后他这样唱道："若复不快饮，空负头上巾。但恨多谬误，君当恕醉人。"其自嘲且自宽，而绝无自责之意。

陶潜的《责子》诗中，批评儿子不求上进，评价儿子的无用低能，让我们看到了陶潜的忧心。应该说，五个儿子都这样的"窝囊"，陶潜有其不可推诿的责任。关于这一点，他自己在《与子俨等疏》中

似将责任全揽了下来。全文如下:

　　告俨、俟、份、佚、佟:

　　天地赋命，生必有死；自古圣贤，谁能独免？子夏有言:"死生有命，富贵在天。"四友之人，亲受音旨。发斯谈者，将非穷达不可妄求，寿夭永无外请故耶？

　　吾年过五十，少而穷苦，每以家弊，东西游走。性刚才拙，与物多忤。自量为己，必贻俗患。僶俛辞世，使汝等幼而饥寒。余尝感孺仲贤妻之言，败絮自拥，何惭儿子？此既一事矣。但恨邻靡二仲，室无莱妇，抱兹苦心，良独内愧。

　　少学琴书，偶爱闲静，开卷有得，便欣然忘食。见树木交荫，时鸟变声，亦复欢然有喜。常言五六月中，北窗下卧，遇凉风暂至，自谓是羲皇上人。意浅识罕，谓斯言可保。日月遂往，机巧好疏。缅求在昔，眇然如何！

　　疾患以来，渐就衰损，亲旧不遗，每以药石见救，自恐大分将有限也。汝辈稚小家贫，每役柴水之劳，何时可免？念之在心，若何可言！然汝等虽不同生，当思四海皆兄弟之义。鲍叔、管仲，分财无猜；归生、伍举，班荆道旧；遂能以败为成，因丧立功。他人尚尔，况同父之人哉！颍川韩元长，汉末名士，身处卿佐，八十而终，兄弟同居，至于没齿。济北氾稚春，晋时操行人也，七世同财，家人无怨色。《诗》曰:"高山仰止，景行行止。"虽不能尔，至心尚之。汝其慎哉，吾复何言！

此疏与《责子》几乎写于同时，写给五个儿子的一封信，其实是写给自己的，因为其儿皆不通文墨。信里写自己性格刚直而不能逢迎取巧，与社会人事多忤逆而不相合，且营生无力。这些也就如杜甫诗中所言之未能"达生"。陶潜自责说，我作践了自己，也作践家庭，让你们五儿从小就跟我过着贫穷饥寒的生活,弄得没有尊严可言,故而我亦"抱兹苦心,良独内愧"也。文中愧疚不安而深深自责,其望子成龙的期望已荡然无存,也没有了责子的痛苦,只是希望他们安贫乐道,和睦相处。我们于此疏中也能读到,陶渊明的家庭生活是很不幸福的,不仅是贫困,家人也不和睦,他对儿子不满意,对邻居不满意,对老婆也不满意("但恨邻靡二仲,室无莱妇")。也正是于这样的文字里,让老杜读到了陶潜"颇亦恨枯槁"的艰难与困窘,得出了其未能"达道",甚至也未能"达生"的结论。

《蔡宽夫诗话》曰:"子厚之贬,其忧悲憔悴之叹,发于诗者,特为酸楚,闵己伤志,固君子所不免,然亦何至是,卒以愤死,未为达理也。乐天既退闲,放荡物外,若真能脱屣轩冕者,然荣辱得失之际,铢铢校量,而自矜其达,每诗未尝不着此意,是岂真能忘之者哉?亦力胜之耳。惟渊明则不然,观其《贫士》《责子》,与其他所作,当忧则忧,遇喜则喜,忽然忧乐两忘,则随所遇而皆适,未尝有择于其间,所谓超世遗物者,要当如是而后可也。观三人之诗,以意逆志,人岂难见,以是论贤不肖之实,亦何可欺乎?"[1]此段诗话,比较三者而盛赞陶潜,于《贫士》《责子》之作里看出了陶潜"忧乐两忘"的忧乐观,说其"随所遇而皆适",亦即随便在什么情况下,随便遇到快与不快,皆能有"且进杯中物"的"超世遗物"。如果说这种"超世遗物",也算是"达道",那么杜甫说其"未必能达道"就是非"正论"了。

其实,真正的"达道"或"达生",谈何容易!余恕诚先生指出:"就诗人而言,古代诗人注定是在封建政治格局下生活,因而经常由封建政治赋予他们以理想与热情,构成他们与时代和社会现实生活的

---

[1] 胡仔纂集:《苕溪渔隐丛话》,人民文学出版社 1981 年版,第 123—124 页。

密切关系，诗歌所呈现的气象、风貌，也都与他们的介入有关。"因此，"士大夫如果不卷入政治，一般就只有归向山林田园。穷乡僻壤的封闭，小生产者的狭隘天地，对他们的视野与情感，构成严重的限制和束缚，使他们与外部疏离，难得从时代生活中汲取创作的动力。甚至连诗歌创作，在死水一样的生活中也会变得多余。"[1] 中国文人与政治有着天生的不解之缘，要真正摆脱用世思想，要真正决绝政治，几乎是不可能的，孔孟做不到，李杜做不到，陶渊明也未必能够真正做到。陶渊明进退而皆忧，进不足以谋国，退不足以营生，其悲剧在于入世不能而出世不甘，即便是退隐避俗而其心仍为形役，为世俗所驱使，"达生"且已不易，遑论"达道"乎！杜甫说陶潜"未必能达道"，虽然语含不确定性，然却是实事求是的知言正论也。

正可谓：

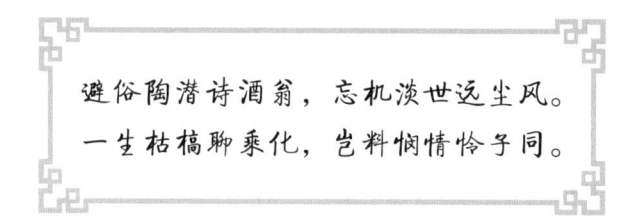

> 避俗陶潜诗酒翁，忘机淡世远尘风。
> 一生枯槁聊乘化，岂料悯情怜予同。

---

[1] 余恕诚:《诗家"三李"论集》，中华书局2014年版，第58—59、59—60页。

第四章

寄北即是寄令狐

说《夜雨寄北》诗"寄妻",应该是一种"误读"。然而,此诗一直就是被这样"误读"着。原因很简单,因为古人是这么理解的。

既然古人已这么作解,千百年沿袭,不敢怀疑,不能怀疑,几乎所有的注本也都这么解,所有的研究也都这么认,所有的课堂也都这么讲。笔者原先也是这么读解的,而自从有了点"细读"自觉后,便觉得此诗怎么读也不像是寄妻的。这几年,试着发声,就这个问题发表了几篇文章,尝试着以文本细读或文艺学的方法来解决文献无力解决的问题。然于"二重论证"说崇尚的学术环境里,有此"颠覆"之说,还是非常诚惶诚恐的。

一、以妻译北到何时

《夜雨寄北》诗曰:

  君问归期未有期,巴山夜雨涨秋池。
  何当共剪西窗烛,却话巴山夜雨时。

自有文献记载,第一个信誓旦旦地说《夜雨寄北》乃寄妻诗的,似是宋人洪迈。洪迈在《万首唐人绝句》里,干脆将此诗的题目武断地改为《夜雨寄内》。此改遭到此后几乎所有人的反对。著名李商隐研究学者叶葱奇就直接批评说:"'寄北',《万首唐人绝句》作'寄内'，乃宋·洪迈臆改。商隐寄家诗，概不显标于题。"①然而，洪迈之后，《夜雨寄北》"寄妻"说，却很少有人反对，简直就成了"铁律"，后人还多为"寄妻"说寻找证据以验证与解析。

李商隐的《夜雨寄北》作于大中五年（851）后，在其久滞梓幕期间，而其妻则已于大中五年离世。非常滑稽的是，清人为了"圆说"寄妻的观点，不惜削足适履，将此诗的写作时间提前到大中二年（848）。也许主要是考虑到是诗乃寄妻的原因，冯浩与张采田均认为李商隐此诗作于大中二年，说是其间商隐有过巴蜀之游。据冯浩考证说，大中二年商隐在桂州郑亚幕，是年春郑亚被贬，"义山即由水程历长沙、荆门"，于次年回到长安。其间"有徘徊江汉、往来巴蜀之程焉"②。于是，冯注亦这样曰："语浅情深，是寄内也。然集中寄内诗皆不明标题，当仍作'寄北'。此时义山于巴蜀间兼有水陆之程，玩诸诗自见，但无可细分确指。"③冯氏的说法，为历史学家岑仲勉、陈寅恪所反驳，岑仲勉《玉溪生年谱会笺平质》中指出所谓李商隐的巴蜀之程并不存在。刘学锴、余恕诚也认为"此说之谬显然"。刘、余二先生认为："此诗情味，显系长期留滞，归期无日之况，与客途稍作羁留者有别。"因此，他们指出：此诗"当是梓幕思归寄酬京华友人之作，确年不可考，约在梓幕后期"④。二先生已明确指出此诗是"思归寄酬京华友人"的，而不是寄妻的。陈铁民先生在近著里也认为："此为诗人滞留东川幕府时寄京中友人之作，前两句写归期无日的愁绪，巴山夜雨的景象，其中蕴含着凄伤、寂寥的情味；后两句遥想他日与友人重逢，今宵巴山夜雨的愁思，将成为剪烛夜话的主题，足见当下

---

① 叶葱奇：《李商隐诗集疏注》，人民文学出版社1998年版，第50页。
② 冯浩著，蒋凡标点：《玉溪生诗集笺注》，上海古籍出版社2011年版，第866页。
③ 同上书，第354页。
④ 刘学锴、余恕诚：《李商隐诗歌集解》（三册），中华书局1988年版，第1233页。

怀友之愁的刻骨铭心。"①

然而,"寄妻说"至今仍是学界的主流意见。现传李诗选本或鉴赏,对这个"北"的解释几乎是千篇一律的,说是以方位代人,"北"即指代北方的人,指代妻子。持此观点的代表性学者如沈祖棻,她认为此诗是寄给"留在长安的妻子王氏"的。其释"北"时说:"北,指位于巴山之北的长安。寄北,即寄给住在北方的人,以北作为住在北方的人的代词。"②霍松林先生也持同见,他认为"这首诗,《万首唐人绝句》题作《夜雨寄内》,'内'就是'内人'——妻子;现传李诗各本题作《夜雨寄北》,'北'就是北方的人,可以指妻子,也可以指朋友。有人经过考证,认为它作于作者的妻子王氏去世之后,因而不是'寄内'诗,而是写赠长安友人的。但从诗的内容看,按'寄内'理解,似乎更确切。"③霍先生在寄妻还是寄友二者的比较中,还是倾向了寄妻。中国社会科学院文学研究所编的《唐诗选》,被列入"中国古典文学基本丛书",流传极广,其于《夜雨寄内》诗后注云:"题一作《夜雨寄北》。冯浩《玉溪生年谱》将此诗系在大中二年(848);本年的另一首寄内诗《摇落》也描写了秋景,两首诗写作时间挨近。"又云:"末两句是说不晓得哪一天能够回家相对夜谈,追述今夜的客中情况。"④吁嗟乎,众口一词,均以"北"为"妻"。

这就让我们很是费解了。既然是"以北作为住在北方的人的代词",为什么所代者就一定是妻子呢?为什么诗人不直言不明言妻而要用北来代?难道说这"北"可以特指或实指妻子吗?看来,弄清这

---

① 陈铁民:《守选制与唐代文人的诗歌创作研究》,中国社会科学出版社2021年版,第362页。
② 沈祖棻:《唐人七绝诗笺释》,上海古籍出版社1981年版,第238页。
③ 萧涤非、程千帆等撰写:《唐诗鉴赏辞典》,上海辞书出版社1983年版,第1139页。
④ 中国社会科学院文学研究所编:《唐诗选》(下册),人民文学出版社1978年版,第281页。

个"北",乃是读懂这首诗之关键的关键了。

遍查辞书,"北"者,真没"内人"一说,也没"情人"一解,更没"朋友"的借代。许慎在《说文解字》中解释说:"北,乖也。从二人相背。"段玉裁《说文解字注》曰:"北者,古之背字,又引申之为北方。"《广雅·释亲》卷六下释"北"曰:"背谓之甑。背,北也。"朱骏声《说文通训定声》认为:"背"与"北"上古音同为帮母双声,职部叠韵字,二者古音相同。北也,从二人相背。相随而从,相对而比,相背而北,相转而化。人坐立皆面明背暗,故以背为南北之北,北方是背阴的一方,派生出方位词"北",派生出用于表示方向的地理名词"北方",源于甲骨文。从方向方位的"北",引申出违背,违反的义项,引申出"败""逃"的义项。

显然,"北"是没有"妻"之一说的。参阅中国文化,中国人自古以来以北为尊,以北为上,以北为本。出土楚简中的道家经典《太一生水》,认为北是万物之源,万物于北化生,又归于北。而"北",又指代"北辰",即北斗星(北斗七星外加辅星、弼星),所谓的"众星拱北"就是天上众星拱卫北辰。而所谓的"南面为王,北面而朝",朝臣皆面向北朝拜,有朝北拜尊者之说。北阙,指皇宫,或借指帝王。然诗之"北",应该是特指坐向朝南的高官,寄北就是寄者向北之恭谨,这个"北",是特指,是尊称,寄北就是寄给上峰,而肯定不是寄给一般人。

那么,这个要寄的"北",是谁呢?我们以为:"北"者,实指当时的宰相令狐绹也。可以大胆地断言,《夜雨寄北》之投寄对象,乃令狐绹也。"北"为敬语,令狐绹时为宰相,李商隐以北斗相称,应该是非常合适的。从李商隐与令狐绹的关系,以及李商隐的个人经历等来综合考察,诗寄令狐绹也是非常有可能的。

二、何当可剪西窗烛

为什么说这个"北"字特指令狐绹呢？这就需要从此诗写作的背景来看了。

李商隐一生执著仕进，三次离家远游而依人作幕：大中元年至二年（847—848）在桂林郑亚幕；大中三年至五年（849—851）春在徐州卢弘止幕；大中五年冬至十年（851—856）春在梓州柳仲郢幕。后人评价说他"始终只被视作一个文牍之才"，应该说也是他自身的原因。《夜雨寄北》诗，作于诗人第三次作幕期间，即梓州柳幕间。

史载，李商隐于大中五年（851）冬随柳仲郢入蜀，到大中十年（856）春返长安，时间长达五年之久，此诗应作于其间的后半期。"商隐于徐州府罢入朝，复以文章干令狐绹，补太学博士（正六品上阶）。妻王氏卒。会柳仲郢镇东蜀，辟为节度书记，十月得见，改判上军检校工部郎中（从五品上阶）。冬差赴西川推狱。"[①]此记本于《旧唐书》本传、《樊南乙集序》等，也就是说，李商隐入蜀作幕，是他自己积极争取得来的，因为其官品可从正六品上阶升至从五品上阶。陈铁民先生指出，唐代文官要摆脱守选，其重要途径就是"入使府"。"开元、天宝时代，唐玄宗在边地设了十个节度使，每个节镇都有长驻部队和各种文职武职僚佐，当时这些僚佐的选任，已实行辟署制；'安史之乱'后，唐又于内地遍设节度、观察等使，新增置的节镇达四十多个，于是节镇幕府僚佐的总人数大增，加上度支、转运、租庸、盐铁等使又在诸道分设巡院，各置有僚佐，这样便在官场形成了一个庞大的使府幕僚队伍。"而入府在当时也比较容易，"若受辟者接受邀请，府主即可上报朝廷，请求批准（朝廷一般都批准，很少干涉），并为

[①] 叶葱奇：《李商隐诗集疏注·年谱》，人民文学出版社1998年版，第822页。

他们奏请朝衔与宪衔"①。李商隐比较轻易地摆脱了守选而入府,且轻松地上升了他的官阶。原以为去去即回的,一年半载的时间,何乐而不去呢?岂料却久滞巴蜀,五年之久,其间荒远孤独的苦况,是他始料未及的。此时的李商隐,年且半百,身体虚弱,久滞巴蜀,思归心切。这个怀有"欲回天地"的高远抱负的人,于仕途急切功利,似却失算,有点弄巧成拙的尴尬了。如何才能改变这种久滞巴蜀的现状呢?他自然而然地想到令狐绹,他似乎也只能想到令狐绹,只有令狐绹能够为他分这个忧解这个难。

何以如此说?这就要说到令狐绹乃何许人,说到李商隐与令狐绹乃何关系了。

令狐绹是个被"妖魔化"了的人,臭名几与李林甫同。史称李商隐深受令狐绹打压。《旧唐书·文苑传·李商隐》说:"(绹)以商隐背恩,尤恶其无行。"《新唐书·文艺传·李商隐》则说:"绹以为忘家恩,放利偷合。"史书里多说令狐绹"恶其无行",然并不等于说令狐绹打压李商隐。而读史不细者,就形成了李商隐所以沉沦下僚乃令狐绹打压的结论。这真是一桩千古冤假错案。殊不知,令狐绹帮李商隐曾几出援手。商隐登进士第,靠令狐绹之力,这在《新唐书》中就有明确记载:"开成二年,高锴知贡举,令狐绹雅善锴,奖誉甚力,故擢进士第。"李商隐的《与陶进士书》等诗文中也有自述。商隐还因令狐绹的关系,曾在长安任京兆府掾曹、太学博士等职。

而李商隐与令狐绹的私交还真不错。这要从令狐楚说起了。令狐绹之父令狐楚,出将入相,亦为天下文宗,"是个饱经宦海风波、富有政治经验、很有知人之智的老人"②。自大和三年(829)商隐入天平

---

① 陈铁民:《守选制与唐代文人的诗歌创作研究》,中国社会科学出版社2021年版,第207页。
② 董乃斌:《锦瑟哀弦:李商隐传》,作家出版社2015年版,第58页。

幕而从为巡官始，这个老人就视商隐如亲出，可谓恩德备至，"岁给资装"，"令与诸子游"，精心调教，亲授其官样文章之要诀。李商隐《谢书》曰："自蒙半夜传衣后，不羡王祥得佩刀"，意思是，我得您作文之真传，比王祥得佩刀还要心怀感激。商隐在令狐家自由进出，与令狐家公子们结交优游，攻读食宿，这种关系一直维持到开成二年（837）。商隐在参与料理令狐楚的丧事后不久，"就婚王氏，入泾原幕"。在令狐家的日子里，"李商隐和老二令狐绹关系更好、更谈得来一些"[①]。苏雪林也以为："根据这些诗，我们知道义山结婚王茂元家后，和令狐绹常相酬唱，义山还常住在令狐家里，两人交情并没有决裂。"著名唐诗学者、文史泰斗傅璇琮先生非常肯定地说："令狐绹于外任湖州刺史及内任翰林学士及居相位时，均与李商隐有交往，并有所举荐。"他研究的结论是："二人并无所谓牛李党争之嫌"！[②]据徐复观先生说，李商隐在政治上没有出路不是因令狐绹的淡漠与打压，而是王茂元家族的排挤，与王茂元子王瓘等不睦。他在《环绕李义山锦瑟诗的诸问题》里指出：李既不见欢于妇翁，又与其子婿不合，以致"十年京师穷且饿"。[③]如无令狐绹长期以来力所能及的援助，李商隐的遭际将更悲惨。

　　李商隐与令狐绹的关系，既是朋友关系，又是幕僚与府主的关系，还是下僚与重臣的关系，主要还是朋友关系，不一般的朋友关系，二者的交往，一生都没有"断"过。李商隐赠令狐绹的诗就是明证。李商隐一生，作用于交际的诗，写给令狐绹的最多，如《酬别令狐补阙》《酬令狐郎中见寄》《寄令狐郎中》《寄令狐学士》《梦令狐学士》《令狐舍人说昨夜西掖玩月因戏赠》《和令狐八戏题二首》《令

[①] 董乃斌：《锦瑟哀弦：李商隐传》，作家出版社2015年版，第59页。
[②] 傅璇琮：《唐翰林学士传论》（晚唐卷），辽海出版社2007年版，第216—217页。
[③] 徐复观：《中国文学论集》，九州出版社2014年版，第177—254页。

狐八拾遗绚见招送裴十四归华州》《赠子直花下》《子直晋昌李花》《宿晋昌亭闻惊禽》《晋昌晚归马上赠》等①，在诗题上赫然标明寄赠令狐绚的，不下二十首之多，还不包括题目上没有标明而其实也是寄令狐绚的诗，外加不少的书信。而"商隐与令狐绚唱酬诗，十九含有希冀汲引推荐之意"②。商隐早在写于开成五年（840）的五排《酬别令狐补阙》里这样咏道："惜别夏仍半，回途秋已期。那修直谏草，更赋赠行诗。锦段知无报，青萍肯见疑。人生有通塞，公等系安危。警露鹤辞侣，吸风蝉抱枝。弹冠如不问，又到扫门时。"令狐绚时为左补阙，李商隐就这么"要挟"，以"扫门"相逼，"弹冠如不问，又到扫门时"，意思是说，如果你再不出援手，我就要以魏勃欲见齐相曹参的方式而早晚来扫您家门了。李商隐对令狐绚能够以这种"娇嗔"的口吻说话，可见他们的关系绝非一般。李商隐还有一首叫《九日》的诗："重阳日义山谒不见，因以一篇纪于屏风而去"③。因为走后门没有成功，李商隐还大发脾气，恶作剧题诗在令狐绚的厅堂壁上，"相国睹之，惭怅而已，乃扃闭此厅，终身不处也"④。这个相国真是"宰相肚里能撑船"。从另一角度看，令狐绚与李商隐的关系也真不一般。

俞陛云说《夜雨寄北》"清空如话，一气循环，绝句中最为擅胜。诗本寄友，如闻娓娓清谈，深情弥见。"⑤俞先生也读出来了此诗是寄友的，虽然没有说出来是寄谁。我们以为，李商隐所寄的这个朋友，也就是题目上的那个"北"，或者说诗中"君问归期未有期"的那个

---

① 李商隐上令狐绚的文有《上令狐相公状》《上兵部相公（绚）启》《为令狐博士绪补阙绚谢宣祭表》等数十篇。
② 叶葱奇：《李商隐诗集疏注》，人民文学出版社1998年版，第72页。
③ 王定保撰，姜汉椿校注：《唐摭言》，上海社会科学出版社2003年版，第230页。
④ 孙光宪撰：《北梦琐言》卷七；又：令狐绚见商隐题壁，"亦怒之，官止使下员外也"（卷二），第2页。
⑤ 俞陛云：《诗境浅说》，北京出版社2003年版，第268页。

"君"，需要具备三个要素：一是这个人要有可以"北"尊称的地位与资历；二是这个人要有为其"解困"的能力，而让其早日返北而结束漂泊之处境；三是这个人要有与其过从甚密的经历，而又能够容忍他"撒娇"而倾倒苦水的宽容。而具备这三个条件的，非令狐绹莫属也。也有研究者说此诗寄温庭筠。李商隐在徐州幕时，温庭筠寄诗云："寒蛩乍响催机杼，旅雁初来忆弟兄"（《秋日旅舍寄义山李侍御》）。李商隐在川幕，也有三首诗寄赠温。然玩寄北诗意，其寄温的可能性不大，即温不具备以上这三个条件。温庭筠绝不是李商隐亟不可待、急不可耐地要寄信与之沟通的那个人。李商隐虽也曾诗赠杜牧，而有"人间惟有杜司勋"的谀美，然其中却没有一句暗示杜牧也拉他一把的意思，最能够说明他们之间关系的就是，杜牧连一首酬酢回复都没有。以李商隐的社会关系，结合其往来的诗文考，没有谁比令狐绹更适合让李商隐称"北"称"君"的，也没有谁比令狐绹更有可能让李商隐超离久滞巴蜀困境的。

看来是李商隐又要有求于令狐绹，而在诗题上就表现出特别的恭敬，以"北"来代称矣。

三、当解其中干谒之意

艾略特说过："诚实的批评与敏锐的鉴赏不应该着眼于诗人，而应该着眼于诗篇。"诗的背景材料固然很重要，而只有在作品中实现的意图才是作者的真正意图。在文献考证无能为力的时候，唯有尝试以文艺学的方法来解决不能以文献考证解决的问题，以形象思维来解决考据不能解决的问题，最终起决定作用的是作品呈现的"创作意图"，而不是所谓的"历史事实"，也就是说，考论《夜雨寄北》的"北"，重要的还是要考察作者的创作意图。

《夜雨寄北》首先是让古人读歪了，读成了"寄妻"的。清人吴乔《围炉诗话》里说:"唐人诗被宋人说坏,被明人学坏,不知比兴而说诗,开口便错。"李商隐的诗,又是那种很容易被人读错的诗。李商隐的诗擅用比兴,幽微含蓄,隐晦曲折,寄托甚深,他是很不情愿将诗写得浅直晓白的。从主观上说,李商隐"刻意"为诗,很少率笔成咏,不会轻易出语;从客观上说,其诗言辞闪烁,讳莫如深,晦涩朦胧,叫人颇费猜疑,造成了解读的难度,真个是"诗家总爱西昆好,独恨无人作郑笺。"(元好问《论诗绝句》)

李商隐存诗五百九十余首,七绝一百九十二首,占总数的三分之一。他七绝诗的总量在唐诗大家中也仅次于存诗最多的白居易。叶燮《原诗》说:"李商隐七绝,寄托深而措辞婉,实可空百代无其匹也。"[①]也就是说,真要是将《夜雨寄北》读作"寄妻"诗,其中描写就成了一般性的卿卿我我的情感与关系,那就大大地弱化了诗的思想与艺术的含量,也就大大地简单化了李商隐。李商隐擅长典故,深于象征暗示,而从诗之表意看,其中似有什么隐情不好出口,或有什么欲求不便直说,让人感到他对此寄的期望值很高,而其期待也就特别的强烈。因此,此寄之对象就不是一般的人了。肯定不是寄妻的,李商隐寄情人的诗都"赤裸裸"的,寄妻反倒"羞答答"的?羞答答到了不能明言"寄妻"呢?纪昀评《夜雨寄北》曰:"作不尽语,不免有做作态,此诗含蓄不露,却只似一气说完,故为高唱。"(《玉溪生诗说》)纪晓岚非常欣赏的就是这个"作态",此诗所以为"高唱",就是因为它的这个"作态",看起来浅直明朗,而实际上意远韵长,是为"含蓄不露"也。

《夜雨寄北》作于一个秋雨之夜,写的是一个秋雨之夜的特定思绪,感情深挚绵邈而让人玩味不尽。"君问归期未有期,巴山夜雨涨秋池。"诗以答问开篇,跌宕有致而引人入胜。读懂这个"君",也就

[①]《原诗·一瓢诗话·说诗晬语》,人民文学出版社2012年版,第74页。

读懂了"北",也是读懂全诗的关键。"君"为何人?这个"君"自然不是其妻,其妻王氏死于大中五年,死于商隐赴川前。即便是其妻未死,商隐寄妻诗也不用"君"呼。以唐诗观,诗中用"君"无数,而用于称"妻"、称女子的仅是几个特例,譬如"半缘修道半缘君"之类。这两句问答,写出了双方关系,而细玩诗意,李商隐已经不止一次地去书对方了。诗之开篇,劈头就说"君问归期未有期",既有被"君问"之欣喜,又有归而"未有期"之感喟,因此也只有这样作复了。紧承"问"字,诗人凝练出一个凄苦孤独的意象:巴山夜雨涨秋池。诗人独在巴山,时已深秋,且为孤夜,更兼淫雨,池水猛涨,此情此境凄惨无比,刻骨铭心,逼人涕下,极其形象地描绘出李商隐当时的处境。李商隐是急于要改变现状,急于要从久滞巴蜀的困境中解脱出来。诗中所表现出来的情感异常丰富,然总感到笼罩着一种怨气,既悲且怨,甚至是一种绝望,显然不是夫妻长久分居两地的那种苦情,而仿佛于刘禹锡"二十三年弃置身"的慨叹。几年前他在徐州幕时尚有"且吟王粲从军乐,不赋渊明归去来"(《赠四同舍》)之踌躇满志,入川后便是"三年苦雾巴江水,不为离人照屋梁"(《初起》)之哀怨悲切也。如今,李商隐久困于巴蜀,也只有求援于令狐绹,除了令狐绹没有谁能够让他超脱困境。从李商隐所有的社会关系看,没有谁比令狐绹更可能为李商隐解困,也没有谁比令狐绹更适合充当诗中的那个"君"。这个"君",非令狐绹莫属也。

而"何当共剪西窗烛,却话巴山夜雨时"二句,最见李商隐宛转变化的功夫,超越时空,以眼前跳接未来,以巴山对接长安,而实现与之"夜话"的愿望,呈现重逢故人的乐景欢情。"何当"二字,意谓"什么时候",或曰"怎么能够",既含"未有期"的不可料定的惆怅,更多的是充满了"却话"的期待,凸显了诗人朝思暮想重获知遇的内心梦幻。诗人非常巧妙地用"西窗"拉近彼此距离,这是用回忆来打动对方，而使对方也陷情于往昔的交往。而非常有意味的"西窗"一词，在李商隐的注本中则多"阙注"。这也是读者将寄北读作寄妻的原因之一。"西"在古代，多与客有关，古以西宾位，而将家庭塾师或官员幕客称之为"西席""西宾"，这种"尊称"源自以西为尊的礼仪传统。"西窗"当是待客的客厅，舍房之西侧房间。"西窗"一词在唐诗中多作客居或待客用，多写主客相会，戎昱《冬夜宴梁十三厅》五律曰："故人能爱客，秉烛会吾曹。家为朋徒罄，心缘翰墨劳。夜寒销腊酒，霜冷重绵袍。醉卧西窗下，时闻雁响高。"诗写故人"西窗""秉烛"而主客彻夜长谈，似可为"何当共剪西窗烛"一句之典。应该说，《夜雨寄北》中的"西窗"还不是什么典故。陶潜诗中有"南窗""北窗"与"东窗"，就唯独没有"西窗"。王维诗里有："讵胜耦耕南亩，何如高卧东窗"（《田园乐七首》其二）。杜甫《绝句》的"窗含西岭千秋雪"，理当是临西窗而观吧？白居易诗中倒是多次出现"西窗"的意象，如《对琴酒》云："西窗明且暖，晚坐卷书帷"；又如《禁中闻蛩》云："西窗独暗坐，满耳新蛩声"；再如《听弹古渌水琴曲名》云："闻君古渌水，使我心和平。欲识慢流意，为听疏泛声。西窗竹阴下，竟日有余清"。温庭筠是李商隐的同时代人，他亦有"回嚬笑语西窗客"（《舞衣曲》）的描写。西窗，是个待客的地方，是个读书弹琴的所在，诗人西窗独坐，西窗听虫，西窗栖阴，诗中的"西窗"似乎看不出什么爱情的信息，而只是一种审美，表现一种闲趣，作为一种表现高雅韵味的诗意象。《夜雨寄北》之后，"西窗"在诗词中频繁出现，"西窗"美的内涵和意蕴已经极其丰富：西窗映雪，西窗听雨，西窗满月，西窗遐思，西窗忆昔，西窗梦断，西窗夕照，"西窗"定格成了一种诗化美境。西窗，是窗而非窗，已经成为一种审美符号，成为一种诗禅兼生的化境，成为一种能够唤起人们亲切好感的诗歌语言。另外，"西窗"之"窗"字，又常常连词为"窗友""同窗"等，表现二者关系。《夜雨寄北》用"西窗"，是作者希望北归长安而有"西窗"之款待，而宾主相得，长夜晤谈。意谓，什么时候我才能回到长安，让我们相聚于西窗之下而剪烛谈心呢？这是一种以"情"动人的表现，意在感化收到其寄诗的一方，意在敦促令狐绹早施援手。诗的第四句再次出现"巴山夜雨"，眼前之情境，而作日后之怀想，强化了夜雨巴山的苦况。结合前述，此意尤深，此话甚妙。不晓得哪一天能返长安而相对夜谈，我一定要追述今夜作客巴山的凄苦境况。那"巴山夜雨"之苦，可是刻骨铭心的苦啊！诗人渴念知遇之情尽出矣，满怀希望而又害怕失望，非常虔诚地投寄，也非常急迫地期待，这也让我们看到了一个形单影只、孤独无助的形象。李商隐的诗是隐喻性的，"西窗"成了一种象喻，"巴山夜雨"也成了一种象喻。宋葛立方《韵语阳秋》评云："绹之忘商隐，是不能念亲；商隐之望绹，是不能揆己也。"[①]细玩寄北诗，我们深切感受到其中隐隐约约的"不能揆己"的哀怨也。

《夜雨寄北》乃"风调""含蓄"的象喻之作，应该是一种弃臣与闺怨的写法。古人赠诗友人都会署上友人名号，这是礼法规矩，也是常识。而用"北"来实指代所寄对象，表现出一种特别的尊重，表现出寄者与所寄对象的一种特殊关系，也表现出诗人之所寄的一种特殊的渴望，一种重归于好的渴望，一种情感沟通的渴望，一种急于改变现状的渴望。

正可谓：

> 巴山夜雨苦无期，但怨令狐援手迟。
> 代有郑笺翻妙墨，谒诗误作寄妻诗。

[①] 何文焕编：《历代诗话》，中华书局1982年版，第571页。

第二编

微意深参

引子

　　经典诗人与经典诗歌的研究，首先应该是美学判断与历史判断，而不能是价值判断，这样才能有助于再现和还原历史，获得客观评价。

　　刘熙载说："读义理书要推出事实来，读事实书要推出义理来。"事实里推出义理来很困难，义理里推出事实来更不容易。我们追求事实与义理结合的学术研究之正道，重视精审严谨的事实考订，也重视考订中的义理引发与推衍。

　　章学诚曾叹曰："近日学者风气，征实太多，发挥太少，有如桑蚕食叶，而不能吐丝。"这除了是理论功底薄弱外，就是思想固化而毫无创见可言。

　　唐诗研究的关键是唐诗的细读。读懂唐诗是一切研究的关键。而熟参是对作品的精细阅读，妙悟则是对诗的行家感悟。

　　因此，精细阅读，琢磨参悟，甚至以艺术的直觉敏感而获得一种"非理知思辨"的妙悟，而进入"悦神"层次的审美愉悦。

　　研究依赖"二重""三重"证据法，只能使可讨论的对象狭窄化，固守已有的文本与资料。

第五章

为什么"领解者少"

王维的诗,不容易读懂,这是南宋大儒朱熹说的。

朱熹说:"摩诘辋川诗,余深爱之。每以语人,辄无解余意者。"(《朱子语录》)朱熹又说:"余平生爱王摩诘诗云:'古人非傲吏……'以为不可及,而举以语人,领解者少。"(罗大经《鹤林玉露》甲编卷六《朱文公论诗》)

朱熹读辋川诗(《漆园》)有两大遗憾,一是"以为不可及",其中境界不易达到也;一是认为"领解者少",其中深意不易理解也。

为什么会是这样呢?

一、傲吏并非真傲

王维《漆园》诗云:

古人非傲吏,自阙经世务。

偶寄一微官,婆娑数株树。

诗就四句二十字,没有语言障碍,然这是一首思想性很强的诗。王维的不少诗,正是这样,以诗的形式来谈哲学,而成为哲学性质的诗。闻一多先生说中国第一个伟大的诗人是庄子,《庄子》就是哲学的诗。王维《漆园》诗,则是以诗的形式来表现庄子哲学的。

《漆园》是《辋川集》组诗二十首里的最后一首诗,这首诗所写的"漆园",是辋川别业里的二十个景点之一,是王维借庄子漆园典取名的一个景点。

　　王维将这个景点取名"漆园",本来就很有意味。庄子曾为漆园小吏,主督漆事。或曰"漆园"乃古地名,庄子曾在此做官。不管怎么说,庄子与漆园密不可分,提到漆园就会想到庄子,"漆园吏"也成为庄子的别称。《史记》卷六十三《老子列传》附《庄周传》中说:楚威王闻庄周贤,使使厚币迎之,许以为相。庄周笑谓楚使者曰:"千金,重利;卿相,尊位也。子独不见郊祭之牺牛乎?养食之数岁,衣以文绣,以入大庙。当是之时,虽欲为孤豚,岂可得乎?子亟去,无污我。我宁游戏污渎之中自快,无为有国者所羁,终身不仕,以快吾志焉。"你庄子不干也就算了,干嘛要嘲讽来使,羞辱命官?这不是狂傲又是什么呢?因此,庄子也给世人留下了一个"傲"的印象,而多称庄子为"傲吏"。郭璞《游仙诗七首》(其一)曰:"漆园有傲吏,莱氏有逸妻。"郭璞《客傲》又曰:"庄周偃蹇于漆园,老莱婆娑于林窟。"郭璞每每将庄子与老莱子并举,意思是,庄子漆园为吏是一种狂傲不逊,老莱子隐居林窟是一种潇洒自适。而庄子之漆园,则成为庄子之后的失意文人所特别看好的失意去处与生活方式。

　　《漆园》这首诗的写法,也非常有意味。《辋川集》二十首诗,一首诗写一个景点。在写法上,前十九首诗皆写景,这最后一首叫《漆园》的诗却侧重于议论。这似有"卒章显其志"的意味,似乎是在解答:我为什么乐山水而不疲,我为什么要以漆园命名一个景点。《漆园》诗通篇议论,准确地说是"辩",为庄子辩。庄子明明是个"傲吏",旷世"傲吏",在某种意义上,古来也真没人比他更"傲"的了,简直是不可理喻的"傲"。然而,王维则说他不傲,说他不是傲吏,这自然就让人看不懂了。"古人非傲吏,自阙经世务"二句意谓:庄子不是傲吏,他是自知无经世之才具,而不想去揽相国这活儿。这是庄子对自身角色的清醒认识，也是对其当下站位的正确选择，而没有认知迷失和角色错位。或者说这叫做"错位发展"，就是行为主体根据自身条件，选择了一种与众不同而适合自身发展的方式和路径来谋求发展。这是一种摆脱困境或培育优势的求异思维和生存智慧。怎么能够说是傲呢？

"偶寄一微官，婆娑数株树"二句，似为举证性质的自圆，解释"非傲吏"的观点。两句意谓，做一微官，而兼得"婆娑"生意。前句是说只需要简单的物质条件，后句则是说却获得了富足的精神享受。原来庄子是追求自由啊，自由大于一切，惬意就是所有，洵为人生之大智慧也。庾信《枯树赋》中有"此树婆娑，生意尽矣"的说法。王维以婆娑喻树，取枝叶纷披而生机勃勃之意，喻指山林之隐居，是他效法庄子所谓"傲世"的人生理想。于王维看来，这怎么能说是"傲"呢？怎么能说庄子是"傲吏"呢？他连漆园吏这样的微官都乐意去做，难道能够说他"傲"吗？其实，这是王维在借题发挥呀！王维为什么会有此创作感发呢？一定是他王维亦官亦隐的行举也遭人诟病，被说成是"傲"了，当成"傲吏"了，于是便借庄子以自写自喻，表白自己的隐居，决无傲世之意，也非满足现状而不思进取，而是一种自甘淡泊的人生态度，这种摆脱物累心役的精神超越，则是一种鱼与熊掌两者兼得的生存智慧。

原来王维是在为庄子辩，准确地说是他借为庄子辩之名而行为自己辩之实，也主要是在为自己"辩"。他非常心仪庄子，而以庄子自视，一介微官，几树婆娑，仕隐通兼，两全其美。王维巧于用典，根据自身的特点，放大了庄子"行隐两适"而恬淡自足的人生态度与生存智慧。关于这一点，朱熹能解，也非常欣赏，成为王维的精神知己，而有"余平生爱""余深爱之"之说。然而，要真正做到一介微官、几树婆娑谈何容易，故而，朱熹也便有了高"不可及"的愧叹。

这为什么让大多数人不能读懂呢？之所以"领解者少"，是因为非黑即白的思维两极，是因为非仕即隐的评判极端，不能理解这种"亦官亦隐"的人生态度与生存智慧。同样是追随漆园高风，王维就不是魏晋风流的那一种。著名历史学家柳诒徵一针见血地指出：魏晋"旷达之士，目击衰乱，不甘隐避，则托为放逸"，其实乃"故作旷达，以免诛戮，不守礼法，近乎佯狂"。[1]柳先生认为，魏晋人放浪山水不是一种真正的闲适，而是狂狷，是一种以破坏礼法为手段的怪诞佯狂。这种放达形式，根本谈不上适意会心，而是一种非"正常"性的内心蹂躏，是一种无可奈何的自戕性对抗，是非到万不得已而不如此的人性人格扭曲。当今著名禅学大师铃木大拙说："禅要一个人的心自在无碍，不能戕害精神本来的自由。"比较起魏晋人，王维才是真正读懂了庄子的人，体悟到庄子的精髓，"偶寄"而已，"婆娑"适意，物质与精神两可，悠哉乐哉。他顺应天命而安于自然之分，从闲逸和虚静中找到了安顿生命的方式和人生原则，而生成高蹈超逸的主体精神，表现出以安命养性为宗旨的"漆园"境界和生命自觉。王维的《漆园》诗，集中地表现了诗人恬退逸隐的生活情趣和自甘淡泊的人生态度，尽最大可能地保持人的自然本性，"微官"与"婆娑"兼得，物质与精神并重，简单物质而富足精神，顺其自然而自足自适，即已近乎庄子的"圣人"境界。因此，王维的这种思维方式、思想境界与生活状态，确实"领解者少"矣，更不用说做到这一点了。

二、最难还是"身心相离"

看不懂王维的人总以为，要么做官，要么归隐，怎么能够亦官亦隐呢？你王维为什么不能像陶潜那样毅然决然地归隐呢？因此，这也

---

[1] 柳诒徵：《中国文化史》，上海古籍出版社2001年版，第420—421页。

就形成了王维不如陶潜的总体认识，甚至还形成了王维因个性软弱而没决意归去的简单结论。其实，陶潜也不是不想做官的，也不是毅然决然地就归耕退隐了的，他一会儿出仕，一会儿归隐，四五个来回之后，才悻悻地归去来兮。陶渊明说自己"质性自然，非矫厉所得，饥冻虽切，违己交病"。意思是我宁可在家忍受贫苦饥寒，也不愿与那些官僚委曲求全地应酬。王维不欣赏陶潜的人生态度，曾经讥讽陶潜是"一辱之不忍而终身受辱"（《与魏居士书》）；说他任天真而性耽酒，"生事不曾问，肯愧家中妇"（《偶然作六首》其四）。各人有各人的具体情况，各个时代也有各个时代的价值取向。王维《与魏居士书》中说："可者适意，不可者亦适意也"；"苟身心相离，理事俱如，则何往而不适"。身虽役于物，而心不役于物；如能身心分离，则无往而不适。王维的无可无不可的人生价值取向，消弭了自然之理与仕宦之事的界限，仕与隐了无界限，生活与审美也无甚区别，泛舟弹琴，咏歌赋诗，玄谈禅诵，以审美的态度生活，以生活的姿态审美。

所谓"偶寄一微官，婆娑数株树"，即以此来平衡理想与现实、仕途与归隐的矛盾，把握住心性根本，"长林丰草，岂与官署门阑有异乎？"（《与魏居士书》）根本不需要像陶潜那样解印绶而归田园，也没有必要像谢灵运那样觅蛮荒而宿山林。在仕与隐的问题上，陶王二人原本就不存在可比性。陶潜的归去躬耕，王维的亦官亦隐，都是表面现象。二人去留之选择，是性格的原因，人生态度的原因，更是时代的原因。每个人都有他自己处理个人与社会矛盾的方法，不同时代对同一类事的处理也不尽相同。不能一概而论地说"归去"就是伟大就是高尚，"不能归去"就是龌龊就是软弱。魏晋时期与盛唐的人生观和价值取向可谓天壤之别。陶潜是乱世处理个人与社会矛盾的方法，而王维是盛世处理个人与社会矛盾的方法。如果硬要以"归去与否"来取人之高下，那么陶潜之"归去"也未必那么高尚。我们也可以这么

"苛责"说：逃避归去，独自洁好，不是对社会不负责任吗？沉溺酒醉，拙于营生，不是对家庭不负责任吗？讨酒乞食，长饥于老，不是对自己不负责任吗？以儒家君子人格观讨论，君子大概也不该是逃避社会、醉生梦死的那种吧。王维虚与委蛇，为什么就不是一种生存智慧呢？笔者在拙著《盛世读王维》里说："陶渊明属于一种君子人格风范，而王维则是另一种君子人格风范，他们都是将'君子不器'的经典原理转化为一种诗意生活风尚。中国古典诗学一直不知疲倦地向诗人提出人品人格的要求，而从人格意义上观察，古代诗人中超出王维者还真不多，至少可以说，其人格高出了君子'格'的水平线。纵观其一生，他最努力也最自觉的便是，对于人道情感和人格形象的本体构建。"[1] 王维长期官居要职，为官却从不把官当官做，一无踌躇满志的骄横，更不以丧失人格为代价钻营奔竞。他的《漆园》，可以说就是一首思想表白的诗，或者说是一首可以通向王维思想的诗，也是他对为什么亦官亦隐的回应。我们则从此诗进入，走近了王维，认识了一个淡泊名利而智慧生存的智慧王维。俞陛云说《辋川集》诸作"皆闲静而有深湛之思"（《诗境浅说续编》）。王维不少的诗，有"深湛之思"，在理解上有相当难度，因此，读王维的诗，真需要精神上的知遇与把捉。

王维诗难懂，一个很重要的原因就是其诗非常委婉，总是想方设法把话说得特别婉转，我心里怎么想的，我在诗中要表现什么，我不告诉你，你自己去思考吧。借用他自己的话说就是："君问穷通理，渔歌入浦深。"你若是要向我讨教有关命运穷通的道理，就请你从那水浦深处的渔歌缭绕之中去悟吧。这两句诗，出自王维的五律《酬张少府》。网上有几个解读"文本"非常搞笑，将这个"张少府"说成是

---

[1] 王志清：《盛世读王维》，河北人民出版社2020年版，第54页。

唐代名相张九龄。这属于"常识性"问题，是不懂"少府"是何官衔。唐代县令称"明府"，县尉为县令之佐而称"少府"。"少府"也只是个副处级干部，顶多算个八品官。张九龄乃当时的宰相，位极人臣，二至三品的高官大员。王维诗的第一句就告诉人，这是他晚年的作品，诗写于760年前后。王维都晚年了，比王维年长20岁的张九龄，早在740年就离世了，怎么还能在二十年后向晚年的王维讨教呢？我们不能因为张九龄与王维之间有些来往，看到题目上诗是写给姓张的，就将此张说成彼张了。其实，只要稍稍认真读过此诗的，就不会出现这样的低级错误了。其诗曰：

晚年惟好静，万事不关心。自顾无长策，空知返旧林。
松风吹解带，山月照弹琴。君问穷通理，渔歌入浦深。

诗之开篇就写自己的晚年状态，晚年好静，晚年归隐，晚年什么得失进退都不在考虑之中了。此中"自顾无长策"与《漆园》里的"自阙经世务"是一个意思，王维经常在诗中"妄自菲薄"，总说自己才具怎么的不行，这与李杜大不一样。这个张少府，要想向王维讨教穷通之理，王维却秘而不宣，要他去亲近自然，随缘任运，可官亦可隐，根据自己的才能与需求。"君问穷通理，渔歌入浦深"二句，陈贻焮先生《王维诗选》里解曰："你若问我关于命运穷通的道理，我想，从那悠扬的渔歌声中，也许可以得到解答吧。"陈铁民先生《王维诗选》里亦解曰："我唱着渔歌进入渔浦深处。王维的意思是，你自己去体会吧，我不告诉你。"其实，王维何尝没有告诉这个张少府呢？他是以诗酬，而不是大白话的直言，不是做政治报告的煽情与鼓动。这种诗的表述，大体类于"拈花微笑"的故事，或者说与"拈花微笑"精神是一致的。佛禅教示言说的语录公案，皆是一种意在唤起被启悟者内在佛性的声音，真正的意义都不在语词的表面，都不是线性思维，也不会去直言相告的。

诗的五六两句直写山水:"松风吹解带,山月照弹琴。"这是在自写,是景语亦是情语。"解带",彻底放松;"弹琴",极其惬意。"解带"与"弹琴"二细节,借喻隐逸生活的全部内容,尽写其"返旧林"后志满意得的深深陶醉,可谓"万事不关心"的闲适生活中的形象描写,亦是摆脱了现实政治的种种压力之后的诗意生存的当下状态,是诗人智慧消解穷通两难之后的精神洒脱。这与"偶寄一微官,婆娑数株树"如出一境,王维想要回答张少府穷通之理的答案就在其中了。

《酬张少府》,王维没有正面回答张少府的问题,但是句句都在回答他的问题,通体皆妙,末句尤妙也。末句亦禅的表达,乃禅之问答。其实,穷通之理,真不是能够轻易说透的,何况见解也见仁见智。王维通篇自写,写自己处理穷通的智慧,妙在"以不答答之"(沈德潜《唐诗别裁》卷九),答案即在不答之中,并非隐约其词,更非模棱两可,而是生成"言有尽而意无穷"的禅趣禅悦。这就是说,王维诗要靠读者拿到自己心里去涵咏体悟。

三、读者如何才"够资格"

范德机《木天禁语》里就说过:"王维诗典丽靓深,学者不察,失于容冶。"所谓"容冶",就是容貌美艳。也就是说,如果不能细读慎察,就会只见其秀华清丽的外表,而不见"典丽靓深"的内蕴。假如你没有一点禅道常识,没有比较好的艺术修养,读王维的诗就感觉不出它的高妙精深,而以为太过平淡。王维诗多含蓄笔法,而不是社会现实的实录,也不作自然实物的写生模仿,往往将意象提炼到具有最高概括力的程度,意象相洽,象意浑融,创造出恍惚缥缈或清空简远的意境,生成一种寻绎不尽的禅悦,暗合庄禅理谛,有"当下通向无限"的艺术玄妙,给人以积极而多向度的暗示。

王维《漆园》之类的五绝精品,禅意十足,哲味浓郁,不细读深玩而难解其深意也。对王维的这类辋川诗，朱熹说他"深爱之"。然他"举于他人"，或"每以语人，辄无解余意者"。也就是说，认同他的人不多，或者说是很多的人不能理解其何以力荐王维的诗，不能理解王维的诗好在哪里。应该说这主要是因为王维诗的特殊美质所造成的。王维诗蕴蓄，逸意秀境，兴象玲珑而不作句诠，抑或是宋人尚俗尚直尚露尚怪，而不习惯读王维的诗，不习惯诗讲"兴味""妙悟"的美学特质。王维诗充满了微妙的暗示，用钱锺书的话说，就是"说出来的话比不上不说出来的话，只影射着说不出来的话"，是一种"怀了孕的静默"。中国现代诗学与中国新诗实践一开始就选择了西方写实主义的传统，背离了中国诗歌以"虚"为美的传统，也影响了现代人的审美趣味与标准，影响了人们对《漆园》类诗的阅读兴趣与理解。读王维诗，需要细读深参，以一种"非理知思辨"的妙悟，进入"悦神"层次的审美愉悦。诚如李泽厚先生所说，这种愉悦与过程都非常神秘，是感性的却超越了感性，"将来或者可以从心理学对它作出科学的分析说明；现在从哲学说，它便正是由于感性的超升和理性向感性的深沉积淀而造成的对人生哲理的直接感受"[1]。因而，要对王维诗有比较到位的感知，确实并非易事。尤其是当下习惯性阅读，快餐性审美，使我们的内心感受单薄，文学感觉迟钝，主体审美视域平面化，美学趣尚低下化，无法进入王维诗的妙境，无以尽得镜花水月之诗美的享受，甚至未免"失于容冶"也。

朱熹说他"平生爱王摩诘诗"，爱王维《漆园》类的诗，应该说主要是爱王维的境界，爱其淡泊的思想与超逸的精神，而他有"以为不可及"的自惭。唐宋距离我们千年之遥，我们也不再以唐宋士大夫知识分子的生活方式为参照，或去追求与模仿他们的生存状态了。然

---

[1] 李泽厚：《李泽厚十年集》（第一卷），安徽文艺出版社1994年版，第364—371页。

而，我们正处在一个人欲横流的时代，现代人日渐异化，人在平庸乏味的日常生活中，正在变成没有灵慧也毫无趣味的人，变得心灵麻木，感觉迟钝，审美感受能力日趋退化。我们也同样需要诗来拯救。用诗来拯救人的灵魂，中国古代哲人王夫之说过，德国哲学家海德格尔也这么说。胡应麟说王维《漆园》那类的诗，"读之身世两忘，万念皆寂"，就是说其诗具有精神净化的功能，具有疗救的意义。王维的诗，不写对立，不写抗争，不写仇恨，不写奔竞亢进，更不鼓动与煽情而叫人血脉贲张激流勇进，而多写靖和静穆的生态环境，多写平心静气的人际和谐，多写息心静虑的生命状态。读王维的诗，涵咏性情，以自然林泉之趣为趣，从而达到改善精神生活、涵养精神气质的旨归，让人调理性情而心平气闲，宁静去躁，摒除俗念而息欲止贪。人只有息心静虑，才有这份逍遥自在的闲适，才有这份不为物累、不为俗缠的脱俗，也才能够真正回答"审美带有令人解放的性质"这一著名命题，而在对美的自由消遣中获得情感满足的精神需求。这也使人变成为一个真正的人，充满了享受美享受自然享受闲适与宁静的惬意。

  林语堂先生说，诗歌使中国人在精神世界里过着一种高贵的生活。怎么才能过上这种"高贵的生活"呢？也就是说，怎样才能读懂诗，读懂王维诗？英国著名批评家瑞恰慈提出了一个"够资格的读者"的理念，要做一个真正的阅读者还真不容易，尤其是做王维诗的阅读者。读王维，笔者一直在怀疑自己是不是个"够资格的读者"，真不敢说已是个"理想的诠释者"也。朱熹说王维《漆园》的"领解者少"，其实，王维其他诗的真正"领解者"也不多。因此，读王维诗，是一种挑战，是一种情智与审美的极限挑战。王维难懂，其中一个重要原因，就是因为我们不能心静也。

正可谓:

> 如读老庄如读禅,原来参悟靠机缘。
> 息心自得诗三昧,何处青山不辋川。

第六章

何以教香菱先读王维

林黛玉为什么教香菱先读王维呢？这是非常耐人寻味的。

《红楼梦》[①]第四十八回"滥情人情误思游艺　慕雅女雅集苦吟诗"，写的是香菱向黛玉学诗的事。香菱向黛玉讨教写诗之道，黛玉要香菱先去读王维，让她先把王维的五言律读一百首，细心揣摩透熟了，然后再读其他。

其实这也就是《红楼梦》作者的诗学观点，是曹雪芹在借林黛玉之口说话。因此，俞平伯先生说："黛玉跟香菱谈诗，不妨视为悼红轩的诗话。"曹雪芹平生没有"诗话"类的诗论专著，也没有发现他有诗集，而他的诗观则在《红楼梦》（主要是第四十八回）里得到集中展示，其宗唐抑宋而尤崇王维的审美取向是非常显豁的，我们综合《红楼梦》里谈诗的其他片段及其中楹联诗词以及建筑景点设置与命名来考察，得出了这么几点认识：

一、骨子里宗唐抑宋

林黛玉要香菱先读王维，乃曹雪芹宗唐抑宋观使然。《红楼梦》第四十八回有一段黛、菱论诗对话：

---

① 本文所引用《红楼梦》系古木校点版，上海古籍出版社2004年版。

香菱道:"我只爱陆放翁的'重帘不卷留香久,古砚微凹聚墨多',说的真切有趣。"黛玉道:"断不可看这样的诗。你们因不知诗,所以见了这浅近的就爱,一入了这个格局,再学不出来的。你只听我说,你若真心要学,我这里有《王摩诘全集》,你且把他的五言律读一百首,细心揣摩透熟了,然后再读一二百首老杜的七言律,次再李青莲的七言绝句读一二百首。肚子里先有了这三个人作了底子,然后再把陶渊明、应、刘、谢、阮、庾、鲍等人的一看。你又是这样一个极聪明伶俐的人,不用一年工夫,不愁不是诗翁了。"

黛、菱的这段对话,突出反映了宗唐抑宋的诗观,具体说来有三层意思:其一,学诗当由唐诗入门,宋诗格局浅近而"断不可学"。其二,目无宋诗,这是典型的"唐无赋,宋无诗"观,黛玉所开列的书单中,竟没有一个是宋人的,哪怕是苏轼,将宋诗完全排斥在外。其三,诗必盛唐,取法乎上,王维与李杜也有个先后顺序,后李杜而先王维。

因此,红学家蔡义江在他的《红楼梦诗词曲赋评注》中认为,这一段诗论明显地受了宋代严羽《沧浪诗话》与清初王士禛"神韵说"的影响,这是非常有眼光的。严羽身为宋人,却极不看好宋人诗,认为宋诗"以文字为诗,以议论为诗,以才学为诗",尚俗尚直尚露尚怪,远离了盛唐诗"兴味""妙悟"的美学特质。他在《沧浪诗话》里尖锐批评说:"诗而至此,可谓一厄也!"这说得很严重,简直是说这是诗的不幸,是诗的灾难。他对盛唐后的诗极为不满,认为盛唐之后诗不足法也,所谓诗"以汉魏晋盛唐为师,不作开元天宝以下人物"。这显然是以盛唐为宗,是"诗必盛唐"的滥觞。黛、菱对话,简直就是在为严沧浪"背书"。

元之后的明代,从高棅到前后七子重新打出严羽"诗必盛唐"的旗号，将"诗必盛唐"作为诗文的理论纲领与创作主张。《明史》卷286《文苑列传二·李梦阳传》曰："梦阳才思雄骜，卓然以复古自命……倡言文必秦汉，诗必盛唐，非是者弗道。"《明史》卷287《文苑列传》说"其持论，文必西汉，诗必盛唐，大历以后书勿读，而藻饰太甚。"与李梦阳并称的何景明也说："经亡而骚作，骚亡而赋作，赋亡而诗作。秦无经，汉无骚，唐无赋，宋无诗。"李梦阳、何景明等人"文必秦汉，诗必盛唐"的复古主张，是为反对粉饰太平、逢迎唱酬的台阁体的华靡卑弱，反对八股文的形式主义文风，包含着合理而积极的内涵，但也造成了模拟造作的不良影响，尤其是有一定的片面性，对中唐以后的诗文横加贬抑，认为"大历以后书勿读"，对宋代以后的诗作一笔抹煞。明初周叙呼吁说："宜将宋人之诗一切屏去，不令接于吾目，使不相渐染其恶，庶得以遂吾之天。"[①] 明初李攀龙《古今诗删》不选宋元诗，清初王夫之选诗也不选宋元，认为宋人多染说教的习气，甚至说"山重水复疑无路"诗有卖弄哲理的嫌疑。故而，王夫之只有《古诗评选》《唐诗评选》与《明诗评选》，而没有宋元诗评选。

　　王士禛对曹雪芹诗观的形成具有直接影响，这可联系当时文坛风气与曹雪芹的家庭背景来看。曹雪芹的祖父曹寅与王士禛世交，他们同为高官，皆深得康熙信任，因为同有文人情怀，便更多共同语言，曹寅曾邀王士禛为他的《楝亭图》题诗。曹寅为人风雅，擅诗文，尤好藏书刻书。据《北师大图书馆曹寅旧藏善本书知见录》载：其所编《楝亭书目》，著录藏书三千二百八十七种，中多抄本及宋元本。卷帙浩繁的《全唐诗》，就是曹寅奉旨组织刊刻的。一代文人如王士禛、朱彝尊、宋荦、陈维崧等，都是曹寅的座上客，真可谓"风堂说旧

[①] 周叙：《诗学梯航》，吴文治编《明诗话全编》第2册，江苏古籍出版社1997年版，第988页。

诗，列客展前席"（曹寅诗）。祖上的风流酬唱，对曹雪芹有耳濡目染的影响。作为一代文宗的王士祯尤宗王维，他在其《蚕尾续文》中就曾明确表示："严沧浪以禅喻诗，余深契其说。"他的"神韵说"理论接源严羽《沧浪诗话》。他认为诗应出之于"兴会神到"，清远冲淡，含蓄蕴藉，强调空寂超逸、镜花水月的"神会超妙"境界，反对诗歌直接反映现实，不喜欢"沈著痛快"、酣畅淋漓的风格。而黛、菱论诗，其大意明显与王士祯《渔洋诗话》诗论吻合，也暗接严羽《沧浪诗话》诗观，成为曹雪芹深受宗唐抑宋诗观影响的极好明证。《红楼梦》第四十回中，林黛玉说："我最不喜欢李义山的诗，只喜欢他这一句'留得残荷听雨声'。"因为小说中没有说为什么不喜欢，给人以悬念，应该也是盛唐为宗的诗美尺度，"不作开元天宝以下人物"矣。

黛玉要香菱先读王维，凸显了《红楼梦》作者"宗唐抑宋"的诗学倾向，这种以小说参与诗坛宗唐与宗宋之争的形式，也成为曹雪芹的一个创举。

二、源来深宗王维

《红楼梦》里不仅让林黛玉教香菱先读王维的诗，然后杜甫，次再李白，而且特意安排的讨论，也让黛玉、香菱只讨论王维诗，曹雪芹厚王维而薄李杜的倾向性彰显无余。

《红楼梦》第四十八回里林黛玉与香菱的对话考答：

香菱笑道："诗的好处，似乎无理的，想去竟是有理有情的。"黛玉笑道："何处见得？"香菱笑道："我看他《塞上》一首，那一联云：'大漠孤烟直，长河落日圆。'想来烟如何直？日自然是圆的。这'直'字似无理，'圆'字似太俗。合上书一想，倒像是见了这景的。若说再找两个字换这两个，竟再找不出两个字来。再还有'日落江湖白，潮来天地青.'这'白''青'两个字,也似无理,想来必得这两个字才形容得尽,念在嘴里,倒像有几千斤重的一个橄榄似的。还有'渡头馀落日,墟里上孤烟':这'馀'字合'上'字,难为他怎么想来!我们那年上京来,那日下晚便挽住船,岸上又没有人,只有几棵树。远远的几家人家作晚饭,那个烟竟是碧青连云。谁知我昨日晚上读了这两句,倒像我又到了那个地方去了。"

黛、菱谈诗只谈王维而不谈李杜的精心安排,让人自然想起了王士禛的《唐贤三昧集》,唐诗选集竟不选李白杜甫的诗。诗选四十三人,选诗四百四十六首,王维一人独入一百一十一首,占全书的四分之一,其次是孟浩然(四十八首)、岑参(三十八首)、李颀(三十六首)、王昌龄(三十二首)四家,而将李杜排斥在"唐贤"之外,却借口说效法王安石,说王安石《百家诗选》里也不选李杜。实际上,王士禛是真不欣赏李、杜的诗。赵执信《谈龙录》里就说王士禛"酷不喜少陵"。翁方纲《七言诗三昧举隅·丹春吟条》这样解释说:"先生于唐贤独推右丞、少伯以下诸家得三昧之旨。盖专以冲和淡远为主,不欲以雄鸷奥博为宗……则独在冲和淡远一派,此固右丞之支裔,而非李、杜之嗣音矣。"《红楼梦》里只谈王维诗的安排,与王士禛选唐诗独尊王维的态度相同,充分体现了曹雪芹对王维诗的仰重与推崇。

曹雪芹所处雍正、乾隆时期,清中叶诗坛数沈德潜影响最大,沈德潜以"温柔敦厚"为核心诗观,他在《说诗晬语》里提出了"以语近情遥、含吐不露为主"而"有弦外音、味外味,使人神远"的诗学主张。沈德潜认为:"唐诗蕴蓄,宋诗发露。蕴蓄则韵流言外,发露则意尽言中。"曹雪芹借黛、菱论诗,巧妙地托出了对于"温柔敦厚"诗风的崇尚。小说中以香菱惊诧口吻,盛赞王维诗的语言匪夷所思的神奇。那些俗不可耐的字眼,那些很似无理的字眼,让王维化为神奇，而让人有了"念在嘴里倒像有几千斤重的一个橄榄"的感受。香菱的"这'直'字似无理"，如"这'白''青'两个字也似无理"等，这些"无理"说，显然直接暗用严沧浪的诗话，也即"诗有别趣，非关理也"。也就是说，诗非逻辑思维的理路，更非用来"穷理"而进行的逻辑推理。严沧浪认为，诗之道，根柢源于学问，兴会发于情性，"所谓不涉理路、不落言筌者，上也"。这样"无理"的诗，才是诗的上品。而一落言筌，诗便拘泥形迹；一入理路，诗便不得神行。因此，诗讲"别趣"。所谓"别趣"，即是指区别于文字、才学及理论的概念表达，由诗人的兴会神到所表达的某种可以引发美感与想象的意趣。王夫之所谓"一用兴会标举成诗，自然情景俱到"（《明诗评选》卷六），也是这个意思，即当诗人直观自然而于刹那间融会共生时，即生成灵感，生成境界，诞生了意境。他在《姜斋诗话》里说："无论诗歌与长行文字，俱以意为主。"王士祯也有"以意为主，以辞辅之，不可先辞后意"（《师友诗传录》）的说法。这种"以意为主"的美学意义，重在感兴，强调心物合一后所产生的"意象"，以情景俱到而情景无垠的"意境"，不同于宋诗的"理趣"，客观冷静，议论说理，偏重表达对事物内省的理性思考，将其升华为一种哲理趣味。因此，林黛玉认为宋诗的格局浅近而特推唐诗，要求香菱先读王维。

林黛玉说："词句究竟还是末事，第一立意要紧。若意趣真了，连词句不用修饰，自是好的，这叫作不以词害意。"这种以意为高而不以词害意的美学意趣观，在《红楼梦》里反复出现：三十八回"立意更新了"；四十九回"命意新奇，别开生面"；七十回"又新鲜，又有趣儿"……所谓"意"或"意趣"，亦即意兴或兴会，是指诗人心融物外而道契玄微的审美状态，是诗写山水胜境而形成禅悦的心理过程，也是兴象玲珑、不作句诠而意境逸秀的诗歌文本形态。沈德潜《说诗晬语》说诗"不用禅语，时得禅理"，也就是"不落言筌"而意味无穷的意思。王维的那些为黛、菱讨论所举例的诗，以及他的几乎所有短诗，如《鹿柴》《鸟鸣涧》《竹里馆》等，诗短到不能再短，语淡得不能再淡，然言浅旨远，物我无间，物态天趣，因缘生灭，美各自然而神韵缥缈。诗虽不用禅语，却禅趣盎然，禅悦隽永，给人以模棱而丰富的暗示与指向，让人玩味不已演绎不尽。我们以为，《红楼梦》里黛玉论诗以意趣为高的美学主张，就是推崇盛唐，就是激赏神韵，就是以王维为宗的雅致空灵的诗观。

　　曹雪芹以王维为宗，可以在他"诗化"《红楼梦》里获得确证。作者对王维的诗相当熟悉，非常欣赏，小说里的诗文大量借鉴与化用王维诗，如第七十六回《右中秋夜大观园即景联句三十五韵》中的妙对"振林千树鸟，啼谷一声猿"，显然是"万壑树参天，千山响杜鹃。山中一夜雨，树杪百重泉"（《送梓州李使君》）的诗意；又如第十八回贾宝玉《蘅芷清芬》诗句"轻烟迷曲径，冷翠湿衣裳"，则直接取意"山路原无雨，空翠湿人衣"（《山中》）；再如第十一回《赞会芳园》中的写景文字如"石中清流激湍，篱落飘香；树头红叶翩翩，疏林如画"，则是"荆溪白石出，天寒红叶稀"（《山中》）的诗境翻版；还有第十八回《大观园题咏》中黛玉为宝玉代拟的《杏帘在望》，其在神韵与情趣上逼肖《渭川田家》《淇上即事田园》等田园诗。曹雪芹将贵族青年男女日常居所的大观园诗意化，也深受王维辋川别业经营与构建的审美影响，小说里的建筑与景点的设置和命名如"暖香坞""潇湘馆""蘅芜苑""藕香榭""紫菱洲"等，很容易让人联想到辋川里的"辛夷坞""竹里馆""宫槐陌""临湖亭""茱萸沜"。其潇湘馆"有千百竿翠竹遮映"的清幽描写，以及小说中人物关于幽篁雅境的对话，简直就是王维《竹里馆》幽境的写意。如此种种，不一而足。

　　黛、菱论诗，结合整个一部《红楼梦》来考察，我们更能清晰地看到曹雪芹以王维为宗的诗学倾向，看到王维诗美对作者深入骨髓的影响。

三、学诗入门须正

林黛玉认为宋诗格局浅近，而叫人读唐诗，读唐诗又先王维而次李杜，这实际上就是在强调学诗的入门与取法。《红楼梦》第四十八回的那段对话，说的就是学诗入门的问题。香菱说她只爱陆放翁"重帘不卷留香久，古砚微凹聚墨多"那类的诗，黛玉马上很严肃地对她说："断不可看这样的诗。你们因不知诗，所以见了这浅近的就爱，一入了这个格局，再学不出来的。"于是，黛玉跟过来就径直向香菱推荐王维的诗。著名文化学者钱穆是这样解读这段描写的："放翁这两句诗，对得很工整。其实则只是字面上的堆砌，而背后没有人。若说它完全没有人，也不尽然，到底该有个人在里面。这个人，在书房里烧了一炉香，帘子不挂起来，香就不出去了。他在那里写字，或作诗。有很好的砚台，磨了墨，还没用。则是此诗背后原是有一人，但这人却教什么人来当都可，因此人并不见有特殊的意境与特殊的情趣。无意境，无情趣，也只是一俗人。尽有人买一件古玩，烧一炉香，自己以为很高雅，其实还是俗。因为在这环境中，换进别一个人来，不见有什么不同，这就算做俗。高雅的人则不然，应有他一番特殊的情趣和意境。"① 这段话很通俗，意思是说放翁诗虽工而不高雅，缺少真意趣与真情境，初学写诗者不能从此类诗入门。

严羽《沧浪诗话》曰："夫学诗者以识为主，入门须正，立志须高。以汉魏晋盛唐为师，不作开元天宝以下人物。若自生退屈，即有下劣诗魔入其肺腑之间。"意思是学诗要走正道，入正门，而不能中魔道，格调流于怪僻。黛玉要香菱先读王维，显然是学诗"入门须

---

① 钱穆：《中国文化论丛》，北京三联书店 2002 年版，第 111—112 页。

正"的意思。曹雪芹同时代的沈德潜在《说诗晬语》里说王维"品格既高,复饶远韵,故为正声"①。所谓"正声",即非变调,即非杂音,即非旁门左道而乃正门正道也。黛玉要香菱读王维的五言律,无疑是得珠之知言。王维有"五言宗匠"之誉,可谓唐诗五言律绝第一人,现代诗人朱湘在《中书集·王维的诗》里高度评价说:"唯有王维的那种既有情又有景,外面干枯,而内部丰腴的五言绝句是别国的文学中再也找不出来再也作不出来的诗。"②王维的五绝,极其精致,非常严谨,十分注重谋篇布局的构思,宇文所安说:"王维在八世纪四十年代被称许为'诗名冠代',他的诗歌技巧来自宫廷诗歌写作的训练。"宇文所安还比较王维与李白的不同,说李白"他十分博学,却未受过修辞训练;他的作品里看不到任何形式训练和控制的痕迹,而这种形式训练和控制可谓王维的第二天性"③。因此,学诗首推王维,不仅关系取法乎上的学诗正途,更是为了解决入门须正的问题。

顾随先生说:"欲了解唐诗、盛唐诗,当参考王维、老杜二人,几时参出二人异同,则于中国之旧诗懂过半矣。"④为什么说弄清楚王维与杜甫,"则于中国之旧诗懂过半矣"呢?王维与杜甫,为人与为诗均大相径庭,唐人杨巨源诗曰:"王维证时符水月,杜甫狂处失天地。"(《赠从弟茂卿》)王维与杜甫属于两类诗的杰出代表,非常极端的两种诗歌形态,王维诗温柔敦厚,表现的是盛世王朝的上升势态,典型的中和美;杜甫诗沉郁顿挫,表现的是乱世社会的飘摇景象,典型的凄怨美。从表现形态上说,杜甫迥异于王维,开宋诗"以文为诗"之一路,是盛唐诗的"变调"。王夫之以"风雅"为标准,说杜甫"为

---

① 《原诗·一瓢诗话·说诗晬语》,人民文学出版社2012年版,第217页。
② 朱湘:《中书集》,中国文联出版公司1998年版,第121页。
③ 宇文所安主编:《剑桥中国文学史》,北京三联书店2013年版,第346、348页。
④ 顾随:《顾随文集》,上海古籍出版社1986年版,第727页。

宋人漫骂之祖，实是风雅一厄"（《唐诗评选》卷二）。因此，以"风雅"为标准，王维与李杜显然是两种形态。杜甫严谨内敛，观物取象，深讥激刺，于格律技巧上穷绝工巧。而王维则坚守"温柔敦厚"，玄妙空灵，清淡悠远之美，往往以含蓄蕴藉出之。王维是极含蓄，李杜是反含蓄。王维是讽吟，杜甫是苦吟，李白则是狂吟。李白天真直率，随心所欲，一无羁绊，纯任性情流淌而恣肆明快，若以"温柔敦厚"的诗教衡量，则李白与杜甫属于一类。王维与李杜，形成了诗歌两极的典型代表。胡应麟《诗薮》里说王维诗"和平而不累气，深厚而不伤格，浓丽而不乏情，几于色相俱空，风雅备极"[1]。他的诗不管是清庙之作，还是山林之作，均具有渊雅冲淡的人文气息和从容高洁的文化气度。即便是他写作于唐王朝急剧下滑时期的作品，也没有一丝尘世纷争的险恶和龌龊，依然是天籁美质，神清而韵远，同样充满了"桃花源"式的友爱和睦的情氛。从所谓的"入门须正"的角度说，自应首选王维了。

明代文学家陆时雍《诗镜总论》说："世以李杜为大家，王维高岑为傍户，殆非也。摩诘写色清微，已望陶谢之藩矣。"[2] 他认为王维诗"离象得神，披情著性，后之作者谁能之？"他又说："世之言诗者，好大好高，好奇好异，此世俗之魇见，非诗道之正传也。体物著情，寄怀感兴，诗之为用，如此已矣。"古人欣赏"离象得神，披情著性"的诗，而不看好"好大好高，好奇好异"的诗。王维以寻常语而含蓄韵致，看似平易而高妙婉曲，寄至味于淡泊，寓激情于婉约，追求"言有尽而意无穷"的境界，不像杜甫喜作奇险，不像李白追求奇崛。我们这样比较，绝非扬王维而抑李杜，更不是为他们排序先后高下，只是为了诠释《红楼梦》里何以学诗首选王维的原因，为了揭示作者

---

[1] 胡应麟：《诗薮》，上海古籍出版社1979年版，第83页。
[2] 陆时雍：《诗镜总论》，引自丁福保《历代诗话续编》，中华书局1983年版，第1412页。

尊宗王维而倾心神韵的显见事实。

黛玉为什么要让香菱先读王维呢？概言之，这是曹雪芹的诗美观所决定的。曹雪芹肯定也是个王维崇拜者，《红楼梦》里谈诗的篇幅虽然不大，却比较系统地展现了曹雪芹欣同"神韵说"的美学主张，我们结合《红楼梦》里的诗词曲赋以及山水庭园描写等来考察，更能够清楚地看到作者鲜明的宗唐抑宋而且尤宗王维的诗学倾向。

真可谓：

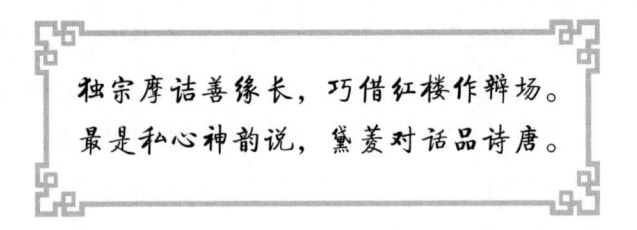

> 独宗摩诘善缘长，巧借红楼作辩场。
> 最是私心神韵说，黛菱对话品诗唐。

第七章

"故人"关系未必可靠

李白与孟浩然,"故人"关系也,此乃世人的普遍性看法。

这种"故人"的印象是怎么得出的呢?如果不是"故人"关系,他们到底是一种什么关系呢?

一、送赠二诗疑点多多

李白与孟浩然是"故人"关系的印象,我们主要是通过李白《赠孟浩然》《黄鹤楼送孟浩然之广陵》两首诗得来的。李白赠孟浩然的诗,共有三首,其中两首是基本上没有疑义的,即《赠孟浩然》《黄鹤楼送孟浩然之广陵》。还有一首《春日归山寄孟浩然》,一般都认为不可信,"疑点实多","其真伪难以遽定"[①]。

然而,细读文本,凭我们的艺术直觉,那两首为世人认可为李白的诗,其真实性也未必可靠。

先说《黄鹤楼送孟浩然之广陵》,诗曰:

故人西辞黄鹤楼,烟花三月下扬州。

孤帆远影碧空尽,唯见长江天际流。

此诗的写作时间众说纷纭,莫衷一是。大致分两类,一是早作

---

① 安旗:《李白全集编年笺注》第一册,中华书局2015年版,第298页。

说，一是晚作说。早作说者，如郭沫若《李杜年表》认为诗作于开元十六年；郁贤皓《李太白全集校注》也认为作于开元十六年春；詹锳《李白诗文系年》中则说"当是开元十六年以前之作"，而刘文刚《孟浩然年谱》则定于开元十四年；王辉斌《孟浩然交游》认为写于开元二十三年。

晚作说者，清人王琦《李太白诗集注》认为作于开元二十八年（740），孟浩然卒年，至于具体年份，未加细论；黄锡珪重编《李太白年谱》认为开元二十一年李白"始识韩朝宗及孟浩然"，李白作有《赠孟浩然》，而《黄鹤楼送孟浩然之广陵》则作于四年之后的开元二十五年（737）。

持早作说者偏多，即此诗约作于开元十六年（728），时孟浩然40岁，李白28岁。然诗若作于开元十六年暮春，与孟浩然行踪则明显不合。新旧《唐书》孟浩然本传皆说他"年四十，乃游京师"。孟浩然四十岁，再次离开襄阳，去京师参加科举考试。按唐代的科举制度规定，考试在每年二月，这一年孟浩然不可能于黄鹤楼下扬州。因此，李白此诗也不可能作于开元十六年。何况是，开元十六年李白才28岁。他25岁始出川，怎么就与孟浩然成为"故人"了呢？李白诗开篇就直呼孟浩然为"故人"，所谓"故人"，即需有交往的历史绵延性，即比较长时间的交往，且需要两情相知相惜。认定此诗作于开元十五六年的早作说者，便要千方百计地拿出二人此前两三年间的交游证据。于是，出现了两种说法，一是李白与孟在扬州有一段时间的同游；一是李白自川出，顺道孟浩然家乡襄阳。反正是他们有过十来天的相处经历。也有人认为，李白习惯于夸大之词，未必真是"故人"，而是用"故人"来拉近与孟浩然的关系。然而，不管怎么说，如果开元十六年孟浩然下扬州不能成立的话，"故人"之考也就没有了意义。

说诗晚作，似是为了圆"故人"之说，而将李白此诗判定作于开元二十五年乃至之后，即孟浩然的晚年。此时的孟浩然，已经沉疴在身，且几次求仕不成而心情大不好，不可能有下扬州之行。晚作说，则更没有这个可能了。

李白"故人西辞"诗，一说作于28岁左右，一说作于40岁左右，二判上下时间出入竟然有十几年之长。反正怎么说都有理由，然而怎么说皆左支右绌，拿不出"二重论证"的证据来。这种写作年份的不确定性，传达出来的不确定性信息，不禁让人怀疑起此诗的真实性来。

从诗的作法上看，也让我们感到此诗不像是出自李白之手。"故人西辞黄鹤楼"，以诗之第二字"人"观，此绝句为"平起平收"式。而"平起平收"式的正格平仄应该为："平平仄仄仄平平"。如果此诗"平起"，则造成全诗的平仄错乱，一二句之间，出句与对句也失对，"故人"对"烟花"，"平平"对"平平"。亦有为尊者讳者开脱说李白不受格律所束缚，其实不然，他的格律诗还是很中规中矩的，以此诗论，只要将"故人"改为"故友"，即将"平起"改为"仄起"，则通篇平仄中规中矩矣。这似乎还算情有可原，也许是传抄上的失误，而使"仄起"变成了"平起"。

最让人大跌眼镜的是，此诗则有自我"抄袭"之嫌。李白的《江夏行》，以商妇口吻，诉说其委身商贾的不幸遭遇及懊悔之意，诗的中间四句曰："去年下扬州，相送黄鹤楼。眼看帆去远，心逐江水流。"这与"故人西辞"诗，何其相似乃尔。一是主题相同，都是送别；二是地点相同，都在江夏；三是去向相同，皆下扬州；四是诗之构成的景观意象相同，黄鹤楼、帆、江流；五是自写形象相同，都是伫立江边，目送船帆；六是抒发情感相同，都是写心随人去的怅惘；七是写作时间相同，安旗本注曰："《江夏行》，白自创乐府新辞，本年游江夏作。"安旗考曰，此诗作于开元十五年，《黄鹤楼送孟浩然之广陵》作于开元十六年。二诗所不同者有二：一是送丈夫，一是送朋友；一是拟民歌，一是七绝。这给人的突出印象就是，送孟诗重复或蹈袭《江夏行》。作为天纵之才的李白，难道才思枯竭，率性而歌的七绝，竟也重复自己而以陈词应付吗？这真难让我们相信《黄鹤楼送孟浩然之广陵》乃出于李白之手了。

再说《赠孟浩然》，其诗云：

吾爱孟夫子，风流天下闻。红颜弃轩冕，白首卧松云。
醉月频中圣，迷花不事君。高山安可仰，徒此揖清芬。

此诗也疑点多多。还是先从写作时间上说。此诗的写作时间争议也很大。与送孟诗同，也分为早晚二说。说是作于早期的，如陈友冰就认为，《黄鹤楼送孟浩然之广陵》应作于开元十五年（727）春，《赠孟浩然》应在此之前，不早于开元十三年秋（725），亦不会晚于开元十五年春。说是作于晚期的，如安旗则说：开元二十六年（738），"李白自安陆赴南阳，襄阳为必经之地，因有访孟浩然事。故系此诗于本年"。郁贤皓《李太白全集校注》认为，此诗当为开元二十七年（739），李白过襄阳重晤孟浩然时所作，其时孟浩然已届暮年。甚至也有人模糊判断，说此诗作于李白寓居湖北安陆时期（727—736），说是李白此时常往来于襄汉一带。

作于什么时候，每一种说法都能够说出道理，然都无详考，都拿不出有力的证据，只是根据诗中意思来推测。既然是"故人"相称，送孟诗就应该作于赠孟诗之后；既然是"白首卧松云"，赠孟诗就应该写于孟浩然晚年。如此云云，不一而足。像这样连诗作于何时都靠猜，都不能弄清楚，作品的真实性为人怀疑，则是自然不过的了。

《赠孟浩然》与《黄鹤楼送孟浩然之广陵》，都有一个引人质疑的共同问题，即"抄袭"之嫌。如果说送孟诗是抄袭自己，那么，赠孟诗则是抄袭别人，抄袭陈子昂。我们不妨来对照比较看：

陈子昂《感遇》（其十一）	李白《赠孟浩然》
吾爱鬼谷子，青溪无垢氛。 囊括经世道，遗身在白云。 七雄方龙斗，天下乱无君。 浮云不足贵，遵养晦时文。 舒可弥宇宙，卷之不盈分。 岂徒山木寿，空与麋鹿群。	吾爱孟夫子，风流天下闻。 红颜弃轩冕，白首卧松云。 醉月频中圣，迷花不事君。 高山安可仰，徒此揖清芬。

　　李白《赠孟浩然》简直就是次韵仿作，属于初习字者的"临帖""描红"。诗亦用平水韵"文"韵，颔联和颈联直接袭用"云""君"。李诗"仿词"开篇，子昂诗曰"吾爱鬼谷子"，李白诗曰"吾爱孟夫子"。前三联在句式结构与情感表达上，亦纯属临摹。所不同者，子昂诗十二句，为古体，李白诗八句，为近体。古人说李诗"犹为古诗之遗"，而"特于风骚为近焉"（《李诗纬》）。说明此"仿真"得其神韵也。然而，这很不符合李白"心雄万夫"的个性。他觉得自己超越不了时，宁可不写，"眼前有景道不得"，怎么会做出这样小家子气的事来呢？《全唐诗·李白卷》首篇"古风·大雅久不作"，被沈德潜说成是子昂《感遇》的"嗣音"。《唐诗别裁》里认为："太白诗纵横驰骤，独《古风》二卷，不矜才，不使气。"那不是不成李白了吗？矜才，使气，这才是李白。李白《古风》五十九首，效古人之体，然非规规矩矩地踵从子昂。然而，《赠孟浩然》则是对于子昂诗的亦步亦趋的"仿作"。

　　还有一点很难解释的现象，李白的赠诗中，多卧云、清芬、紫氛、皓首之类"熟词"，譬如"老死阡陌间，何因扬清芬"。他的《赠张公洲革处士》《赠瑕丘王少府》等诗，也用"云"韵，前者以"斯为真隐者，吾党慕清芬"收尾，后者以"无由接高论，空此仰清芬"收尾，这与《赠孟浩然》的收尾，不仅"芬"同，句式与意思皆相仿。《赠孟浩然》混入这些诗里，真没有多少突出个性可显。因此，我们以为，如果《赠孟浩然》真是李白所为，那么就很难不让人怀疑他诗的原创性了。

顾随先生就说过，李白诗，一是病于虚，二是病于散。"李白才高惜其思想不深"，尤其是"情感不真切"[①]。李白的《赠孟浩然》有"夸诞""失实"之虞，也是不少研究中所同见。刘开扬先生在《论孟浩然和他的诗》里对此诗的不实描写是这样解释的："如果作为浪漫主义地描写一个理想高士的典型说，是成功的，可是和孟浩然的实际情况就很不相符。"他认为："若要从这里面去了解孟浩然的真实思想是会得到误解的。"[②] 现实生活中，孟浩然真不是个甘于寂寞的隐士，他自己就说："魏阙心常在，金门诏不忘"（《自浔阳泛舟经明海》）。他虽身为野人，却连做梦都不忘"魏阙"与"金门"。他明言："为学三十载，闭门江汉阴"（《秦中苦雨思归赠袁左丞贺侍郎》），三十年苦读，就是为了能够金榜题名而封妻荫子。而诗中李白则竭力夸大孟浩然的隐逸风采，将其"浪漫主义"地塑造为一个终生不求闻达的隐士。"吾爱孟夫子"，对浩然诗只字不提，只说他的"风流"。既然是一辈子隐于深山的隐者，怎么可能"风流天下闻"呢？这是自相矛盾的地方。前云"红颜弃轩冕"，后云"迷花不事君"，谢榛《四溟诗话》认为此病于"两联意颇相似"。他说："兴到而成，失于检点。意重一联，其势使然；两联意重，法不可从。"诗中的一个"弃"字，更是让人非常"扎眼"。李朝的李晬光（1563—1628）在《芝峰类说》里就径直批评说："李白《赠孟浩然》诗乃曰：'红颜辞轩冕'，浩然本布衣，未尝弃

[①] 顾随讲著，叶嘉莹笔记，顾之京整理：《顾随诗词讲记》，中国人民大学出版社2009年版，第157页。

[②] 刘开扬：《唐诗论文集》，上海古籍出版社1979年版，第26页。

官来隐,则'隐'字不稳。"①未尝有"弃",而用"弃"字,韩国人都感到十分不解。关于孟浩然的描写,李白只字不写他的失意,而将孟浩然写成了一个乐在隐中的高士。其实,孟浩然内心真不知道有多么痛苦,这个"中国失意文人的样板"(作家李国文语)。

　　孟浩然明明是一个热切功名、孜孜仕进的政治失败者,"他是一位失败的求仕者",却被李白塑造成一个从未动心仕功的绝世高士,特别是极度夸张其"弃"仕的清高节操,是否可以理解为诗人自己仕进梦碎的一种心理过度补偿呢?宇文所安说:"在别人赠送的应景诗中,孟浩然经常以典范隐士的面目出现,但开元诗人总是无区别地用隐士角色作为恭维的形式。"②而此诗"恭维"孟浩然,则全然不顾事实真相而无端臆造。这是"李白及其他人需要一位傲岸的隐士,一种蔑视仕宦'轩冕'的'自由精神',及一位将时光付于中等酒的'中圣'的狂士。李白的赞美诗从头至尾模仿了孟浩然自己的诗,仿佛为了证明诗中的形象确是孟浩然。李白的素描最多不过是集中了狂放隐士的基本特征的肖像;它是李白自己及其时代的价值观的具体化。"③即便如此,即便是宇文先生认为这是一首"从头至尾模仿了孟浩然自己诗"的诗,我们也怀疑是否真是出自李白之手。因为我们以为,李白不会因为过于"恭维",妨碍他的天才表现而有失水准。

　　鉴于此,我们真难相信《黄鹤楼送孟浩然之广陵》《赠孟浩然》出自李白之手!我们宁可以为,二诗乃伪诗阑入而非李白所作。如果二诗的可靠性值得怀疑,这无异于釜底抽薪了,而李孟之间的"故人"关系也会被"颠覆"也。

---

① 邝健行:《韩国诗话中论中国诗资料选粹》,中华书局2002年版,第72页。
② 宇文所安:《盛唐诗》,北京三联书店2004年版,第89页。
③ 同上书,第86—87页。

二、阑入不是没有可能

李白诗集里混入他作的可能性，这是毋庸置疑的。

著名李白专家詹锳先生说："综合以上各本观之，论李集之繁富，必归功于宋敏求，然其真伪杂陈，亦自敏求始。宋氏以前各本俱已失传，居今之世而欲辨李诗之真伪实难言也。若夫李诗编次，则分类出于敏求，考次出于曾巩，而分体出于明人之手。宋氏分类碎杂无足观，明人分体亦一时风气所趋，居功多者当以南丰曾氏为最。惜其用力尚未深至，仅寓先后于各类之中，而未能通体为之编年。后之注家不明斯旨，肆意颠乱，无复旧貌。"[1] 詹锳先生探骊得珠，在考察了世传古今李白诗集的版本叙录之后，对李白集版本的流传情况做出了深刻精到的结论。这段结论的核心观点是："居今之世而欲辨李诗之真伪实难言也。"我们从这样三个方面认识：

其一，因为"宋氏以前各本俱已失传"。天宝十三载（754），李白与魏颢相见于金陵，因尽出其文，命颢为集。此编应该是李白诗的第一编集，到唐五代共编集四次，其中三次为李白生前亲授手稿托友人编集。据记载，唐代编定的李白集有三部，分别为魏颢整理本《李翰林集》二卷、李阳冰整理本《草堂集》十卷、范传正整理本《草堂集》二十卷，今皆不存。李白诗集历经唐末五代战火，到宋初时已经散佚大半，直到北宋真宗咸平年间，才有学者关注李白诗的整理与编集。

其二，即便是比较好的版本，错讹也在所难免。北宋宋敏求增补刻本《李太白文集》三十卷，即现在的李白诗歌通行本，对李白诗文的保存与传播作出了重要的贡献。宋氏将李白诗由七百七十六篇增订

---

[1] 詹锳：《詹锳全集》第五卷，河北教育出版社2016年版，第236页。

到上千篇，增加了近三分之一，并首次将诗文汇编在一起，成为真正意义上的《李太白文集》，以后各种李白集，其内容基本上不出此本范围。宋本还首次对李白诗歌分类整理，将李白诗歌分为二十一类，改变了唐代以来李白诗零落散乱无系统的状态。宋敏求辑，是在散佚的情况下，广泛寻求于各种途径。然不免也贪大求全，缺乏严格甄别而至于真伪混珠，掺入了他人之作，其分类标准也不够科学严谨，甚至有诗文分类混杂，内容亦较紊乱。曾巩对宋敏求本"未考次其作之先后"的缺点很不满意，他依照李白生平行踪的先后时间，对宋敏求本所收诗篇逐一进行了考辨，从这个意义上说，曾巩是第一次对李白诗歌进行编年的人。虽然其中有些编年明显错误，但在对李白诗集的保存和流传方面却作出了重要贡献，对研究李白诗文的编年提供了最早的依据，故而詹锳先生认为"居功多者当以南丰曾氏为最"。宋、曾二本都有翻刻本，互为影响，直到元代至正辛卯后再编李白集，才又出现了合流的现象。因此，王琦在《李太白全集跋》中说："论太白诗集之繁富，必归功于宋，然紊杂亦实出于宋。"最为遗憾的是，"篇数虽多于旧，然不免阑入他人之作"①。

　　其三，不是所有的文本，都可能有版本依据。《黄鹤楼送孟浩然之广陵》与《赠孟浩然》二诗，最早的版本就是当下流行的版本，或者说，我们只能看到当下流行的版本。因此，李白送孟与赠孟二诗，说不定在收入编集时就是伪作了。陈尚君先生的《李白诗歌文本多歧状态之分析》文章开篇就说："唐时文本，流播千载，传讹衍脱，在所难免。"他认为这种"歧互"现象"尤以李白为甚，且其中有许多特例为他家所无"②。

---

① 王琦：《李太白全集》卷三十一，中华书局1977年版，第1687页。
② 陈尚君：《唐诗求是》，上海古籍出版社2018年版，第384页，原载《学术月刊》2016年第5期。

既然李白诗集中"不免阑入他人之作",就不一定能够保证送孟与赠孟二诗不是"阑入"之作了。我们对李之二诗的质疑,提出其伪作的可能性,虽然拿不出"二重证据"难以取信于世人,然而,也没见有谁能拿出"二重证据"证明二诗就绝对不是砥砆乱玉也。

三、憾无其他旁证材料

既然是"故人"关系,李白赠诗孟浩然,为什么孟没有还赠呢?

既然是"故人"关系,孟浩然逝世后,却怎么没见李白有什么吊哀诗?抑或也应该有一首怀念诗吧。王维有《哭孟浩然》,杜甫以《遣闷》诗怀念孟浩然,是在孟逝二十年后写的。

既然是"故人"关系,为什么李、孟之间没有任何来往的文献记录?没有任何记载二人间关系的文献?

这一个个疑问,引起了我们对李、孟"故人"关系的考探兴趣。

王士源《孟浩然集序》开篇就写道:

> 孟浩然,襄阳人也。骨貌淑清,风神散朗,救患释纷以立义,灌蔬艺圃以全高。交游之中,通悦倾盖,机警无匿,学不故儒,务掇菁华,文不按古,匠心独妙,五言诗天下称其尽善。闲游秘省,秋月新霁,诸英联诗,次当浩然,句曰:"微云淡河汉,疏雨滴梧桐。"举座嗟其清绝,咸以之筮笔,不复为缀。丞相范阳张九龄、侍御史京兆王维、尚书侍郎河东裴朏、范阳卢僎、大理评事河东裴揔、华茫太守荥阳郑倩之、太守河东独孤册,率与浩然为忘形之交。

序中提到与孟浩然"忘形之交"者六七人,其中竟然没有李白。序共348字,共记叙了三则故事,除了这则"秘省联诗"的故事外,还有韩朝宗引荐之约与浩然昌龄"得相欢宴"而"食鲜疾动"二则。这则"秘省联诗"的故事,神化浩然,为不少文献史料所广泛引述,

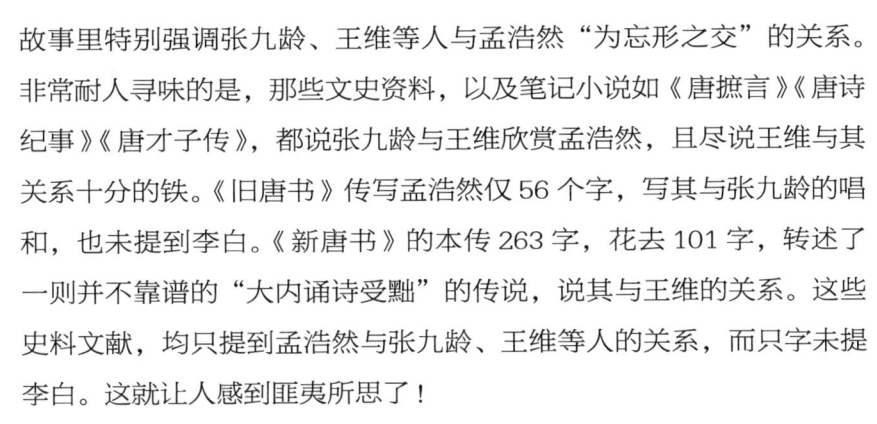

故事里特别强调张九龄、王维等人与孟浩然"为忘形之交"的关系。非常耐人寻味的是，那些文史资料，以及笔记小说如《唐摭言》《唐诗纪事》《唐才子传》，都说张九龄与王维欣赏孟浩然，且尽说王维与其关系十分的铁。《旧唐书》传写孟浩然仅56个字，写其与张九龄的唱和，也未提到李白。《新唐书》的本传263字，花去101字，转述了一则并不靠谱的"大内诵诗受黜"的传说，说其与王维的关系。这些史料文献，均只提到孟浩然与张九龄、王维等人的关系，而只字未提李白。这就让人感到匪夷所思了！

王士源《孟浩然集序》里，为什么没有孟浩然与"故人"李白交往的记录呢？此序为新旧《唐书》等文史资料所反复辗转，在所有记录孟浩然的史料里，其真实性应该是最为可靠的。一者，序者与孟为挚友；再者，此序约成于天宝四载后，序里自曰："天宝四载徂夏，诏书征诣京兆府，过与家臣八座讨论，山林之士麇至，始知浩然物故。"公元745年六月王士源被征至京，闻孟浩然已卒，乃敷求其诗，编为四卷，亲序之。天宝九载正月编就。那么，为什么王士源在其《孟浩然集序》里却只字未提李白呢？这也是个"文化之谜"了。应该说，王序里提及张九龄与王维等，有提升孟浩然之意。但是，也不应该不提李白呀。李白盛唐顶尖诗人，那时的李白，二游长安过后，名声大振，民间也盛传什么御手调羹、贵妃捧砚、力士脱靴之类的故事，连唐人李肇的《唐国史补》卷上《李白脱靴事》都有此记载。李浚的《松窗杂录》、段成式的《酉阳杂俎》等小说家言，更是将其神化。拿李白来提升孟浩然不是更有力量吗？按照常理，序者是真该拿"吾爱孟夫子"的李白来提升孟浩然的，何况李白诗里已自言与孟浩然交若"故人"呢。

王士源序里说王维与孟浩然"为忘形之交"，然我们不这么认为。孟浩然写给王维的诗就两首，《京还赠王维》与《留别王维》。王维还

唐诗甄品

赠《送孟六归襄阳》诗。陈铁民先生认为诗作于开元十七年（729），维时年三十，赋闲在家。其实，王维与孟浩然还真没有多少交往。盛唐著名诗人中，真正与孟浩然交往比较多的是王昌龄，孟浩然《送昌龄王君之岭南》诗曰："数年同笔砚，兹夕间衾裯。"于此中可见，这才是真正"故人"也。孟浩然写给王昌龄的诗还有《初出关怀王大校书》《送王大校书》《与王昌龄宴王十一》等。还有个叫"辛大"的，也是个屡考不中的隐士，孟浩然诗里至少有四首是写给他的。孟浩然善交游，其存诗二百一十余首里，在诗题上出现所赠者名姓的近于半数，而这半数里"名不见经传"者占大半，如送王七、送张五、送杜十四、赠王九，等等。让人匪夷所思的是，这么多的赠诗里却没有一首是写给李白的。

皮日休《郢州孟亭记》劈头就说："明皇世，章句之风，大得建安体。论者推李翰林、杜工部为之尤。介其间能不愧者，唯吾乡之孟先生也。"著名诗人皮日休，出于对乡贤浩然之偏爱，而将其与李杜相提并论，认为只有孟浩然可与李杜并列而无愧。写此记时已是晚唐，中唐之后，李杜就名望日盛，并迅速地如日中天，皮日休开篇就以李杜为参照了，怎么就没提孟与李白的"故人"关系？真应该亮出"吾爱孟夫子"的金句来提升孟浩然。而此记中却提到"王右丞笔先生貌于郢之亭"的事。意谓：孟浩然可了不起啦，王维还给他造像耶！按常理，皮日休应该在他的这篇记里用上李白赠孟浩然的诗，若将"吾爱孟夫子"一诗本事放入亭记中，岂不是更有说服力吗？岂不是更能佐证他的孟与李杜齐肩的观点吗？岂不是可以确证李孟的"故人"关系吗？然而，皮日休的这篇《郢州孟亭记》里却只字未提李孟的关系，是皮君不知有此赠孟诗，还是他因为"疏忽"而没举证呢？

新旧《唐书》里没有李孟交游的记载，似情有可原，而王士源的序里，皮日休的记里，也没有只言片语的反映，那可真是让人匪夷

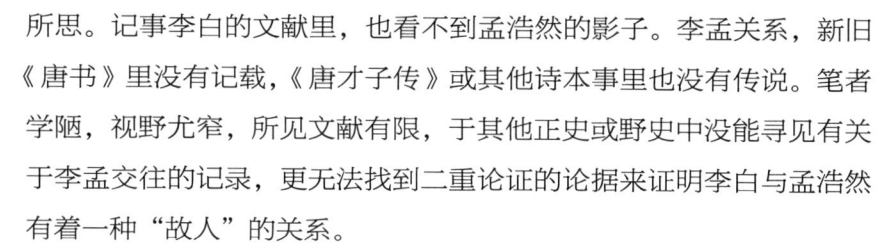

所思。记事李白的文献里,也看不到孟浩然的影子。李孟关系,新旧《唐书》里没有记载,《唐才子传》或其他诗本事里也没有传说。笔者学陋,视野尤窄,所见文献有限,于其他正史或野史中没能寻见有关于李孟交往的记录,更无法找到二重论证的论据来证明李白与孟浩然有着一种"故人"的关系。

其实,李白与孟浩然的"故人"关系,我们也不是通过二重论证来获得的,而只是靠李白的二赠诗所维系的。然而,维系这种"故人"关系的李之二赠诗,疑点多多,且又无一其他可用来实证"故人"关系的文献材料,这就让我们不得不怀疑,李白与孟浩然之间到底有没有关系?到底是什么关系?我们以为,李白与孟浩然之间即便是有什么关系,应该也不是"故人"关系。

正可谓:

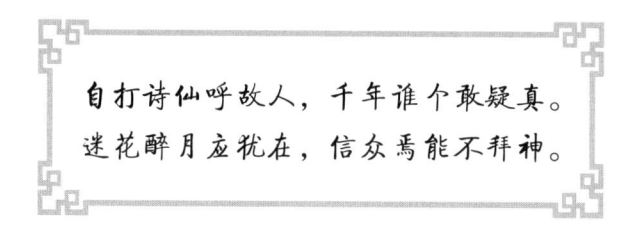

> 自打诗仙呼故人,千年谁个敢疑真。
> 迷花醉月应犹在,信众焉能不拜神。

第八章

野菊移栽的异化

　　李商隐咏物诗中写花的诗不少，专门写菊花的诗似就《菊》与《野菊》二首，不包括诗中偶以菊为意象的。此二诗，古来多点赞者，但从技术上发微，而不以品格考量。菊花以耐严寒傲重霜为美德，历来被视为高标亮节、雅洁孤傲的象征。陶诗《和郭主簿》云："芳菊开林耀，青松冠岩列。怀此贞秀姿，卓为霜下杰。"菊花卓尔不屈，乃为霜下之豪杰。然而，菊在李商隐的笔下，却发生了异化，而有谄媚之嫌也。

一、愿泛于金鹦鹉杯

　　李商隐诗的最重要特征，乃"怨"也。他的菊诗，怨天尤人也怨自己。清人陆昆曾《李义山诗解》评曰："义山才而不遇，集中多叹老嗟卑之作。《野菊》一篇，最为沉痛。"其实，《菊》亦如此，痛怨哀婉，欲吐而含。先看《菊》诗：

　　　　暗暗淡淡紫，融融冶冶黄。陶令篱边色，罗含宅里香。
　　　　几时禁重露，实是怯残阳。愿泛金鹦鹉，升君白玉堂。

　　诗作于开成五年（840），李商隐辞去弘农尉归家，借眼前的菊花来寄慨。也就是说，此时的李商隐丢官赋闲。大和六年（832）、八年（834）李商隐两次应举都落第，他大失所望，曾经去玉阳、王屋山学道。《新唐书》中明确记载:"开成二年,高锴知贡举,令狐绹雅善锴,奖誉甚力,故擢进士第。"李商隐于开成四年(839)出为弘农尉,开成五年(840)辞弘农尉归。辞职后的李商隐情绪极其低落,有《任弘农尉献州刺史乞假还京》诗曰:"黄昏封印点刑徒,愧负荆山入座隅。却羡卞和双刖足,一生无复没阶趋。"诗说自己每天做些治安捕盗之事,卑微低贱,羞愧无比,甚至羡慕卞和也有刖足遭遇,没有了腿就再也不必奉迎趋拜。诗人从眼前荆山联想到得荆山玉石的卞和,又由卞和的不幸联系到自己的不幸,诗中强烈愤懑的悲情,迥乎卞和而悲比卞和矣。

《菊》诗的首联十个字,四对叠词,紫则"暗暗淡淡",写菊之浓淡有致的色;黄则"融融冶冶",写菊之彩素有度的态。诗中之菊,妖媚婉丽而不胜娇羞。是为比兴,以菊自写,自写不同凡俗的美质也。颔联"陶令篱边色,罗含宅里香"二句对写,写菊之格,有退隐之意,自从被陶潜垂青之后,菊花也成了"花之隐者也"。陶罗二者,差不多同时期,均酷爱菊花。诗取陶诗意境,"采菊东篱下,悠然见南山"。而"罗含宅"典故则出自《晋书·文苑传》,说是罗含致仕还家,堂宇白雀群集,阶庭兰菊馨香,是为德行高尚者天地感应之兆象。罗含(292—372),东晋著名才子,哲学家、文学家、地理学家,中国山水散文的创作先驱。罗含一生为官,累迁散骑常侍、侍中,官终廷尉、长沙相,年老致仕,加中散大夫。据说,他曾梦见一只文彩异常的鸟飞入口中,从此文思日进,而有"湘中之琳琅""江左之秀"之美誉。李诗中二典故,皆有归隐在野的意思,皆借写菊花而赞美古人的高洁品质,烘托自己,可谓霜芳自赏也。明眼者冯浩则说:"三四罢官家居,结望入朝。"

后四句则笔意逆转。"几时禁重露,实是怯残阳"二句,直写其"怨"。意思是说,秋天里开放的菊花,向来就不畏寒露严霜,然最害怕的是夕阳西下。意思是，我并不怕朝堂上受倾轧遭打击，而赋闲在家却有美人迟暮的恐惧。诗的最后非常露骨地写道："愿泛金鹦鹉，升君白玉堂。"此两句将诗之意旨和盘托出，从字面意义上来讲，是说唯望被酿成菊花酒而盛于鹦鹉造型的金杯中，送到白玉堂上而为贵人所用。诗人入朝为官的那种渴望也淋漓尽致地表现了出来。赋闲或滞进，这是李商隐所最不能接受的现实，而渴望得到"君"之赏识与援引。故而，李商隐爱菊是虚，慕陶罗是名，骨子里还是渴望援引而升官进爵。

《菊》以写菊花而写自己，字字都是在写自己，物我人花融为一体，其迟暮之感，用事之心，可透纸背矣。李商隐心急如焚，深恐一生虚度，不惜乞求以得援手也。叶葱奇先生直言："末两句是希望能入朝为文学侍从。"叶先生认为，这两句的意思，与李商隐写于大中六年（852）年《巴江柳》里的"好向金銮殿，移阴入绮窗"的意思是一样的。[①] 也就是说，李商隐的这种意愿的表达，并非偶然。《菊》之末两句，求援之意非常显豁，希望有人施出援手。这种写法，大类干谒诗，只是所谒何人，诗里没有明说，叶氏疏注也未言明。还能够写给谁呢？我们以为，写给令狐绹也。

二、盼取霜栽近御筵

李商隐一生非常尴尬，常在乞求与期盼中，有其诗文为证。然他又没有多少人可求，也似乎没有求过其他人，每每遇到困窘，所求者就是令狐绹，而事实上令狐绹也每每施以援手。李商隐《菊》后十年写的《野菊》，也是仕途失意困境中的感发，清人朱鹤龄《重订李义山诗集笺注》评曰："君子在野之叹。"大中三年（849），时年37岁，

[①] 叶葱奇：《李商隐诗集疏注》，人民文学出版社1998年版，第192—193页。

李商隐自桂幕归京后,暂代京兆府某曹参军,位卑职微,生活困窘,诗人以菊自比,借咏菊以感喟,突出一个"野"字,侧重写其孤芳自赏的寂寞,写其想要摆脱窘境而无能为力的压抑与无奈。几乎所有的研究者都说,这是写给令狐绹的。《野菊》诗云:

苦竹园南椒坞边,微香冉冉泪涓涓。
已悲节物同寒雁,忍委芳心与暮蝉。
细路独来当此夕,清尊相伴省他年。
紫云新苑移花处,不取霜栽近御筵。

《野菊》属于"既兴且比"的体式,避实就虚,纯用比兴,象征性写法。诗分上下两部分,上四句,句句写的是野菊,写菊之"野"也。野菊以苦竹、辛椒为伴,托根于恶劣环境之中,暗香淡淡而含露如泪出。已经是西风去雁之时节,虽然不甘于委弃才华而敛香隐迹,然毕竟寒蝉噤声,似也只能潦倒长终矣。句句写菊,亦句句是自写,句句写自己困苦不堪的现实境遇,兴寄身世之慨也。

诗的后四句拓开一笔,不在菊之摹写上拘泥,而又扣住花意来写。"细路独来当此夕,清尊相伴省他年"二句写自己,追忆自己受令狐楚恩遇的往事。二句倒装:早年也是重阳节时,那时伴令狐公饮有多得意啊,谁料到如今"细路独来"这般寥落不堪!"紫云新苑移花处,不取霜栽近御筵"两句写令狐绹,先说其青云平步而移官高位,再说其不念旧情而冷漠无助。钱牧斋《唐诗鼓吹评注》评曰:"此比贤者之遗弃草野,不得进用也。"颈联与尾联比照着写,意思是说,令尊非常赏识我,也大力奖掖我,而阁下您身居高位,却不能将我移至华庭,改变我极度困窘的处境。张采田《李义山诗辨正》评曰:"结句虽正面收足'野'字,而别有寓意,故不觉其浅直,与空泛闲语不同。"令狐绹之父令狐楚,出将入相,天下文宗,特爱商隐之才。自大和三年(829)李商隐入天平幕而从为巡官始,一直到开成二年

（837）令狐楚去世，令狐楚视商隐如亲出，"岁给资装"，精心调教，且"令与诸子游"。刘学锴、李翰合著的《李商隐诗选评》，注"清尊"曰："指当年顾遇。省：察记。"注"紫云"曰："指中书省。开元元年曾改中书省为紫薇省，令曰紫薇令。此指令狐绹移官内职，任中书舍人。"注"不取"曰："对令狐绹不加提携表示怨望。霜栽：指野菊。"亦即坐实了此诗乃寄令狐绹也。

叶葱奇认为："这篇诗（《野菊》）应与集中《九日》诗参看，更易领会全篇意趣。"[1]他将《野菊》拿来与《九日》比对，说是《九日》言事，《野菊》言情。《九日》诗云：

> 曾共山翁把酒时，霜天白菊绕阶墀。
> 十年泉下无消息，九日樽前有所思。
> 不学汉臣栽苜蓿，空教楚客咏江篱。
> 郎君官贵施行马，东阁无因再得窥。

《九日》诗是有故事的。唐五代王定保《唐摭言》卷十一"怨怒"条记："李义山师令狐文公。大中中，赵公在内廷，重阳日义山谒不见，因以一篇记于屏风而去。"[2]此则诗本事最初出于五代王定保的《唐摭言》，后经宋孙光宪（《北梦琐言》）、李昉（《太平广记》），到计有功（《唐诗纪事》）等，辗转传录，互相转抄，各加生发，又历经清代朱鹤龄、冯浩、张采田等人之笺注，乃至今人之引述，无非是说：李商隐赋诗出气，令狐绹读诗难堪。苏雪林在《玉溪诗谜》里指出：义山结婚王茂元家后，和令狐绹常相酬唱，义山还常住在令狐家里，两人交情并没有决裂。那一首《九日》诗，"虽被《北梦琐言》造了一个故事，却不十分可信"[3]。用苏雪林的话说就是，"义山实无使

---

[1] 叶葱奇：《李商隐诗集疏注》，人民文学出版社1998年版，第273页。
[2] 王定保撰，姜汉椿校注：《唐摭言》，上海社会科学出版社2003年版，第230页。
[3] 苏雪林：《玉溪诗谜》，上海北新书局1928年版，第104页。

他永远怀恨的资格"。李商隐在与令狐家公子们的交游中，培养出比较深厚的友谊，尤与令狐绹关系密切。令狐绹与李商隐，既是府主与幕僚的关系，还是重臣与下僚的关系，是一生的朋友关系。叶葱奇在《李商隐诗集疏注》对此"本事"也持怀疑态度。他在《九日》"疏解"认为：这些"辗转传录，真是以讹传讹，纷然若实有其事了"。叶先生曰："冯浩说：'义山于子直，既怨之，犹不能无望之。'所说很是，惟其望之过切，遂不觉怨之太深。这不过是逢到'九日'，思前想后，独自抒感之作。令狐绹根本不会看到，更不用说什么'记于屏风'，题于厅事了。"[①]笔者也曾经著文对《九日》诗存疑[②]，我们宁可以为这不是李商隐的诗，如果真是李商隐的诗，那么骂他"背恩"与"无行"就没有错。而史上将李商隐沉沦下僚，归罪于令狐绹，苏雪林曾愤愤不平地说："照《唐书》的意思，令狐做了宰相，非提拔义山至节度使不可，然则严武和杜子美也是两代交情，为什么也没有大好处给他呢？"[③]但是，迄今为止，令狐绹仍然背着打压李商隐的黑锅。

从《九日》诗所表现的意思来看，与《野菊》是比较接近的。《九日》虽非咏物诗，诗中也咏到菊，也有菊意象，时在重阳，由菊写起，将令狐绹父子对比着写，这些都与《野菊》同。可以这么说，李商隐的此类诗，多是"既怨之，犹不能无望之"的主旨与思路，而其怨且望者，亦只能是令狐绹也。李商隐的《梦令狐学士》，作于《野菊》前一年，即作于大中二年（848）深秋，时年36岁，也可拿来与《野菊》参看，诗云：

山驿荒凉白竹扉，残灯向晓梦清晖。

---

① 叶葱奇：《李商隐诗集疏注》，人民文学出版社1998年版，第526页。
② 王志清：《李商隐〈九日〉之献疑》，载《南都学坛》2012年第5期，第49—54页，《高等学校文科学术文摘》2012年第6期摘要，第188页。
③ 苏雪林：《玉溪诗谜》，上海北新书局1928年版，第104页。

右银台路雪三尺，凤诏裁成当直归。

据考，诗作于李商隐自桂林返长安途中。于题目可见，令狐绹时已是翰林学士。《旧唐书·职官志》："翰林院在大明宫右银台门内。王者一日万机，军国多务，深谋密诏皆从中出。翰林学士得充选者，文士为荣……贞元以后，为学士承旨者，多至宰相。"诗共四句，前两句与后两句对比写，前两句写自己之凄凉，后两句写令狐绹之清贵。意思是说：我们二人走在各自不同的人生道路上，我走在荒山野外，蜷缩于蓬荜，只能于残灯之下梦见荣华富贵的你啊；你在待圣旨裁定后，乘坐骏马威风凛凛自翰林院踏雪归来。程梦星评云："此望绹荐引之作，先写自己身世之苍凉，后写令狐台阁之华膴，情最动人，语最微婉。"叶葱奇评曰："所说极是。"

李商隐亟需改变现状，不想到令狐绹还能想到谁，不干谒令狐绹还能干谒谁呢？李商隐存诗中，也有二诗赠杜牧，七绝《杜司勋》："高楼风雨感斯文，短翼差池不及群。刻意伤春复伤别，人间唯有杜司勋。"诗里以当世第一人来诹评杜牧。还有一首七律《赠司勋杜十三员外》："杜牧司勋字牧之，清秋一首杜秋诗。前身应是梁江总，名总还曾字总持。心铁已从干镆利，鬓丝休叹雪霜垂。汉江远吊西江水，羊祜韦丹尽有碑。"诗里盛赞杜牧的文才武略。二诗皆奉承杜牧，自谦命薄低能，不能与众鸟群飞比翼，似有请施援手的暗示。这两首诗作于大中三年（849）初，与《野菊》作于同期。那时杜牧也刚刚到长安，职位不甚高，却也在吏部，掌校定勋绩及授予勋官告身等事。杜牧到长安的第二年（850）即内升为考功郎中，总掌百官功过善恶之考法及其行状，并详加簿录，不久知制诰，迁中书舍人，官职几可追令狐绹。李商隐此赠诗许是"投石问路"，然杜牧却无酬答，这让研究者们嘘声一片，说是杜牧太冷太傲慢。说杜牧清高冷漠，然而他对布衣张祜却顶礼盛赞，诗曰："谁人得似张公子，千首诗轻万户侯"(《登池州九峰楼寄张祜》)。同样是诗歌高手，杜牧态度则是冰火两重天，其中意味也值得深究。

清人冯浩《玉谿生诗说》评其《野菊》曰："中四句佳。结处嫌露骨太甚。"而此论亦可移评《菊》诗矣。其实，李商隐的《菊》诗，也"嫌露骨太甚"也。诗以自述方式道出菊之美质，虽未直言怀才不遇的哀怨，虽未尽道其急切求进之心迹，然诗之意旨还是非常显豁的，《菊》的尾联，与《野菊》诗的尾联，异曲同声，可以比照来读。

三、坞边野菊欲得清晖

既然《野菊》，乃呈令狐绹，而说《菊》亦寄绹诗，似并无牵强之嫌。"愿泛金鹦鹉，升君白玉堂"，笔者由此"君"而联想到"君问归期未有期"的"君"，此"君"亦彼"君"也，叶葱奇就说过："商隐与令狐绹唱酬诗，十九含有希冀汲引推荐之意"(《李商隐诗集疏注》)。傅璇琮先生也说："李商隐则数有诗奉呈，屡表请举之意。"[1]李商隐写给令狐绹数十篇诗文，如《酬别令狐补阙》《酬令狐郎中见寄》《寄令狐郎中》《寄令狐学士》《梦令狐学士》《赠子直花下》《子直晋昌李花》《宿晋昌亭闻惊禽》《晋昌晚归马上赠》等，他在这些诗文中，甚至对令狐绹以"娇嗔"口吻，直接提出拔擢要求。

《野菊》与《菊》，二诗虽然不是写于同时，但写法上大同小异，都是"卒章显其志"的一路，共同主题都是希望改变"在野"的现状，都是渴望移栽"御筵"而获得王公大臣的赏识。如果有什么细微差别的话，《菊》诗是自荐诗，而《野菊》是乞援诗。《菊》诗侧重于"媚"，是乞谅，是哀求，以"君"来拉近与对方的距离;《野菊》诗则

---

[1] 傅璇琮：《唐翰林学士传论》(晚唐卷)，辽海出版社2007年版，第217页。

侧重于"嗔",是微怨,是娇嗔,以"不取"来发泄胸中的不满。因此,《菊》与《野菊》,都可视为干谒诗,与《夜雨寄北》一样同属干谒诗,与"画眉深浅入时无"的性质相同。不过,李商隐的写法,一般都是自诉苦情,以情动情,有点像杜甫的干谒诗。而李之干谒诗写得特别委婉,这是一种表达策略,主要还不在于艺术上的考虑,而是情理上的处理。也就是说,李商隐不直接乞援,除了他擅长象征,深于典故,喜欢暗示,还有就是有些话不好直说,也真不好意思直说的。

无论是《菊》还是《野菊》,有一点是共同的,就是颠覆了菊花形象,颠覆了关于菊花君子的传统道德理性,将本性傲霜耐寒的清高菊花,功利化,卑下化,审美异化。而几乎在所有的笺注本里,这一点被忽略了,也许是为尊者讳的原因。人们但说其写了什么,怎么写的,而没有说不能这么写,这么写为什么不好。二诗均因菊起情,旋移情于菊,将个人的情感经验植入菊中,对当下处境以暗喻性的直观描述,造成物我合一的美感境界,都是不甘沉沦的哀怨,都是"既怨之,犹不能无望之"的心理状态,最终又都寄希望于援引,而没有表现出傲霜斗雪的抗争。

总之,李商隐二菊诗中,多了点傲气,多了点怨气,也多了点寒碜气,而少了点怒放的生气,少了点傲霜的骨气,少了守拙的节气。因此,我们在阅读这样的诗时,万勿美言过甚,为尊者讳而一味往尽善尽美上说。

真可谓:

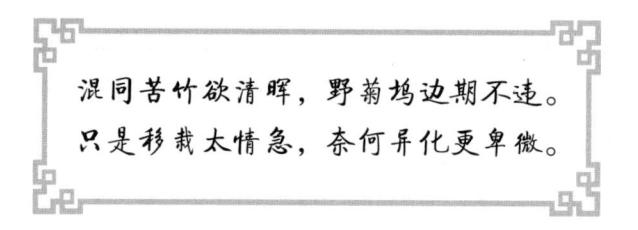

> 混同苦竹欲清晖,野菊坞边期不违。
> 只是移栽太情急,奈何异化更卑微。

第三编 旧说别解

引子

　　古希腊哲学家柏拉图说:"如果尖锐的批评完全消失,温和的批评将会变得刺耳。如果温和的批评也不被允许,沉默将被认为居心叵测。如果沉默也不被允许,赞扬不够卖力将是一种罪行。如果只允许一种声音存在,那么,唯一存在的那个声音就是谎言。"没有了争鸣,没有了批评与自我批评,甚至是颠覆性的批判,我们的学术将是一种什么样的学术呢?

　　前人做出的学术判断,也多一家之言,抑或还没给出充分的学术材料,甚至还是个臆测性的学术误判,而后来学者一窝蜂地盲目跟进,维护这个缺乏证据的并不稳妥的学术结论,岂非咄咄怪事?

　　唐诗研究只顾拿香跟拜,学术错误就会被一再复制。我们不能被专家与名言吓死了,也不能被汗牛充栋的书本压垮了,不能被浩如烟海的唐诗淹没了,或者因为赶课题而变得迟钝平庸,消磨了锐气和想象力。

　　学术研究,从某种意义上说就是在颠覆与被颠覆中前进的。

第九章

岂是一诗能够免罪

王维一生的最大灾难即是陷贼。王维最受人诟病的也是陷贼。

然不幸中之万幸，三百余陷贼罪臣，而唯有王维一人幸免，这是为什么呢？唐汝询评曰："内史以燕泥致死，右丞以凝碧得生，非不幸之幸耶？"[①]"内史"薛道衡被隋炀帝"因事诛之"，而将其死说成是因为隋炀帝杨广妒忌其"空梁落燕泥"诗，简直是无稽之谈；而"右丞以凝碧得生"，也是极度夸大了《凝碧诗》的作用。其实，新旧唐书以及相关文献史料都这么说，说是王维"因此诗获免"（《唐诗纪事》）。

王维的《凝碧诗》，真有这么大的作用吗？

一、泪下私成口号

王维诗曰：

万户伤心生野烟，百官何日再朝天？
秋槐花落空宫里，凝碧池头奏管弦。

诗作于至德元载（756）八月，诗题全称为《菩提寺禁裴迪来相看说逆贼等凝碧池上作音乐供奉人等举声便一时泪下私成口号诵示裴迪》。诗题很长，类似诗序，涵括了写作的时间、地点、成因以及所

[①] 唐汝询：《唐诗解》卷二十六，河北大学出版社2010年版，第485页。

赠对象等内容。此诗首句从大处落墨，放笔纵写安史乱军蹂躏之地百姓的苦难，极其凝练而形象概括，安史之乱中，国破家亡，满目疮痍，尸横遍野，百姓处于生灵涂炭的水深火热之中。次句写百官心态，文武百官何时才能再朝拜唐天子呢？换言之：什么时候才是这些乱臣贼子的末日呢？诗以慨叹的语气，以问句的形式，写出了诗人重见天日的渴望，表现出灭贼的急迫心情，也流露出对局势的深深忧虑。三、四句，笔触由远及近，秋槐叶落，宫殿空荡，凝碧池混，管弦嘈杂，暗写发生在自己身边的一个反抗乱臣贼子的壮烈事件。据计有功《唐诗纪事》载：安禄山叛唐攻下洛阳，大会于凝碧池，逼使梨园弟子奏乐。众乐人唏嘘泣下而拒绝演奏，其中有雷海清者，掷弃乐器，破口大骂叛军贼首。安匪残酷地将雷海清肢解于试马殿上。王维诗题中曰"一时泪下私成口号"，诗人感于义愤，即兴成诗，忧国忧民之悯情，不减老杜矣。因此，宋人阮阅《诗话总龟》将此诗列入《忠义门》。[1] 清人赵殿成也悲愤评曰："普施拘禁，凝碧悲歌，君子读其辞而原其志，深足哀矣。"[2]

　　细读《凝碧诗》而"原其志"，这是一首政治诗，是一种拼着掉脑袋的危险写出来的抗争诗，"有无限说不出处，而满腔悲愤俱在其中，非摩诘不能为"[3]。时王维身陷魔窟，玄宗出逃，政府流亡，数十万部队土崩瓦解，数十位大唐名臣悍将销声匿迹，数以百计的官员纷纷降敌，李亨虽在灵武称帝，其手下唯郭子仪和李光弼尚拥有数万人马，唐朝已名存实亡，已经让人看不到一点希望。而诗中的"无限说不出处"，主要包含了诗人对灭贼而回归的坚定信心。凝碧一诗，

---

[1] 阮阅著，周本淳校点：《诗话总龟·前集》卷一，人民文学出版社1987年版，第4页。
[2] 赵殿成：《王右丞集笺注·序》，上海古籍出版社1984年版，第1页。
[3] 李沂：《唐诗援》，转引自陈伯海主编《唐诗汇评》，浙江教育出版社1995年版，第355页。

真可谓凛然大节而感召天地，读来令人动容。然顾炎武则甚至认为《凝碧诗》是王维欺世的幌子，他尖锐批判说："古来以文辞欺人者，莫若谢灵运，次则王维。"①说王维以"文辞欺人"，也就是对其诗的真实性表示怀疑，也是对王维的贞节表示怀疑，虽然顾炎武拿不出任何证据来证明《凝碧诗》是伪作。我们虽不敢苟同顾炎武说，也觉得此诗的题目有点蹊跷，既然是"私成口号诵示裴迪"，既然是"潜为诗"（《旧唐书》），怎么会有这么长的题目，似乎不合常情。也许是王维好友裴迪为了营救王维，做此长题以突出王维此诗的特殊背景环境。万首绝句题作《菩提寺禁闻逆贼凝碧池上作乐》，《旧唐书》里作《凝碧诗》题，《新唐书》但言"赋诗悼痛"而没有说诗的内容与题目。

我们所最要质疑的，则是王维以诗免罪的史实。《旧唐书·王维传》载："维以《凝碧诗》闻于行在，肃宗嘉之。会缙请削己刑部侍郎以赎兄罪，特宥之，责授太子中允。"王维被免罪的原因，新旧唐书等文献资料都这么说，都有王维靠诗获救的意思。我们以为，《凝碧诗》对于王维的自救，或有一定的作用，但应该不是主要作用。王维其弟，充其量也只是个副部级的官，其疏救能力有限，陷贼官员中连大唐旧相陈希烈，当朝驸马张垍等高官，且皆问"赐自尽"之罪。《资治通鉴》卷二百二十"唐纪"载："至德二载十月，广平王俶之入东京也，百官受安禄山父子官者陈希烈等三百余人，皆素服悲泣请罪。"所有陷贼接受伪职者皆收系大理、京兆狱。至德二载十二月，"上从（李）岘议，以六等定罪，重者刑之于市，次赐自尽，次重杖一百，次三等流、贬。壬申，斩达奚珣等十八人于城西南独柳树下，陈希烈等七人赐自尽于大理寺；应受杖者于京兆府门。"陷贼大唐官员三百余人"以六等定罪"，或弃市或赐死或流放，唯有王维未被问罪，且授太子

---

① 顾炎武：《日知录》卷十九《文辞欺人》，见《日知录集释》，上海古籍出版社1985年版，第1458—1459页。

中允,旋加集贤学士,迁中书舍人,改给事中,官至右丞。与王维有很多相似处的郑虔,就没有这么幸运了。郑虔归来,被杜甫喻为"苏武",王维被杜甫喻为"庾信"。郑虔也是个全才,尤擅诗书画,唐玄宗曾以"郑虔三绝"题其画。郑虔陷贼后,也自残装病软抗,还有为唐军通风报信之类的立功表现,然归唐后仍获"三等流贬"罪而被贬去台州。这是为什么呢?只有一个解释,王维在陷贼中肯定有郑虔不能相比的立功表现。换言之,如果王维的"失节"罪成立,即便是再有什么诗,再有什么人,最轻也当判罪流贬。三百余陷贼罪臣而唯有王维一人幸免,单凭此诗以及其弟之力,是完全不可能的。也就是说,即便是对王维作极苛刻的考量,也不能说王维于节义上有什么不清白的。

二、抗节以仁者之勇

《旧唐书·王维传》载曰:"禄山陷两都,玄宗出幸,维扈从不及,为贼所得。维服药取痢,伪称瘖疾。禄山素怜之,遣人迎置洛阳,拘于普施寺,迫以伪署。"这段史料,非常概括地记录了王维陷贼后的抗争表现,而王维自己在《大唐故临汝郡太守赠秘书监京兆韦公神道碑铭》中有一段自述则比较详尽,可以互参:

> 君子为投槛之猿,小臣若丧家之狗。伪疾将遁,以猜见囚。勺饮不入者一旬,秽溺不离者十月;白刃临者四至,赤棒守者五人。刀环筑口,戟枝叉颈,缚送贼庭,实赖天幸,上帝不降罪疾,逆贼恫瘝在身,无暇戮人,自忧为厉。公哀予微节,私予以诚,推食饭我,致馆休我。

王维自残后,病得不轻,十天勺饮不入,十个月尿屎在身,仍被重兵严加看守。"公哀予微节"后四句,说是韦斌非常同情他的遭遇,是因为很欣赏他的节义,暗地里悉心照顾他的生活起居,才至于自残未死。著名学者陈铁民等王维研究专家都认为，王维提供了陷贼遭遇的真相，可补史传记载之不足。

《韦公神道碑铭》碑文最后写道："皇帝中兴，悲怜其意，下诏褒美，赠秘书监，天下之人谓之赏不失德矣。"韦斌陷贼未等到中兴归来就死了，皇帝英明下诏褒美，既褒且奖；而天下人认为，韦公乃实至名归，德位相配也。于此也可推见，为什么皇上也没有开罪王维了。这足以证明王维陷贼中的表现不错，至少是不构成犯罪。肃宗皇帝不仅未对王维有任何罪责，依然用作近臣。代宗皇帝对王维更是赞许有加，就是那个统率联军平定安史之乱的广平王李俶，也夸王维"诗名冠代"，在对其诗"旰朝之后，乙夜将观"后，敕批曰："卿之伯氏（王维），天下文宗。位历先朝，名高希代。抗行周雅，长揖楚辞。调六气于终篇，正五音于逸韵。泉飞藻思，云散襟情。诗家者流，时论归美。诵于人口，久郁文房。歌以国风，宜登乐府。"此属极评，古今罕见，其在对王维诗的评价里，包含有政治道德品行的成分。日本学者绀野达也甚至认为，这里"包含代宗欲将王维文学作为重要规范从而实现文化复兴的企图"。[1] 因此，王维陷贼真是有什么问题，也不至于是事关政治名节的"致命"问题。而他陷贼期间的抗节之举，似有为唐王朝大加褒扬的意味。因此，王维陷贼不死归来，时人非常激动，诚如杜甫所描述的："共传收庾信。"意思是王维归来不是我杜甫一人高兴，大家都为之而奔走相告，额手称庆。老杜《奉赠王中允（维）》诗曰："中允声名久，如今契阔深。共传收庾信，不比得陈琳。一病缘明主，三年独此心。穷愁应有作，试诵白头吟。"老杜非常欣赏王维"独此心"的忠义观，这是从政治角度在为王维正名。老杜认为，王维的忠心、气节和意志，可与庾信比。其实庾信也没有王维自

---

[1] 参见日本学者内田诚一：《新世纪以来日本学者的王维研究》，《古代文学前沿与评论》（第四辑），社会科学文献出版社2020年版，第196页。

残抗节的仁勇，更没能如王维实现回归愿望而老死敌国。

然而，王维有道德洁癖。虽然朝廷没有开罪他，同僚没有歧视他，朋友更没有冷淡他，但是他却自己计较自己，自己跟自己过不去，自以陷贼不死为污点，不断地清算自己，忏悔自责，洗刷分辩。他的那篇《韦公神道碑铭》，以议论起笔，纵谈士人临难而于生死之际的三种抗争表现：

坑七族而不顾，赴五鼎而如归，徇千载之名，轻一朝之命，烈士之勇也。隐身流涕，狱急不见，南冠而絷，逊词以免；北风忽起，刎颈送君，智士之勇也。种族其家，则废先君之嗣，戮辱及室，则累天子之姻，非苟免以全其生，思得当有以报汉；弃身为饵，俛首入橐，伪就以乱其谋，佯愚以折其僭，谢安伺桓温之丞，蔡邕制董卓之邪，然后吞药自裁，呕血而死，仁者之勇，夫子为之。

三"勇"均当褒扬，而"仁者之勇"尤可欣赏。王维认为，像韦斌这样的临难柔抗，忍辱偷生，寻找机会报效国家，也是一种"臣节"，属于"仁者之勇"。这让人自然联系到王维的陷贼遭遇，他所采取的即是"柔性"的抗争，其"吞药自裁"之典，暗合自身临难而"服药取痢，伪称瘖疾"之事。

王维在《裴右丞写真赞》里也言及"仁者之勇"的概念，他认为裴右丞陷贼而能自守节操以致历险脱身，是"仁者之勇，义无失忠"，并非"引决""刎颈"才是唯一的选择。王维基本上是儒家传统思想与立场，其处世方式与行为判断深受佛禅精义影响，佛禅的生死观，并非畏死，而是不轻易以死取义，讲究向死而生，意重在生，既全其臣节而又"义无失忠"的"仁者之勇"，自然也成为他最欣赏的。

王维有几首诗，为蒙冤的古人辩，表现出对"仁者之勇"的欣赏。据《本事诗》说，王维的《息夫人》是应宁王李宪之命写的。宁王霸占饼师妇一年后，让饼师夫妇见面，妇"双泪垂颊，若不胜情"。王维以《息夫人》为题，站在女子的立场，以代言的角色，喻赞饼师妇的贞节。"不共楚王言"，是《左传》记载息夫人被强占所言"纵弗能死，其又奚言"之点化，反映了弱女子忠于故夫的坚决抗争。于王维看来，这个弱女子非常了不起，也是个节女，即便身被人占而心始终不予，人虽不能死而心已死矣。不知道算不算是谶语，诗写于王维青年时，三十多年后陷贼遭遇如息夫人，闻一多先生就将其比作息夫人，说是性格懦弱的王维，在抗拒强暴凌辱时，也只能有息夫人的表现。

王维的《李陵咏》，诗自注写于"十九岁"。根据内容看，似在"十九岁"前漏了个"五"，即"五十九岁"。如果说诗为自己辩，那么"五十九岁"则更可信。王维陷贼归来时差不多已是59岁也。诗云：

　　汉家李将军，三代将门子。结发有奇策，少年成壮士。长驱塞上儿，深入单于垒。旌旗列相向，箫鼓悲何已。日暮沙漠陲，战声烟尘里。将令骄虏灭，岂独名王侍。既失大军援，遂婴穹庐耻。少小蒙汉恩，何堪坐思此。深衷欲有报，投躯未能死。引领望子卿，非君谁相理。

王维读史有感，为英雄李陵蒙冤不平，也为太史公雪冤。最后四句是诗旨所在。"深衷欲有报，投躯未能死"二句，意思是李陵不死是有原因的，是为了伺机报汉。王维借此历史题材来为李陵翻案，也为太史公翻案。非常滑稽的是，王维晚年的陷贼遭遇，与李陵何其相似乃尔。读罢此诗，倒觉得王维真有点先见之明，十九岁时就为五十九岁的自己先申辩了。王维还有一首《陇头吟》，据考作于其中年出塞时，诗里引用了苏武的典故，也颇含深意，诗云："苏武才为典属国，节旄落尽海西头"，王维以此典，安慰关西老将，讲的是尽忠报国，而不管个人得失。储嗣宗《过王右丞书堂二首》（其二）的结尾写道：

"风雅传今日，云山想昔时。感深苏属国，千载五言诗。"储嗣宗是王维好友储光羲的曾孙，他将王维与苏武的五言诗并提，其实也有品节的考虑。杜甫也把郑虔比作苏武，"苏武看羊陷贼庭"。杜诗《题郑十八著作虔》里说郑虔才高如贾谊，持节若苏武。苏武陷贼，郑虔也陷贼，陷贼而何罪之有？郑虔却因陷贼而被流台州，杜甫为其雄词辩白，大声叫屈。苏武陷贼持节十九年，王维与杜甫他们，都十分钦佩这种能"忍"之"仁勇"。

息夫人、李陵咏以及《陇头吟》里的关西老将，皆非凡的"坚忍"者也，都是柔性的以"忍"为特点的"仁者之勇"者。这些诗的写作时间是青少年或中年时期，让我们看到了王维思想的一脉之承，看到了其思想的一贯性，也就是说，王维自小就欣赏那种"仁者之勇"，欣赏临难中的柔性抗争。《左传》曰："一惭不忍，而终身惭乎？"王维晚年写的《与魏居士书》里也引此名言而开导魏征后人。这几首诗，联系王维晚年的陷贼遭遇看，非常有意味，王维悯人亦自悯也。

三、大义不污天宝之乱

王维有诗《叹白发》曰："宿昔朱颜成暮齿，须臾白发变垂髫。一生几许伤心事，不向空门何处销。"太多的伤心事情，折磨得他迅速衰老，他觉得只有皈依佛门，于佛门空无寂灭的哲理中才能寻到安慰，才能破除偏执而寻到解脱，才能获得彻底放下、完全皈依的佛禅智慧而转身自在。朝廷越是不计较，王维越是深刻不安，不断强化了他内心深处的罪恶感，不断地在自我审判中寻找与灵魂的对话，弄得他心无宁日。其实，还陷于贼中时，王维就已决意脱贼后皈依佛门，还乡归隐，其诗曰："安得舍尘网，佛衣辞世喧。悠然策藜杖，归向桃花源。"（《菩提寺禁口号又示裴迪》）然而，他身不由己，欲归不能，他越是不想做官，朝廷越是不断给他升官。因此，他也只能"吏隐"

于朝，成为"万事不关心"而专以禅诵为事的佛教徒，"在京师日饭十数名僧，以玄谈为乐。斋中无所有，唯茶铛、药臼、经案、绳床而已。退朝之后，焚香独坐，以禅诵为事"。王维还通过竭其所有的捐赠来自我救赎，捐出了辋川别业，捐出了自己几乎所有的职田。

宋人刘克庄有评曰："右丞不污天宝之乱，大节凛然。"[1]闻一多先生比较王维、李白与杜甫，将三人放在安史之乱的重大事件中来考论，他说："李、杜、王三位诗人都同时经历了安史之乱，他们处乱的态度正足以代表各人的诗境。"闻先生以为："太白在乱中的行动却有做汉奸的嫌疑，或者说比汉奸行为更坏"；杜甫"他爱君的热忱，如流亡孩子回家见了娘"；王维却成了他自己诗中曾写的息夫人，"谁想到三十多年之后诗人自己也落到息夫人这样的命运，在国难中做了俘虏，尽管心怀旧恩，却又求死不得，仅能抱着矛盾悲苦的心情苟活下来，这种态度可不像一个反抗无力而被迫受辱的弱女子么？"[2]闻一多虽然也并不看好王维懦弱的性格缺陷，而对王维的陷贼却深表同情，并没有什么谴责之意。清人陈仅则有点为王维抱不平的意思，他把李白与王维比较而论，"太白、摩诘皆受从贼之谤。摩诘'凝碧池头'之诗俱在，少陵已为昭雪。惟太白从永王璘起兵，璘之叛当亦借讨贼为名，故太白惧从耳。"[3]李白浩歌"但用东山谢安石，为君谈笑净胡沙"（《永王东巡歌》），若非有人积极相救，脑袋早都搬家了；而王维如果"失节"罪成立，最轻处分也当像李白一样被流放。李白和王维，都有过陷贼经历，也都忍辱偷生，也都死里逃生，何以如此特别苛求王维呢？陈寅恪《书杜少陵〈哀王孙〉诗后》指出："少陵为中国第一诗人，其被困长安时所作之诗，如《哀江头》《哀王孙》诸诗篇，古今称

---

[1] 刘克庄著，王秀梅点校：《后村诗话》，中华书局1983年版，第190页。
[2] 闻一多：《唐诗杂论》，中华书局2009年版，第278—279页。
[3] 陈仅：《竹林答问》，见《清诗话续编》，上海古籍出版社1983年版，第2261页。

其文辞之美，忠义之忱，或取与王右丞'凝碧池头'之句连类为说。殊不知摩诘艺术禅学，固有过于少陵之处，然少陵推理之明，料事之确，则远非右丞所能几及。"这也是比较的说法，以王维与杜甫在安史之乱中的诗歌比较，在"艺术禅学"方面，杜甫不及王维；而在对事理推料上，则王维远不及杜甫。这里也提到了《凝碧诗》，意在突出"少陵为中国第一诗人"，而对王维也不能说有"微词"，更谈不上什么苛责。

　　然而，王维陷贼不死，最初诟病王维的似是朱熹，他不无揶揄地说："王维以诗名开元间，遭禄山乱，陷贼中不能死，事平复幸不诛。其人既不足言，词虽清雅，亦萎弱少气骨。"[1] 元代吴师道也责难王维"居位显荣，污贼不能死，适累是图，惜哉"[2]。这是什么荒唐的逻辑！陷贼者皆当以死尽忠，不死者不忠；王维陷贼不死，故王维不忠；王维既然不忠，其诗虽好亦无气骨。清人李绂则从信仰上来解释王维陷贼未死的原因，他指出："（维）心未尝忘君，惟未能引决耳。欧阳公谓老氏贪生，释氏畏死，然则其不能引决，亦学佛之误也。"[3] 这些解释，都属于不懂庄禅不懂王维。而这些"微词"让不明就里者跟着起哄，别有用心者更是借题发挥，今人蒋勋全然不顾事实真相，肆意"戏说"性虚构说："王维是一个音乐家，当时是乐臣，管音乐的。安禄山要做皇帝，登基的时候，命令王维为他谱乐。在这种情况下，只有两种可能，一个是不写，然后死亡；一个是写。王维写了，因为他想活下来。皇帝登基的时候，王维写的音乐在演奏，他在旁边哭。在标准的儒家道德看来，这是叛国。"[4] 著名学者江弱水大为不满，说是

---

[1] 魏庆之：《诗人玉屑》，上海古籍出版社1958年版，第315页。
[2] 吴师道：《吴礼部文集》卷十七，北京图书馆古籍珍本影印。
[3] 赵殿成：《王右丞集笺注·附录》，上海古籍出版社1984年版，第565页。
[4] 蒋勋：《蒋勋说唐诗》，北京中信出版社2012年版，第54页。

王维要来找蒋勋拼命。他在《东方早报》等媒体发表文章指出："我从来没有见识过这样不严谨的写作，比所有的'戏说'和'大话'都强，几乎算得上'穿越'了。如果说这是中文世界的三聚氰胺或者塑化剂，不算是过于严厉的指控吧？"用"三聚氰胺"来比喻蒋说，真是太贴切了。蒋说误人不浅矣！蒋勋在台湾声誉很高，他的书在大陆也卖得很火，还不知道有多少青少年，包括不明事理的读者，喝了这种加入了三聚氰胺的文学之奶呢。故而，要正本清源，为王维洗刷脏水，并非易事也。

呜呼，王维于乱中的表现，虽不能说可歌可泣，但也不至于有什么可让人说三道四的劣迹。王维之未获罪，有其未获罪的原因，王维本来就无罪，而《凝碧诗》似也起到一定的作用，但是，无端夸大诗救的作用，实际上是在误读王维，是在贬低其陷贼抗节的意义也。

正可谓：

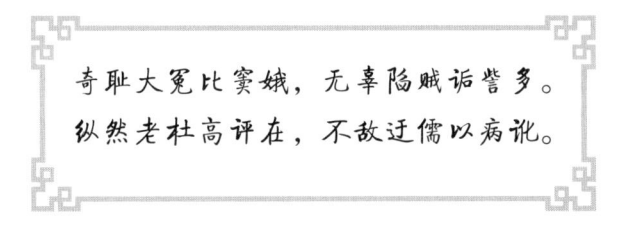

> 奇耻大冤比窦娥，无辜陷贼诟詈多。
> 纵然老杜高评在，不敌迂儒以病讹。

第十章

少陵何以呼其"高人"

王维与杜甫，虽然年龄上相差只有11岁，杜甫生于712年，王维生于701年，但他们是两代人，或者说是两个时代的人。他们二人之间没有什么交往，至少是没有史料记载他们有什么来往。杜甫有几首写王维的诗，甚至有写给王维的诗；遗憾的是，没见王维有一首写杜甫的诗。杜甫《解闷十二首》（其八）云：

不见高人王右丞，蓝田丘壑漫寒藤。
最传秀句寰区满，未绝风流相国能。

题为《解闷》，且作于王维离世已五年时，杜甫在生闷气的时候想起了王维。这也很让人纳闷。杜甫怎么在生闷气的时候想起王维来了？怎么还对王维如此恭维而以"高人"相称呢？

一、气闷的是不见知音

杜甫生闷气，肯定是由王维引起的。或者说，王维让他生闷气了。

杜甫，乃唐代诗坛的超级巨星，有"诗圣"之誉，其诗"地负海涵，包罗万汇"，在中国文学史上唯一被定性为"诗史"。美国的著名唐诗专家宇文所安先生认为："杜甫是最伟大的中国诗人。"他在《盛唐诗》里盛赞说："杜甫是律诗的文体大师，社会批评的诗人，自我表现的诗人，幽默随便的智者，帝国秩序的颂扬者，日常生活的诗人，及虚幻想像的诗人。"①然而，宇文所安又说："除了京城收复后在朝中任职的短暂期间，杜甫从未处于他那一时代诗坛的中心……杜甫卒后三十年中，他的作品基本上被忽视的情况，就不会令人感到十分惊奇了。令人惊奇的地方在于，经过湮没无闻之后，他竟能很快地就被推认为那一时代最伟大的诗人（与李白一道）。在八世纪后期，他实际上未被提及，几乎听不到他的作品的回响；但在九世纪的头十年，他的名字已和李白并称，成为文学成就的公认标准。"②

王维怎么就让老杜生闷气了呢？杜甫的《解闷》诗作于永泰二年（766），是时诗人流寓夔州，去留两难，内心非常苦闷，看什么都不顺眼，国事家事诗歌事事事在心，一下子便写出十二首以《解闷》为题的七绝来，内容涉及社会政治、家国民生以及诗人诗歌等，其中《解闷十二首》（其八），就是怀王维的，十二首"解闷诗"中五首是怀人的，盛唐诗人中被写到的还有孟浩然，竟然与其交往甚密的李白没有忆及。

杜甫人生的最后十年，亦即760—770年，这段时间里竟然写了一千一百多首诗，然而，此前与此后的几部唐人选唐诗的存世选本，《国秀集》《河岳英灵集》《极玄集》《中兴间气集》《箧中集》，都没有选他的诗。杜甫应该是一个无法回避的存在，然而，就是没有选他的诗。杜甫作于其时的《南征》诗曰：

  春岸桃花水，云帆枫树林。偷生长避地，适远更沾襟。
  老病南征日，君恩北望心。百年歌自苦，未见有知音。

此诗与这十二首"解闷诗"差不多作于同时，诗中"百年歌自苦，未见有知音"的意思是，我辛辛苦苦写了一辈子的诗，怎么就知

---

① 宇文所安：《盛唐诗》，北京三联书店2004年版，第210页。
② 同上书，第244—245页。

音难觅无人赏识呢？老杜非常苦闷，也非常自负，非常地不服气啊。然而，这是个王维的时代，虽然王维已经离世几年了，仍然盛行王维的诗，盛行王维的诗风。宇文所安说："特别是在王维生活的最后十年及其去世后二十年间，他被认为是当代最伟大诗人的呼声极高。"[1] 王维离世后，至少三十年，还一直作为"诗中射雕手"中的射雕手而为世人景仰，王维诗风乃是诗坛主流，或者说，诗坛仍然是王维一统天下。非常自负的杜甫怎么能够不气闷呢？他在《解闷》诗里说：高人右丞作古已多年不见，蓝田别业也因主人的离去而寒藤丛生，但王维清诗秀句依然盛传而遍布寰区，其弟王缙相国也因诗文风流而传承不绝。潜台词是，你王维诗运多好呀，死后多年依然到处知音，而我老杜却怎么这样的不幸啊！老杜气闷的是世人没把他当回事儿，有一种羡慕妒忌恨。他还自然想起孟浩然，《解闷》其六诗曰："复忆襄阳孟浩然，清诗句句尽堪传。即今耆旧无新语，漫钓槎头缩颈鳊。"老杜气啊，他是为那些没有诗才却占据诗坛的"耆旧"们假装清高而气啊，那些当红诗人，写不出浩然"新语"来，却在那里模仿浩然"漫钓"。王维、孟浩然人不在了诗还流传，影响力依然强劲，非常值得他钦佩，甚至崇拜。但是，杜甫也为自己不为人知而气恼。杜甫也是个心高气傲的人，不是个随便什么人能够让他轻易恭维的。他为什么要这样恭维王维，称王维为"高人"呢？

　　杜甫以"秀句寰区满"来评价王维，是他称王维"高人"的第一重要原因。唐人雅好"清"，盛唐诗观，以"清"为上。刘长卿有"清论含九流"（《送裴四判官赴河西军试》）之说。殷璠《河岳英灵集》评曰："维诗词秀调雅，意新理惬，在泉为珠，着壁成绘，一字一句，皆出常境。"这也是突出其诗"清逸"的特点。《河岳英灵集》叙云：

---

[1] 宇文所安：《盛唐诗》，北京三联书店2004年版，第42—43页。

"粤若王维、王昌龄、储光羲等二十四人，皆河岳英灵也。"盛唐诗选家殷璠将王维作为盛唐诗的领军人物，对其独擅"秀句"以充分首肯。王维诗清逸空灵，"若清风之出岫"，"若清沇之贯达"，其人虽已离世，影响依旧，诗坛依然"清"风弥漫，"秀"满人寰，"最传秀句寰区满"啊！孟浩然作古已二十五年，之所以也让老杜想起，也是因为他欣赏孟"清诗句句尽堪传"。按照闻一多的说法，盛唐时最流行的标准诗风，仍是齐梁格调的以近体诗为主体的清词秀句。杜甫《戏为六绝句》（其五）诗云："不薄今人爱古人，清词丽句必为邻。窃攀屈宋宜方驾，恐与齐梁作后尘。"杜甫以诗论诗，认为诗要继承传统，不废齐梁，坚决地与六朝"清词丽句"相亲比邻。韩愈在《题杜工部坟》里评杜诗："笔追清风洗俗耳，心夺造化回阳春。"据陈贻焮先生考，"清词丽句"的美学范畴首出于杜甫（《杜甫评传》）。杜甫不仅率先提出了"清词丽句"的艺术风格，且将此作为一种审美境界与诗学追求。陈师道《后山诗话》说："子美取作五字云：'阊阖开黄道，衣冠拜紫宸'，而语益工。"意思是，子美句工于摩诘句，杜甫五古《太岁日》里二句，虽然袭用王维诗句，却比王维"九天阊阖开宫殿，万国衣冠拜冕旒"的原句更好。陈师道因为以杜为宗，便出有失公允之偏袒论，为人嗤笑也。但是，从杜甫仿用王维诗句，则亦可见其私心王维之一斑也。胡仔曰："子美与王维同和贾至《早朝大明宫》诗，即此一联也，子美宁肯取同时之人诗句以为己用，岂不为当时流辈之所讥诮乎？"（《苕溪渔隐丛话》前集）非常自负的杜甫，亦不畏"当时流辈之所讥诮"而取用王维这个"同时之人"的诗句，可见他对王维诗也真是心悦诚服也。

　　天下诗人让杜甫称作"高人"者，唯王维一人而已。老杜以诗解闷，气闷时以诗发泄，忽然想起王维，可以肯定地说，杜甫之闷，是由王维的诗所引起的，也可以肯定地说，杜甫对王维充满了景仰与赞美之情。诗虽为"解闷"作,字面上却让人看不到老杜有什么可"气闷"的。

二、时辈皆许以高流

杜甫称王维"高人",是在王维故去后五年,应该说这种缅怀与称赞,一无敷衍恭维之嫌。王维在世时,杜甫对其也有过崇高的评价,其《奉赠王中允(维)》诗云:

中允声名久,如今契阔深。共传收庾信,不比得陈琳。

一病缘明主,三年独此心。穷愁应有作,试诵白头吟。

题为《奉赠王中允》,以"中允"称王维。"中允",即"太子中允"的简称,正五品下,属詹事府,掌侍从礼仪、驳正启奏。王维陷贼前官给事中,正五品上,为门下重职,分判本省日常事务,具体负责审议封驳诏敕奏章。杜甫诗以"中允"相称,可知诗写于王维陷贼归来不久。翌年,王维官复给事中。

杜甫与王维的人生道路不同,为人行事、气质风度、性格信守等更是迥然有别,诗风也大相径庭,然其激赏王维"三年独此心"的道德名节。诗以一般性的寒暄开篇,拉近与被赠对象间的关系。颔联比较着写,这里提到了两个历史人物,一个是庾信,一个是陈琳。庾信曾是南朝梁官,奉命出使西魏,被强留北方,官至开府仪同三司,后老死北国。诗中"共传收庾信"句,意思是,王维归来,大家为之奔走相告而额手称庆。杜甫将王维比作庾信,是因为他们都有陷贼遭遇,虽然庾信没能像王维那样自残以抗节,也没能像王维那样最终实现回归。诗云"不比得陈琳",意思是王维不是陈琳,与陈琳有着本质性的区别。陈琳原是袁绍的人而后降曹,他在为袁起草的伐曹檄文中,极尽诋毁之能事,把曹操的祖宗八代都骂到了。清人王嗣奭说:"陈琳本得罪于曹,故云'不比得陈琳',言维本无罪。而五六正发其意。"(《杜臆》)仇兆鳌亦注曰:"维初系洛阳,而肃宗复用,与庾信之奔窜江陵,元帝收用者相似。维作《凝碧诗》,能不忘故主,与陈琳之为绍草檄,后事魏武者不同。"(《杜诗详注》)杜诗的颈联"一病缘明主,三年独此心"二句,与颔联形成因果关系,既是写王维为什么值得赞誉的原因,也是写他老杜为什么欣赏王维的原因,他认为王维能够这样忠君爱国非常了不起。两句诗写活了两个人:一个是王维,忠义自守,独心向唐;一个是他老杜自己,侠义肝肠,仗义执言。诗中盛赞王维的坚贞气节,欣同王维"独此心"的忠义观,也非常欣赏王维"见义智为"的仁者之勇,理解王维对生命的敬畏和尊重,反对违反人性与人道的道德绑架。杜甫是个道德正统观念很深的士子,其思想特点是忠君爱国,维护皇权,一生奉儒守官。如果王维真有什么有辱国格与人格的污行,杜甫肯定不会有此诗辩的。因此,王嗣奭说"此诗直是王维辩冤疏。"(《杜臆》)疏者,奏章也。意思是,这简直就是杜甫为王维写的辩冤的奏章呵。杜甫能够豁出来而为王维"辩",可以想见他对王维的崇拜程度了。

　　杜甫的思想,反映了盛唐的节义观,而从道德名节上为王维正名。然陷贼后的王维,一心向佛,希图"奉佛报恩,自宽不死之痛"。他对自己近乎残酷地审判,尤其是在他生命的最后时期,一直以忏悔而作灵魂的拯救。在几乎每一次接受任命的谢表中都反反复复地自责,反反复复地声讨自己。这种自觉承担罪责的意识,源自于他道德自我救赎、自我苛求的忏悔精神,这在中国历史上真不多见,表现出一个正直善良、清高自洁的独特个体的人格魅力,而这种在自救的种种努力中所显示出来的人性自觉,则强化了他严于自律的道德情怀,丰满了他以国家为重而绝不姑息自我的君子人格。王维上表施献别业,捐出他苦心经营的一方山水胜地,"效微尘于天地,固先国而后家",以"上报圣恩,下酬慈爱",保佑大唐风调雨顺,海晏河清。他的《请回前任司职田粟施贫人粥状》则是上表施献职田，这是他第二次呈表请施了。王维忧国至深而忧民甚切。按照唐朝禄制，王维中书舍人和给事中两职均为五品上，五品官六顷田，王维欲全部捐献。梁实秋非常感动地说："千载而下，读后犹感仁者之用心。"王维辞官捐献，虽然也有自我救赎的成分，然而，这样的救赎也是非"高人"不能有的。这抑或是杜甫钦佩与盛赞王维的原因。

杜甫呼王维为"高人"，自然含有道德方面的考虑。刘克庄《后村诗话》里说杜甫对前辈包括同辈诗人绝不吝惜赞美之词，对后辈诗人"尤所推让"。然而，他以"高人"相称者，唯王维一人而已。人戏称杜甫为李白的"迷弟"，二人"醉眠秋共被，携手日同行"。就是这个"笔落惊风雨，诗成泣鬼神"的诗仙，获得杜甫十余首赠诗，也没有赢得杜甫"高人"的称誉。王缙在《进〈王右丞集〉表》里说："臣兄文词立身，行之余力。当官坚正，秉操孤直。纵居要剧，不忘清净。实见时辈，许以高流。至于晚年，弥加进道。"王缙对其兄的评价，非常概括，非常中肯，也侧重于道德操守的角度，所谓的"实见时辈，许以高流"句，意思是时人多称王维为"高人"。王维被代宗皇帝誉为"天下文宗"，他在《答王缙进王维集表诏》里认为王维的诗可与古诗媲美而不朽，王维的名望可与前贤并列而无愧，王维的诗歌高度于当代则罕有匹敌。代宗以一个读者身份对王维其人其诗的评价，则反映了盛唐社会对诗歌与诗人的政治要求和审美标准，这种崇高评价正是抽象"高人"的形象诠释。

我们似乎可以这么说，杜甫称王维"高人"，也是对时人共识的认同也。

三、爱汝玉山草堂静

杜甫崇拜王维而呼之为"高人"，是因为王维的诗歌、气节与风度等都高出常人，还因为王维的吏隐智慧与闲适状态，这也确实是"高人"才能够做到的。老杜《崔氏东山草堂》诗云：

　　爱汝玉山草堂静，高秋爽气相鲜新。
　　有时自发钟磬响，落日更见渔樵人。
　　盘剥白鸦谷口栗，饭煮青泥坊底芹。
　　何为西庄王给事，柴门空闭锁松筠。

　　从题目看，诗写崔兴宗的东山草堂。东山即蓝田山，又名玉山，在长安蓝田县东南。《杜臆》云：王维辋川庄在蓝田，必与崔庄东西相近。草堂在东山，可称东庄，则辋川固可称为西庄矣。古人说，此诗是借崔氏草堂以讽王给事。根据诗意看，杜甫身在东庄，而心念西庄。杜甫在王维内弟崔兴宗家做客，心里却想着王维，对王维"柴门空闭锁松筠"的吏隐而心生羡慕之意。诗之首句记草堂，次句记秋候。草堂之静，延秋气之爽，故曰相鲜新，即草堂与秋气两相鲜新。颔联"有时自发钟磬响，落日更见渔樵人"，写堂外闻见之景，仍含静意。王维《辋川》诗有云"谷口疏钟动，渔樵稍欲稀"。则知钟磬渔樵，似是暗用王维诗典，写蓝田山中景物。颈联写堂中食物之佳，饭煮芹，杂米为饭也。以上六句，皆写东山草堂之静好，以见仕者之不如隐也。尾联则拓出一笔慨叹西庄也。《杜臆》云："落句忽及王给事，横出一枝，又是一格。"其实，前六句中，句句都在写王维，写吏隐中的王维。尾联"何为西庄王给事，柴门空闭锁松筠"二句，写诗人的惊叹，水到渠成地表达了对王维的赞许之意与羡慕之情。盛唐人崇尚"隐"文化，崇尚"吏隐"高风。然而，真正能够"吏隐"的也没有几人。王维亦官亦隐，官隐两兼，闭关自隔，修真守拙，他那无可无不可的行事风格，以及超尘脱俗的处世态度、摆脱尘世而亲近大自然的自觉与能力，让杜甫所心悦诚服，而由衷称之为"高人"也。

其实，杜甫也是非常追求这种生存境界的。一辈子穷困潦倒的杜甫，其购置田产而修造别业的愿望也非常强烈，其诗曰："何日沾微禄，归山买薄田。"（《重过何氏》其五）杜甫在长安应该是有一份田产的，其《曲江三章章五句》其三："杜曲幸有桑麻田，故将移住南山边。"其《秋日夔府咏奉寄郑监李宾客一百韵》亦有"两京犹薄产，四海绝随肩"的回忆。杜甫说的"桑麻田"与"薄产"之类，大概是其祖父杜审言留下的产业。后来他避难成都，得朋友赞助也在浣花溪畔建成草堂。草堂的位置背向成都郭，临近锦江，西北可见山巅终年积雪的西岭。杜甫《堂成》记曰："背郭堂成荫白茅，缘江路熟俯青郊。桤林碍日吟风叶，笼竹和烟滴露梢。暂止飞乌将数子，频来语燕定新巢。旁人错比扬雄宅，懒惰无心作解嘲。"杜甫安居草堂，结束了流浪漂泊、居无定所的生活，精神面貌发生了变化，诗风也发生了巨变，产出了不少优秀的山水田园诗。《田舍》诗："田舍清江曲，柴门古道旁。草深迷市井，地僻懒衣裳。榉柳枝枝弱，枇杷树树香。鸬鹚西日照，晒翅满鱼梁。"杜甫很为这段安宁悠闲的日子陶醉。《江村》诗曰："清江一曲抱村流，长夏江村事事幽。自去自来梁上燕，相亲相近水中鸥。老妻画纸为棋局，稚子敲针作钓钩。但有故人供禄米，微躯此外更何求？"草堂改变了杜甫的人生态度和生命精神，也改变了诗人对生活、生命与自然的理解。《客至》曰："舍南舍北皆春水，但见群鸥日日来。花径不曾缘客扫，蓬门今始为君开。盘飧市远无兼味，樽酒家贫只旧醅。肯与邻翁相对饮，隔篱呼取尽余杯。"这首诗备受人赏爱，诗人心情极好，快乐自得，尽情享受着朴素的农舍生活，享受着优美的自然风景。杜甫的这些山水诗，风格上走近了王维，反映了他的"高人"崇拜里，含有对王维隐于"蓝田丘壑"的生活方式的积极追求，对王维超逸尘世而息心静性的生存智慧的无比景仰。

杜甫称王维"高人"，可谓恰如其分；王维被杜甫称作"高人"，洵亦实至名归。杜甫的"高人"之评，不仅反映了王维的高度，也反映了老杜的人生境界与精神追求。

真可谓：

> 解闷要须思右丞，系情最是辋川藤。
> 褰区秀句依然满，膺服高人欲共能。

第十一章

妙在中间二联纯写景

王维的《山居秋暝》，美不胜收，妙不可言，诚可谓诗中之诗，精品中的精品，移用沈德潜赞王维《观猎》诗的话来说就是："章法、句法、字法俱臻绝顶。盛唐诗中亦不多见。"

《山居秋暝》诗云：

空山新雨后，天气晚来秋。
明月松间照，清泉石上流。
竹喧归浣女，莲动下渔舟。
随意春芳歇，王孙自可留。

还是那个沈德潜，却认为此诗的"中二联不宜纯乎写景"。中间两联都写景，怎么就不宜了呢？

一、景极工而不可追摩

中二联不宜纯乎写景？沈德潜在《说诗晬语》卷上第102则里说：

中二联不宜纯乎写景，如"明月松间照，清泉石上流。竹喧归浣女，莲动下渔舟。"景象虽工，讵为楷模？至宋陆放翁，八句皆写景矣。

此言是针对王维的《山居秋暝》而言。稍后，黄培芳也说，王维《山居秋暝》"写景太多，非其至者"（《唐贤三昧集笺注》）。二者皆将中间二联的纯乎写景视作《山居秋暝》诗的不是了。我们真不以为然也。

　　五律是在"沈宋"之后才真正成熟的，不久也逐渐进入了高潮。杜甫特别骄傲地说："我祖诗冠古。"他的那个祖父叫杜审言，与"沈宋"同时期，其诗《和晋陵陆丞早春游望》曰："独有宦游人，偏惊物候新。云霞出海曙，梅柳渡江春。淑气催黄鸟，晴光转绿蘋。忽闻歌古调，归思欲沾巾。"此诗可谓初唐律诗的代表作。方回《瀛奎律髓》评说其为"律诗初变"，而"至是始千变万化云"。杜审言诗的中二联亦纯乎写景，紧承首联的"惊新"，中二联句句写的是江南物候，写江南春天物候变化的特点。顾安则说："中四句说物候，偏是四句合写，具见本领。'出海''渡江'，便想到故乡矣。"(《唐律消夏录》)初唐时五律中二联写景还有不少佳作，胡应麟就曾概括说："初唐五言律，杜审言《早春游望》《秋宴临津》《登襄阳城》《咏终南山》，陈子昂《次乐乡》，沈佺期《宿七盘》，宋之问《扈从登封》，李峤《侍宴甘露殿》，苏颋《骊山应制》，孙逖《宿云门寺》，皆气象冠裳，句格鸿丽。初学必从此入门，庶不落小家窠臼。"[①] 这些五律，虽然不全是中间二联纯乎写景，然这些诗中的写景"皆气象冠裳，句格鸿丽"。而到初盛唐之交时，王湾的《次北固山下》五律，前三联纯乎写景，其异文本《江南意》里中间二联纯乎写景。诗中二联曰："潮平两岸阔，风正一帆悬。海日生残夜，江春入旧年。"中间两联合力而共发，集中表现一种境界，两联之间互相生发和映衬的效应被充分激发，颔联境界已够阔大，颈联气象更加恢弘。张九龄《湖口望庐山瀑布》诗曰："万丈红泉落，迢迢半紫氛。奔流下杂树，洒落出重云。日照虹霓似，天清风雨闻。灵山多秀色，空水共氤氲。"全诗四联八句，几乎

---

① 胡应麟：《诗薮》，上海古籍出版社1979年版，第66页。

句句写景，并不重复累赘，每一联都有分工，从大处着手写瀑布的形貌，更重传其风神，以表现诗人的开阔胸襟、豪放风度与满怀豪情。王湾与张九龄二诗皆以写景取胜，而成为一时之胜。初盛唐之交时的五律基本特征是，首联破题，中间两联写景，尾联或抒或议。中间两联纯乎写景的情况，似以盛唐尤盛。如李白《访天山道士不遇》《渡荆门送别》《秋登宣城谢朓北楼》，如杜甫《野望》《禹庙》《旅夜书怀》等，不一而足。

施蛰存说："晚唐诗人作律诗，最忌颔联与颈联平列，而主张一联写景，一联抒情。"[①]施先生所说的"格局"，许是受杜甫影响的"模式"。黄生《杜诗说》九卷说："前景后情，自是杜诗常格。"杜甫五律（包括七律）往往是上半部分写景，第三联腹转，转而为下半部的议论抒情，此模式开启于中唐，而晚唐几成范式。中间两联不纯乎写景了，许是老杜的思维吧。许是老杜喜欢这样写，也写成了一种"楷模"，因而就有让人觉得中间四句不宜纯乎写景，因此，就认为虽工也不能奉为楷模。沈德潜《说诗晬语》卷上第104则曰：

> 右丞"万壑树参天，千山响杜鹃。山中一夜雨，树杪百重泉。"分顶上二语而一气赴之，尤为龙跳虎卧之笔。此皆天然入妙，未易追摩。

王维乃超一流的山水诗人，极擅取景构境，沈德潜认为，其诗龙虎气象，美无伦比，"未易追摩"也。其举例的那诗，题为《送梓州李使君》。全诗是这样的："万壑树参天，千山响杜鹃。山中一夜雨，树杪百重泉。汉女输橦布，巴人讼芋田。文翁翻教授，不敢倚先贤。"王夫之《唐诗评选》卷三评曰："明明两截，幸其不作折合，五六一似景语故也。意至则事自恰合，与求事切题者雅俗冰炭，右丞工于

---

① 施蛰存：《唐诗百话》，上海古籍出版社1988年版，第93页。

用事，尤工于达景。景亦意，事亦意，前无古人，后无嗣者。文外独绝，不许有两。"此诗获得王夫之至高无上的评价，亦即因其中间四句写景也。其实，王维代表作，几乎多是中间四句纯乎写景的，如《使至塞上》《过香积寺》等；六句写景的如《辋川闲居赠裴秀才迪》《汉江临泛》；其《终南山》则句句写景，"此正是'画中有诗'"；"工苦安排备尽矣，人力参天，与天为一矣"（王夫之《唐诗评选》卷三），他的《观猎》《山居即事》等也是句句写景。

诗无定法，万变难宗，王维诗写景，喜写景擅写景也多写景，与诗人擅画有关，似与他耽禅也有关，其诗自觉不自觉地形成了这种"写景太多"的特点，形成了"不言言之"的"意象化"表达，形成了"象外之象，景外之景"的意境创设。吴乔《围炉诗话》曰："盛唐不巧，大历以后力量不及前人，欲避陈俗麻木之病，渐入于巧。右丞之'明月松间照，清泉石上流'，极是天真大雅，后人学之，则为小儿语也。"章燮《唐诗三百首注疏》亦曰："此诗所谓不著一字尽得风流者，最为难学。后生不知其难，往往妄步，遂成浅俗。"结合这些诗话来思考，诸如"景象虽工，讵为楷模"，"写景太多，非其至者"的说法，也许是因为中二联纯乎写景而"未易追摩"，故而提醒人"中二联不宜纯乎写景"吧？总不至于是说《山居秋暝》中二联纯乎写景而诗就不怎么样了吧？

二、皆暗合庄禅理谛

施蛰存在《唐诗百话》里说："律诗的结构，主要是中间二联，应当是对偶工稳的警句。前面有一联好的开端，后面有一联好的结尾。这三部分的互相照应和配搭，大有变化，大有高低，被决定于诗人的才情和技巧。"[1]施先生就是在分析了王维诗的特点后，概括出这种结构"模式"，亦即我们常说的"总分总"的格局。《山居秋暝》中间四句纯乎写景，首联凭"空"而起，尾联化用楚辞，形成了自然天工的整体结构。

其实，《山居秋暝》首联亦写景也，何止是中间两联写景呢？起笔总括，总写山中秋暝，百回千转，一上来就做好了中间两联纯乎写景、精致写景的准备。"空山新雨后"，诗倒置语序，提前"空山"，以"空"字笼罩全篇，总起而带动所有，中间两联的所有描写，皆由此"空"所出，亦皆为此"空"作注。

"空山新雨后"之"空山"，显然不能简单解释为：空旷，空寂，荒山野岭，幽深宁静，人迹罕至的远山。"空山"之空，乃"色空"之空也。佛禅把一切有形的物质称为"色"（包括欲望），一切物质皆虚幻不实，皆因缘而生，故而本质为空。空山秋野，暮色苍茫，雨过天晴，万物清馨。月白如水，松青亭亭如盖。石净如洗，泉流潺潺如歌。幽篁喧哗，浣女踏芳归来。荷叶纷披，渔舟顺水而下。"空山"之"空"，乃妙有万象的"空"，一切皆"空"，空中见色，色中见空，新雨后之空山，非视觉上空无的空，乃胸中脱去尘浊而对自然静观后的认知之"空"，空的是心，心空则万物皆空。心空不是放弃所有，而是放弃执著，生成悟道体道的观照和思辨方式，而成为一个真正的审美的人。空者，无也，无垢，无常，无欲，无我，空到我也没有了，"山林吾丧我"也。所谓的"澄怀观道"，"澄怀"亦即心中澄澈透明而解除了对于物质世界的执著，而不耽溺于各种欲求所带来的痛苦与烦恼，因此也就具备了"观道"的审美前提，从而能够感受到大自然的一片生机，得以享用大自然赋予的生命乐趣。世界是当下，也是永

---

[1] 施蛰存：《唐诗百话》，上海古籍出版社1988年版，第93页。

恒；世界空寂深邃，而又生机无限。不弄清这一点，读不懂此诗，读不懂王维的诗。"空"以意象之美，却叫人超出现实的"象"，而于"象"中玩味出象外之"意"，回归到超现实的"意"的状态。而当空观与直观于刹那间融会共生的时候，就生成了意象，就产生了意境。"空山"，是一种意境，是诗人生命与自然和谐一体后而生成自由与欢欣的艺术情境，蕴涵了诗人对生活、人生、自然和社会特殊理解的深意。王维静照忘求而澄怀观道，把色相提炼到最精简的程度，亦即将意象提炼到具有最高概括力的程度，意象与意象间的和谐浑融则生成了清空简远的意境，形成了富有韵外之致、象外之趣的能提供最大的想象余地。

　　施蛰存先生说其"前面有一联好的开端，后面有一联好的结尾"。《山居秋暝》的结尾，反其意而用楚辞典，其妙无穷也。这种收束，环顾开篇，关合"空山"，而又与中间两联发生因果，题旨委婉道出。我们于中间两联的描写中获得了一个总体印象，即便是春芳早歇的秋之"空山"，也万物清馨，和融静穆，其美无比，美到极致，非常适合人居。而淮南小山（刘安）《楚辞·招隐士》里则不同，山中被写得幽僻怪异，艰危险恶，让人森然可怖的魂悸魄动，意在表现王孙不可久留的招隐主题，亦即"王孙兮归来，山中兮不可久留"。王维中二联不遗余力地纯乎写景，乃其处心积虑地要凸显"王孙自可留"的题旨也。陈允吉先生《唐音佛教辨思录》里也认为，王维的山水诗"的确是处心积虑，借助于艺术形象来寓托唯心主义的哲学思辨，在描绘自然美的生动画面中包含着哲理的意蕴"。山因"空"而美，这种美不胜收的空山之美，是王维的桃源理想，是王维的理想桃源，是盛世无处不桃源的王维诗歌主题，也是诗人热爱自然、珍惜生命且无可无不可的人生理想。

　　《山居秋暝》的收束二句也暗合庄禅理谛。王维从宗教体验与审美体验的类似性上发现了宗教的审美意义,并使禅宗审美化而成为真正的美学的禅,超悟对象的智慧之光。《维摩诘经》的"不二法门"讲不极端与无分别,即超越一切相对、差别的显示绝对真理的教法。偏执地看世界看事物看人,无论站在哪一边,都是不全面的,都是不能真正把握这个世界,只有泯灭了对立的整体,才能达成对世界的彻悟。所谓的"随意春芳歇",实为一种无可无不可的人生态度,不执著于物质世界,心安即是家,人是自然的人,自然成为人的自然,生命无论安顿于何处而无有不适意。山中适意,世上亦安好;山中适意,朝中同样安好。王维是以一种特好心情走入山中的,而不是被推向山中的,没有被推向山中者的那种羞辱与怨愤。他本来就淡泊名利,本来就容易入静,容易心空,心空则无处不桃源。其本性所具有的平安喜乐,即便是遭际堪伤之无奈,也不至于癫狂或愤慨,而只会出以淡泊邈远的意象。诗的中二联所写自然的和谐,亦即是诗人内心的和谐,就是其生活环境的和谐。王维把社会的和谐带入自然,又将自然的和谐来反映社会。盛世社会,无处不桃源。自然从来没有从社会孤立出来的自然,因此,这种自然的描写,在深层次上象征了没有纷争竞斗的社会理想,这种诗意自然的美也是社会美的一种折光。诗中景情相生的艺术境界,给人以积极而多向度的暗示,生成了美学上非目的性的合目的性之感悟。

  诗之起结,与中间四句纯写景发生了因果关联,形成了浑然一体的整体感。中间两联纯乎写景之前,首联开得精彩,此后尾联又结得巧妙,中间二联亦就更加美不胜收了,真可谓天工化境也。

三、将意境做到极致

  中间两联纯乎写景,诗也因此特别有画意,这也就是为什么苏轼说王维"诗中有画"的重要原因,因为"在表现意境的画意上成就最大的是王维"①。

《山居秋暝》中写景，巧夺造化，天工化境，两联四句，一句二物象，诗取松、竹、莲，还有月、泉、舟、石等物象，这种本身就含有"比德"象征的物象，自然生态微妙和谐，高下远近，动静隐显，声色光态，无不自然呈现，无不因缘和合。"明月松间照"，那月是光照青松上的月，那松是月光抚摸着的松，月光自松枝缝隙间漏入而愈加圣洁，亦愈加静谧；"清泉石上流"，那泉是潺潺流在石上的泉，那石是为清泉亲切流经的石，泉响如乐，石身如玉，绿泉从白石上淌过而愈加清澈，亦愈加真淳；"竹喧归浣女"，幽篁如琴，塘水如歌，竹林深处笑语喧哗，那是洗浣衣裳的姑娘们踏芳归来；"莲动下渔舟"，荷莲亭亭，叶阔如盖，水中心莲叶向两旁分披开来，那是捕捞收获了的渔舟顺水而下。景由心生，境随心转，物象于自然秩序中而因缘和合，物各自然而各自关照，景情互发，互为关系。《山居秋暝》物与物之间的摆布与构图，具有强烈的相关性，而这种各美其美却又美美与共的相关性就是一种"缘"，所谓"因缘和合而生，因缘散尽而灭"。

诗的中间四句虽然都是在写景，然笔法错综精致，极尽变化之能事而巧夺造化。颔联二句，上见下闻，上静下动。上句月光抚松，由远而近；下句泉流石上，由近而远。颈联二句，上闻下见，上动下静。上句浣归喧笑，由隐而显；下句莲动渔舟，由显而隐。诗中间两联妙在纯乎写景，充分显示出诗人绘画和音乐的超凡才艺，表现出融会诗、画、乐为一体的高度和谐，诚可谓出神入化。从整体结构看，颔联景偏于自然，是为"承"也，紧承首联空山雨后；颈联景则偏于人事，是为"转"也，转入尾联"可留"之感慨。二联虽皆写景，然互不重复，先后次序也不可互换倒置也。

---

① 罗宗强：《唐诗小史》，百花文艺出版社 2008 年版，第 99 页。

王维抚爱万物，与万物同其节奏，所有万物皆在月光的抚摸之下，那是物理的月光，那是心灵的月光，是充满了生机的禅的月光，没有月光，山中是黝黑幽暗的，是虚无枯寂的，因为月光，所有的景物都格外灵秀了，格外澄明了，也获得了诗性的关照与关系，景情互生，以景代言，景语皆情语，有话不直接说，而把想要说的意思附着在某一些物象上，使诗变得很委婉了。用王夫之的话说，王维是用景写意，景显意微。王夫之最欣赏王维的就是他"即景会心"而"抟虚作实"。诗人道法自然，顺应自然，其笔下的物象，纯乎自然而然，而又显示出天人合一的因缘和合。在欧洲人眼里，"中国诗人从不直接谈出他的看法，而是通过意象表现一切"（埃兹拉·庞德）。国人天生具有"象"思维，追求立象尽言的表现形式。而王维因为擅画，同时也耽禅，从而强化了他的"象"意识，成全了他的"境"思维，也生成了他"通过意象表现一切"的创作自觉。黑格尔有一句著名的话，"美是理念在感性事物里面的体现"。王维将美的理念体现在具体看得见、摸得着的感性美的事物里，便有了"妙在笔墨之外"的诗意，有了"两重意以上，皆文外之旨"（皎然《诗式》），有了"象外之象，景外之景"（司空图《与极浦谈诗书》），让我们从这些"感性事物"中涵咏不尽，获得了意象的某些暗示，而得之于言外象外。即便都是写景，其颔联侧重写景，有以物芳而明志洁之意；颈联侧重写人，有以人和而望政通之愿。我们通过他摄取的这些"象"，以及"象"与"象"间所建构起来的"境"走向了王维，走向了其诗所蕴含的意。

从意境的生成原理看，所谓意境，说白了就是一切皆"和谐"：物与我和谐，景与情和谐，道与艺和谐，义与言和谐，意与境和谐。这种情与理、形与神的统一，使读者产生想象和联想，如身入其境，在思想情感上受到感染。意境的生成，与佛学有关，佛学认为物质世界的本质就是缘起性空，万事万物都是互有条件而存在而产生的，有果必定是有因的，就是所谓的因缘。所谓"诸法因缘生，诸法因缘灭"的因果定律就称为缘起。《山居秋暝》诗中的月松泉石，皆非凭空而有，也均不单独存在，物各自然，又和合因果，形成了意与境谐的意象关系，也构成了虚实相生的艺术形态，空山之万象，乃诗人再造之自然，即所谓艺术上的意境。罗宗强《唐诗小史》里说："王维山水田园诗在艺术上也达到了这一类诗前所未有的高度成就。他把抒情与写景融为一体，创造出玲珑淡泊、无迹可寻的意境来……其实，在意境中表现氛围和绘画美，实在是盛唐诗人意境创造的共同成就，不过王维达到极致，足可为典型罢了。"[①] 王维诗月松泉石所诗意构建的"空山"，成为诗人创造的第二自然。"在诗国清澹世界里，王维是个集大成者，在王维的诗歌中，存在着双重意境，画面的和谐与美感构成了他诗歌的'第一意境'；而在'第一意境'后面，是更为高级的、充满空灵和神韵的'第二意境'。"[②] 中二联纯乎写景所创设的"空山"，即是诗人在物理世界之外建构一个独特而永远的"第二自然"，一个桃源理想的自然，自然也是一个完美绝伦的诗歌意境。

王夫之评王维《送梓州李使君》诗说："右丞工于用事，尤工于达景。景亦意，事亦意，前无古人，后无嗣者。文外独绝，不许有两。"移用来评王维《山居秋暝》也同样适合。李泽厚就说王维的写景诗"优美，健康，明朗，同样是典型的盛唐正音"，他情不自禁地叹赏道："如此天衣无缝而有哲理深意，如此幽静之极却又生趣盎然，写自然如此之美，在古今中外所有诗作中，恐怕也数一数二了。"[③] 而"中二联不宜纯乎写景"，应该是说中二联难于纯乎写景，我们宁可这样理解。

---

① 罗宗强：《唐诗小史》，百花文艺出版社2008年版，第51页。
② 李从军：《唐代文学演变史》，人民文学出版社2006年版，第165页。
③ 李泽厚：《李泽厚十年集·美的历程》，安徽文艺出版社1994年版，第130页。

真可谓：

> 新雨空山秋亦春，因缘情境最传神。
> 天真大雅若能识，先得胸无半点尘。

第十二章

"恶诗"之诮有失公允

苏轼《戏徐凝瀑布诗》曰:"帝遣银河一派垂,古来唯有谪仙词。飞流溅沫知多少,不与徐凝洗恶诗。"从有记录的资料看,似是苏轼首先比较二诗之优劣的。这明显是褒李贬徐的,后两句的意思是:瀑布飞流而下,溅起多少水沫,却冲刷不了徐凝诗歌给人留下的坏印象!天下人苏云亦云,甚至奉承说苏轼不愧为一位颇有见地的鉴赏家。

笔者则大不以为然也。

一、张祜自不敢争锋

徐凝,何许人也?周勋初主编《唐诗大辞典》简介:

> 生卒年不详。睦州(今浙江建德)人。与施肩吾精研吟咏,无进取意。宪宗元和年间有诗名,方干曾从之学诗。后游于长安,竟不成名,(一说"官至侍郎",见《唐诗纪事》引宋潘若冲《郡阁雅谈》)遂归隐故乡,优游而终。与韩愈、白居易有交往。生平见《唐诗纪事》卷五二、《唐才子传》卷六。凝诗风朴实,张为《诗人主客图》以白居易为广大教化主,徐凝为及门。《全唐诗》存诗1卷。《全唐诗外编》及

《全唐诗续拾》补诗3首，断句2。①

　　此则简介，参照诸文献，比较简洁，也比较全面。徐凝与白居易、元稹同时而稍晚，与张祜（792—853）年岁相当，与施肩吾同里友善且同游。徐凝存诗一百零二首，《全唐诗》录存一卷，五七言绝句占了九十六首，其中五言绝句十六首，七言绝句八十首，七绝高手，为后人所推崇。《唐诗汇评》曰："凝工诗，受知于元、白，方干亦曾师事之。"然刘永济则说："盛唐雄浑宏阔气象，一变而为韩愈之奇险，再变而成为白居易之刻露。奇险之极，则有卢仝之怪僻；刻露之极，则有徐凝之粗率。其间复有浮艳与冗漫之作，而唐诗遂衰矣。"（《唐人绝句精华》）许是因为诗多绝句，绝句的写作特点即是"率"，而"粗率"则是其诗之弊也。其诗总体水平即便也只在二三流之间，然还是有如"天下三分明月夜，二分无赖是扬州"之类的一流作品。洪迈《容斋随笔》卷十《徐凝诗》曰：

　　徐凝以"瀑布界破青山"之句，东坡指为恶诗，故不为诗人所称说。予家有凝集，观其余篇，亦自有佳处。今漫纪数绝于此。《汉宫曲》云："水色帘前流玉霜，赵家飞燕侍昭阳。常中舞罢箫声绝，三十六宫秋夜长。"《忆扬州》云："萧娘脸下难胜泪，桃叶眉头是得愁。天下三分明月夜，二分无赖是扬州。"《相思林》云："远客远游新过岭，每逢芳树问芳名。长林遍是相思树，争遣愁人独自行。"《玩花》云："一树梨花春向暮，雪枝残处怨风来。明朝渐校无多去，看到黄昏不欲回。"《将归江外辞韩侍郎》云："一生所遇唯元白，天下无人重布衣。欲别朱门泪先尽，白头游子白身归。"皆有情致，宜其见知于微之、乐天也。但俗子妄作乐天诗，缪为赏

---

① 周勋初主编：《唐诗大辞典》，江苏古籍出版社1992年版，第384页。

激,以起东坡之诮耳。

洪迈也认为徐凝还是有些"有情致"的好诗的,意思是他也不是平白无故就能够"见知"于元、白的,他所以"不为诗人所称说",是因其瀑布诗曾为"东坡指为恶诗",其实,"以起东坡之诮"的原因,也许与他"缪为(乐天)赏激"有关。

《全唐诗》徐凝条曰:徐凝,睦州人,元和中官至侍郎,诗一卷。徐凝即便做过官,但也只是个很不起眼的闲官。《唐才子传》:"(凝)始游长安,不忍自炫鬻,竟不成名。将归,以诗辞韩吏部曰:'一生所遇惟元白,天下无人重布衣。欲别朱门泪先尽,白头游子白身归。'知者怜之。"《唐诗汇评》曰:"长庆中,白居易刺杭,凝与张祜同往取解,凝得解元,后竟无成。元稹观察浙东,凝尝投谒。大和中,白居易为河南尹,复至洛,与唱和,后归江南,竟以布衣终身。"徐凝还是很想出人头地而有所崭露的,据说是因为他不善干谒,仅游韩愈、白居易门。唐人范摅《云溪友议》卷中《钱塘论》记载:"致仕尚书白舍人,初到钱塘,令访牡丹花,独开元寺僧慧澄,近于京师得此花栽,始植于庭,栏圈甚密,他处未之有也。时春景方深,慧澄设油幕以覆其上,牡丹至此东越分而种之也。会徐凝自富春来,未识白公,先题诗曰:'此花南地知难种,惭愧僧闲用意栽。海燕解怜频睥睨,胡蜂未识更徘徊。虚生芍药徒劳妒,羞杀玫瑰不敢开。唯有数苞红萼在,含芳只待舍人来。'白寻到寺看花,乃命徐生同醉而归。"据此材料可见,徐凝此前"未识白公",因为徐凝的牡丹诗,白居易"乃命徐生同醉而归"也。

唐代以诗取人,长庆三年(823),时任杭州刺史的白居易,在地方上也以赛诗形式选拔人才。徐凝以"今古长如白练飞,一条界破青山色"句而深得白居易赏识,拔得头筹。参赛者里还有当时的著名诗人张祜,不敌徐凝而败选。白居易荐凝不荐祜,亦成为一桩公案而引发了不少讼议。"乐天荐徐凝，屈张祜，论者至今郁郁，或归白之妒才也。"①计有功在《唐诗纪事·徐凝》条里说："杜牧守秋浦，与祜为诗酒友，酷吟祜《宫词》，以白有非祜之论，常不平之，乃为诗以高之曰：'谁人得似张公子，千首诗轻万户侯。'又云：'如何故国三千里，虚唱歌词满六宫。'杜盛言其美者，欲以苟异于白，而曲成于张也。"②此论亦是《云溪友议》的转述，将白居易不选张祜的原因归之为妒贤嫉能。然皮日休《论白居易荐徐凝屈张祜》（《全唐文》卷797）则认为，白取徐而屈张乃出于"公心"，"本乎立教"，他这样说："祜初得名，乃作乐府艳发之词，其不羁之状往往间见。凝之操履不见于史，然方干学诗于凝，赠之诗曰：'吟得新诗草里论'。戏反其辞谓'村里老'也。方干世所谓简古者，且能讥凝，则凝之朴略椎鲁从可知矣。乐天方以实行求才，荐凝而抑祜，其在当时，理其然也。"皮日休还考察了元稹对张祜的评价等，认为张祜"不甚持重"，举之不宜。也就是说，白居易选拔人才，先德而后才，故而有抑张祜，也没有什么不对的。据说令狐楚曾经向皇帝举荐张祜，元稹持反对意见，说是"雕虫小技，壮夫耻而不为者，或奖激之，恐变陛下风教。"故而，张祜"由是寂寞而归"。于是，"祜以诗自悼，略曰：'贺知章口徒劳说，孟浩然身更不疑。'"③元稹贬斥张祜在前，人们便以为，白居易之屈抑张祜，当然不会与此毫无关系。人们为张祜鸣不平，几乎都是从文才考虑，而疏于考察当时政府和白居易在选人上的具体标准。王定保《唐摭言·争解元》条载曰：

白乐天典杭州，江东进士多奔杭取解。时张祜自负诗

---

① 计有功撰，王仲镛校笺：《唐诗纪事校笺》第六卷，中华书局2015年版，第1761—1762页。
② 同上书，第1761页。
③ 王定保撰，姜汉椿校注：《唐摭言·荐举不及》，上海社会科学出版社2003年版，第226页。

名,以首冠为己任。既而徐凝后至。会郡中有宴,乐天讽二子矛盾。祜曰:"仆为解元,宜矣。"凝曰:"君有何佳句?"祜曰:"《甘露寺》诗有'日月光先到,山河势尽来。'又《金山寺》诗有'树影中流见,钟声两岸闻。'"凝曰:"善则善,奈无野人句云'千古长如白练飞,一条界破青山色。'"祜愕然不对。于是一座尽倾。凝夺之矣。[1]

从此文献看,白居易做得还是公平公正的,给了张祜与徐凝公平竞争的机会。而张徐之决,则以"祜愕然不对"之认输而告终,张祜也是输得心服口服。也就是说,即便是从才上考虑,徐凝也不输张祜。在徐凝与张祜间,不排斥白居易可能也有个亲疏之分的,但是,诗放在那里,考察这桩公案,还"至今郁郁,或归白之妒才"就不对了。换言之,徐凝即便是在整体水平上不如张祜,但是,他的这首写瀑布的诗还是让张祜不敢争锋的,成为二三流诗人的一流诗,甚至也不在李白的瀑布诗之下。

二、李白自比如何

李白有两首庐山瀑布诗,题为《望庐山瀑布水二首》,其一是五古,其二是七绝。其五古诗曰:

西登香炉峰,南见瀑布水。挂流三百丈,喷壑数十里。歘如飞电来,隐若白虹起。初惊河汉落,半洒云天里。仰观势转雄,壮哉造化功。海风吹不断,江月照还空。空中乱潈射,左右洗青壁。飞珠散轻霞,流沫沸穹石。而我乐名山,对之心益闲。无论漱琼液,还得洗尘颜。且谐宿所好,永愿辞人间。

---

[1] 王定保撰,姜汉椿校注:《唐摭言·争解元》,上海社会科学出版社2003年版,第34—35页。

其七绝诗曰：

　　日照香炉生紫烟，遥看瀑布挂前川。

　　飞流直下三千尺，疑是银河落九天。

　　两首诗同出于李白之手，同写庐山瀑布之景，诗意上似也有部分雷同。二诗以第二首流传最广，被选入各种教科书，题作《望庐山瀑布》。然而，我们以为，其七绝未必优于其五古也。

　　望庐山瀑布的五言古诗，气象浑成，诗人无所节制，任意挥洒，写得大起大落，大开大阖，转折腾挪，挥洒自如，一气呵成，具有无拘无束而自然率真的自由美。诗多视角写瀑布，虚实相生，自然清新，似风清云卷，末六句抒写诗人的志趣和愿望，表现其思想中孤傲遁世的一面。

　　李白写瀑布的七绝，极为夸张，具有动荡开阔的气势，飞动流走的章法，跳跃腾挪，纵横捭阖，亦有歌行的气势和特点。著名七绝专家沈祖棻在名著《唐人七绝诗笺释》里举李白十余首七绝，憾未论及《望庐山瀑布》也。

　　我们在读过二瀑布诗后，竟然有一种其二对其一重复而无新鲜感了的印象，其二或为其一的缩写或概写。所谓的"日照香炉生紫烟，遥看瀑布挂前川"，似为"挂流三百丈""飞珠散轻霞"的写意；所谓"飞流直下三千尺，疑是银河落九天"，分明就是"挂流三百丈""初惊河汉落"的复制。就创造性而言，其二不如其一也。

　　其实，古人也已经有了这样的看法，虽然古来说第二首诗好的人多。葛立方《韵语阳秋》卷十三曰："以余观之，银河一派，犹涉比类，未若白前篇云：'海风吹不断，江月照还空'。凿空道出，为可喜也。"胡仔《苕溪渔隐丛话后集》卷四亦曰："余谓太白前篇古诗云：'海风吹不断，江月照还空。'磊落清壮，语简而意尽，优于绝句多矣。"近人俞陛云《诗境浅说》里则说：

"日照虹霓似，天清风雨闻。"（张九龄）诗咏庐山瀑布，以健笔写奇景，有声有色，如在云屏九叠之前，与太白之"海风吹不断，江月照还空"同极工妙。张在日中观瀑，故言日光与水气相射发，五色宣明，如长虹之悬空际。李诗在月下观之，故言皓月与银练之光，浑成一白，荡入空明。二诗皆用"风"字，张诗状瀑声之壮，虽当晴霁，若风雨破空而来。李诗状瀑势之劲，虽浩浩长风，仍凌虚直泻。诵此二诗，知"一条界破青山色"七字，未足尽瀑布之奇也。[①]

此评赏，将李白的瀑布诗与张九龄的瀑布诗并提，两两比照，其比兴意象，比喻想象，包括摄取瀑布的视角，乃至表现手法与语言特点，李白诗受张九龄诗之影响痕迹亦昭然若揭矣。张九龄《湖口望庐山瀑布》诗曰：

万丈红泉落，迢迢半紫氛。奔流下杂树，洒落出重云。
日照虹霓似，天清风雨闻。灵山多秀色，空水共氤氲。

诗的气象宏大，意境也壮丽，第一与第三联侧重写瀑布在阳光作用下的奇光异彩，迢迢紫氛，如虹如霓，瀑布的水雾与日照的彩光在空中弥漫，呈现出朦朦胧胧的紫色，如同幻境一般，也就是"日照香炉生紫烟"的气象，高峭挺拔的香炉峰，在日照红光的映照下紫气蒸腾，水气缥缈，烟雾缭绕，一派迷蒙与虚无之境界。第二联"奔流下杂树，洒落出重云"，"下"字力透纸背，笔撑万钧，动感十足，瀑布自九天云外飞泻而下，天风海雨，喷雪鸣雷，激荡腾挪，穿过嶙峋山岩，越过层叠古木，义无反顾地坠入深密的涧谷，可谓"疑是银河落九天"矣。尾联"灵山多秀色，空水共氤氲"二句，以山水总括之笔收束全篇，化用大谢"云日相辉映，空水共澄鲜"诗意，重在凸显庐

[①] 俞陛云:《诗境浅说》，北京出版社 2003 年版，第 33 页。

山水瀑雾气缭绕、与晴空漫成一片的融融气象，真可谓"天地氤氲，万物化醇"，庐山瀑布正是乾坤交合而孕育出来的人间胜境，诗中画面亦真亦幻，瑰丽迷人，极其生动，充分展示了诗人笔夺造化的超凡创造力。

俞陛云谈张九龄写庐山瀑布诗，也只是就李白五古而与之比较，他认为，张李二诗不相上下，虽然李白受张九龄诗的启发与影响的印记鲜明，但毕竟有自己的特点，同样的意境壮丽而声气浪漫。这也很值得我们思考了，俞先生为什么没有论及李白的七绝呢？他在最后还带出徐凝诗来，将此七绝与张、李的五古比。为什么不用李白的七绝来比呢？是否也有李白写瀑诗七绝不如五古的意思呢？我们则明确表示，如果比较李白写瀑布的五古与七绝，七绝远不及五古。如果让李白自己与自己比的话，想必他也会这么认为的。

三、徐李二诗优劣自见

清人屈复《唐诗成法》里直接批评说："东坡云'不为徐凝洗恶诗'不亦过乎？"明代文人杨基则认为："李白雄豪妙绝诗，同与徐凝传不朽"，直接说徐凝的七绝堪比李白。我们认为，李徐二诗，都非常好，非常成功，而不能认同东坡之所见。二诗都擅比喻，夸张性的比喻，都比得极好，或者说，二诗的最重要特点也都在比喻上。因此，我们也就从比喻切入来比较二诗，主要谈谈二诗的比喻艺术。

钱锺书在《读〈拉奥孔〉》一文中指出："比喻体现了相反相成的道理。所比的事物有相同之处，否则彼此无法合拢；它们又有不同之处，否则彼此无法分辨。两者全不合，不能相比；两者全不分，无须相比。"钱先生认为："不同处愈多愈大，则相同处愈有烘托；分得愈远，则合得愈出人意表，比喻就愈新颖。古罗马修辞学早指出，相比的事物间距离愈大，比喻的效果愈新奇创辟。中国古人对比喻包含的

第三编 旧说别解

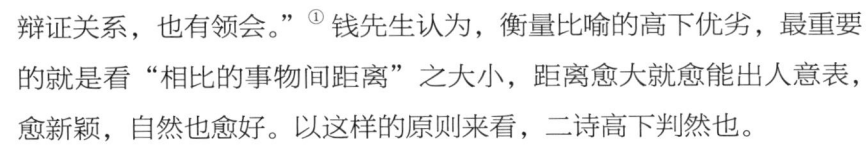

辩证关系,也有领会。"① 钱先生认为,衡量比喻的高下优劣,最重要的就是看"相比的事物间距离"之大小,距离愈大就愈能出人意表,愈新颖,自然也愈好。以这样的原则来看,二诗高下判然也。

李白"日照香炉生紫烟",似也是一种比喻性的描写,诗人直接将香炉峰写成香炉了,有暗喻的意思,而由香炉"生"出了袅袅香烟,写山间的烟云水气冉冉上升或浮游的景象。"遥看瀑布挂前川"的"挂"字,属于移就修辞手法,或谓转借或谓移用,因为一个"挂"字,化动为静,属于遥看的形态,与"遥看"二字密切照应。二句都写遥望中的庐山瀑布,刻画瀑布突兀下跌、巨流倾泻的磅礴气势。最让人震慑的比喻还是三四二句:"飞流直下三千尺,疑是银河落九天。"霍松林先生评曰:连作者自己也既惊且疑。惊其壮美绝伦,疑其非人间所有。非常难得的是"这个警句,虽想落天外,却情生目前"②。诗人真个是想落天外,巍巍香炉峰藏在云烟雾霭之中,遥望瀑布就如从云端飞流直下,直挂天穹而临空而落,这就自然地联想到像是一条银河从天而降。此二句,多为人赞叹,说是感情奔放,想象力丰富,奇思纵横,气势恢宏,夸张而又自然,新奇而又真切,从而振起全篇,使得整个形象变得更为丰富多彩,雄奇瑰丽,给人以丰富想象的余地。自然也有人说,这比喻落俗。葛立方就说李白诗"银河一派,犹涉比类"(《韵语阳秋》)。刘辰翁也说:"以为银河,犹未免俗耳。"(《唐诗品汇》卷四十七引)严评甚至不理解地反问:"亦是眼前喻法。何以使后人推重?"(《李太白诗醇》引)

我们以为,古人说李白的比喻落俗,也许是觉得此比的本体与喻体间的距离近了点,亦即"相比的事物间距离"小了点,而没能有"新奇创辟"的比喻效果。刘熙载的解释是:"诗要避俗,更要避熟。

---

① 钱锺书:《七缀集》,上海古籍出版社1996年版,第43页。
② 霍松林:《历代好诗诠评》,中国社会科学出版社2000年版,第253页。

剥去数层方下笔，庶不堕'熟'字界里。"（《艺概·诗概》）相比较而言，徐凝诗的比喻则"相比的事物间距离"大多了。徐凝的七绝《庐山瀑布》诗曰：

虚空落泉千仞直，雷奔入江不暂息。

今古长如白练飞，一条界破青山色。

诗写得神识超迈，其中用瀑布来比今古的长度，真个是"新奇创辟"，让人印象极其深刻。首联二句正面直写，虚实相生，由远及近，复由近及远，由形及声，再由声及形。"虚空"有"凭空"的意思，此句侧重写瀑布之形势，言其不知从何而来，极度夸张，让人联想到"飞流直下三千尺"的气势。"雷奔"句，侧重写其声，同时也写其势，声势并重，声势互发，写瀑布水漫滔天，虎啸龙吟，阔大壮丽。二句写瀑布，先是竖写，然后横写，瀑布之水天上来，奔流到海不复回，这为后两句的出现铺垫，为高潮的到来做好了准备。从第二句奔流不息的流水意象里，诗人想落天外而联想到时间的千古易逝。中国思想史上，以水以河流比喻时间，"子在川上曰：逝者如斯夫，不舍昼夜。"（《论语·子罕》）孔子将人的生命时光比作不停息逝去的流水而一去不返。世界哲学史上也常见这样的比喻，柏格森在《形而上学引论》里将时间理解成一条绵延不尽的"无边无底的长河"。"流水"成为思想家与文学家思考时间问题的一个重要意象。而于诗人徐凝之目中，那突兀倾倒、奔腾不息的瀑布水，就是由古到今的人类历史，从远古到现在再到未来。第三句则水到渠成地抽象移思，"今古长如白练飞"之比喻自然而出，可谓出奇制胜，出人意表，且又非常熨帖，更多的是给人以时间不可逆性的联系。非水喻水，而是水喻时间，"相比的事物间距离"大了，比喻的效果就更为"新奇创辟"了。

古希腊亚里士多德在《诗学》中说："善于使用隐喻是有天赋的一个标志，因为若想编出好的隐喻，就必先看出事物间可资借喻的相似之处。"徐诗"今古长如白练飞",以不类为类,以飞瀑之长流水比喻千古历史,这是徐凝诗最出彩的地方,是徐凝能言而其他人所不能言者,是徐凝诗高人一筹的关键点。瀑布如白练,"界"于青山间,"界破",诗人惊赞大自然的神奇伟力,如一条长练镶嵌于翠色之中,将翠绿之山体一破为二,这于视觉上又出新奇,既有色彩,又有形象,还有力道且有气势,仿佛一把明晃晃的长剑将青山界分两半,这样的描写十分高明,化静为动,新鲜而不落俗,意象新颖而奇警。

有人说徐诗,"场景虽也不小,但还是给人局促之感,原因大概是它转来转去都是瀑布,瀑布,显得很实,很板,虽是小诗,却颇有点大赋的气味。比起李白那种入乎其内,出乎其外,有形有神,奔放空灵,相去实在甚远。"我们以为,还真不是这回事呢,这样的评赏似有点自说自话,属于"不实之词",其中对李白的赞语也是。今古如练之比,非凡绝尘,格局大极。应该说,李徐二诗都具有超凡的想象力,都是通过极度夸张的比喻来表现瀑布的,李白用银河来比瀑布,银河明喻,同类正比,"相比的事物间距离"略显小了点;而徐诗"今古长如白练飞",却以不类为类,以飞瀑之长流水比喻千古历史,奇警而熨帖,"相比的事物间距离"却大多了。

李白与徐凝二七绝都写瀑布,都是同样的流水意象,但给人的感受的新鲜程度有别。艾略特:"我认为一个人不该老是拒绝东西,应该试着找出适合自己的东西。……大家要找个表达的方式——我用那种方式表达不出来,要用什么方式才能表达呢?——没有人不会为现存的模式烦恼的。"从某种意义上说,诗歌就是一种比喻的言说,用比喻来言说。而比喻就是要"找出适合自己的东西",找到了就能够超越前人,找不到就只能匍匐于人后。如果徐凝写瀑布,仍然以水来喻水,顶多也只能有程度上的差别而已,从这一点上来说,徐凝也是有所超越的。

李徐二诗比较，就"比喻"而言，李诗的"不同处"少而小，徐诗的"不同处"多而大，根据"分得愈远，则合得愈出人意表，比喻就愈新颖"的原则，徐凝的新颖程度略占上风。至少可以说，徐凝诗不是"恶诗"。虽然李白也不是篇篇一流，虽然苏轼也有失诸过激之论，然而，因为李白太伟大了，又因为赞美李白的苏轼也太伟大了，因此，"古来唯有谪仙词"，即便是同样不错的徐凝诗也只能蒙受不公而以"恶诗"沉冤矣。

　　真可谓：

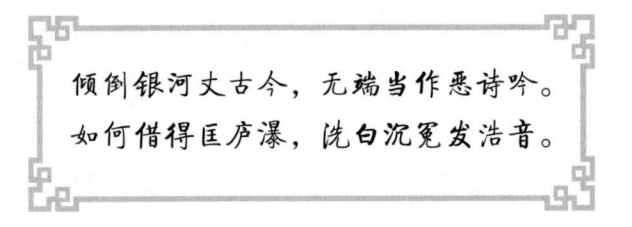

> 倾倒银河亘古今，无端当作恶诗吟。
> 如何借得匡庐瀑，洗白沉冤发浩音。

第四编 异文理校

引子

唐诗因为传播的版本问题，造成了不少异文。

流行的版本，未必就是最好的版本，然而也只能任其流行了。

校勘，分为对校、本校、他校与理校。陈垣说"理校"法乃"最高妙者此法、最危险者亦此法"。在无祖本或他本可据，或数本互异，而无所适从之时，以"理"来定是非的校勘法，是极有价值的一种校法。

其实，唐诗的"理校"，除了要求校勘者具有丰富的文化史知识和深厚的文献学功底，还需要将文艺学与文献学进行精密结合而实际应用，特别需要通过细读文本来比较揣测作品所呈现的"创作意图"。

唐诗考订要注重版本，但不能"版本"依赖，不能不需要概率性推理，或者是弱化甚至是忽略异文辨识中的审美活动。

因为不是所有的已有纸本材料，都可能有地下出土的新材料予以补正的；也因为不是所有需要考订的文本都可以追溯到源头，而有原始版本的。

清代诗论家赵执信说，诗要有人在。其实，读诗也真要有人在；读诗学类的文字，更需要有人在。也就是说，做唐诗研究，还要有思想的独立性与审美判断的自信力。

第十三章

王湾料也难自选

"海日生残夜"诗在《国秀集》里，题为《次北固山下》，全诗曰：

客路青山外，行舟绿水前。潮平两岸阔，风正一帆悬。

海日生残夜，江春入旧年。乡书何处达？归雁洛阳边。

这是个流行版，也是大小选本包括教材课本所共选的版本。而此诗的异文，题为《江南意》，与《次北固山下》本差异较大，出自殷璠《河岳英灵集》，其诗曰：

南国多新意，东行伺早天。潮平两岸失，风正数帆悬。

海日生残夜，江春入旧年。从来观气象，惟向此中偏。

应该说"海日生残夜"的这两个版本都很好，而如果一定要有个伯仲之分的话，我们以为，《江南意》版高于《次北固山下》版。

一、初稿耶修改稿耶

唐诗现存十三个唐诗选本[1]，《国秀集》本与《河岳英灵集》本，先后成书于开元天宝年间，《国秀集》约前了十年。芮挺章编《国秀集》，天宝三载（744）成书。序称选录作者九十人，诗二百二十首。

---

[1] 傅璇琮：《唐人选唐诗新编》，陕西人民教育出版社1996年版。

今本实选录自高宗、武后期间的李峤至玄宗时期的祖咏等八十五人，诗二百一十八首，大体以世次为先后。其选录标准，要求内容"雅正"，形式"风流婉丽"而"可被管弦"。殷璠的《河岳英灵集》成书时间有争议，而于其《叙》可见，其选"起甲寅（开元二年，714），终癸巳（天宝十二载，753）"，选诗长达40年。其《叙》中说："粤若王维、王昌龄、储光羲等二十四人，皆河岳英灵也，此集便以《河岳英灵》为号。"殷璠论诗标举"风骨""兴象"，提出"神来、气来、情来"观，"既闲新声、复晓古体，文质半取，风骚两挟"，选篇精到，评论中肯，最能够代表盛唐趣味，是现存唐人选唐诗中最重要的一种，因而在唐人选唐诗的选本中历来最受重视，在唐代诗歌发展史上有着极其重要的意义。

王湾的"海日生残夜"诗，为什么在《国秀集》与《河岳英灵集》里却呈现出迥异的两种面目呢？流传说法有三种：一说自改；二说他改；第三种说法，二者根本就不是一首诗。通行的说法是，《江南意》为初稿本，《次北固山下》为修改本。顾安《唐律消夏录》曰："后人将此题改为《次北固山下》，起、结全换，是何见解，可叹可叹！"顾安认为《次北固山下》为修改本，他为给改糟了而有"可叹可叹"的遗憾，因为他认为修改稿反而不如初稿。据傅璇琮先生研究推定："《国秀集》虽着手编于《河岳英灵集》之前，但其定稿却在《河岳英灵集》之后。且终唐之世，是否流行，也不甚清楚，《新唐书·艺文志》未曾著录，也在一定程度上说明其流传不广。"[①]因为《国秀集》定稿在后，《次北固山下》便有了作为修改稿的可能性。

殷璠《河岳英灵集》于王湾条下曰：

> 湾词翰早著，为天下所称最者，不过一二。游吴中，作

---

① 傅璇琮：《唐人选唐诗新编》，陕西人民教育出版社1996年版，第211页。

《江南意》诗云:"海日生残夜,江春入旧年"。诗人已来,少有此句。张燕公手题政事堂,每示能文,令为楷式。[1]

殷璠借助张说题诗之"力"而提升是诗的品级,也提升选本的权威性。宰相手抄当代诗人的诗句,而置于宰相的政事厅向天下放样,这样的先例亘古未见,至少没有这样的记载。可见,是诗在当时深入士子之心的特殊影响。张说(667—730),国相与文宗同兼,其于武周时期科策入仕,以太子校书起家,历仕武周、中宗、睿宗、玄宗四朝,官政四十余年,三登左右丞相,三做中书令。张说为文俊丽,用思精密,"燕许大手笔"之燕,即指燕国公张说,朝廷重要文件多出于其手,尤长于碑文墓志。张说其诗,人谓得江山之助,胡震亨说其"律体变沈宋典整高则,开高岑清矫后规"(《唐音癸签》)。张说同时代人韦述也曾言:"上之好文,自说始也。"张说的"文治"观深刻影响了玄宗政见,"玄宗的重视文治,以张说的用事为真正的转捩点"。[2]《全唐诗》卷三存玄宗诗六十四首,其中竟有三十余首是与张说唱和的。张说的"重道尊儒""博采文士"等主张,奠定了开元前期的基本文化政策,形成了初盛唐之交的文人政治的环境。司马光《资治通鉴》曰:"张嘉贞尚吏,张说尚文。"张说正式用事是在开元十一年二月,接替张嘉贞而行使中书令的职权。是年四月,张说便手书王湾诗句于议事厅,将其择士尺度、用人标准明白昭告天下。闻一多认为,张说所激赏的诗体现了"盛唐所提倡的标准诗风"[3]。《旧唐书·张说传》载,张相"引文儒之士,佐佑王化,当承平岁久,志在粉饰盛时。"张说企图通过具体作品,以引导诗坛的走向。作为政治家的张相,所以特别激赏王湾诗,即是在以特殊的行政手段而合法地

---
[1] 傅璇琮:《唐人选唐诗新编》,陕西人民教育出版社1996年版,第193页。
[2] 汪篯:《汪篯隋唐史论稿》,中国社会科学出版社1981年版,第200页。
[3] 郑临川:《闻一多论古典文学》,重庆出版社1984年版,第117页。

推行其文治政策。《旧唐书·张说传》说他喜欢品评文苑,嘉纳文士,广汲人才,"天下词人咸讽诵之"。经过张相奖掖的著名文人中就有张九龄、贺知章等三十余人。张九龄在《故开府仪同三司行尚书左丞相燕国公赠太师张公墓志铭》里充分肯定了张说在扭转历史上所起的关键作用,张说在"时多吏议,摈落文人"的政治环境中,倡导"文学",力排众议,高度评价文学的意义和作用,维护文士阶级的声誉,提高文士阶级的政治地位,对社会风气、文士品格、文人政治产生了巨大的积极影响,为盛唐文学繁盛组建了一支优良的创作队伍,为盛唐诗歌创作范式的确立,唐诗的盛唐风范、乃至壮丽气象的形成,作出了具有历史性意义的贡献,而实际上即是通过进士科举来全面取代汉以来的选人制度,取代六朝以来的门阀世袭的用人制度,造成唐代开明政治的"政治性"的景观。葛晓音先生说:"这一联以宏大的气魄写出诗人从海日生于残夜、新春入于旧年的自然景象中领悟的哲理意味,意境更为深广,标志着五言律诗已经彻底摆脱齐梁山水诗赋物象形、即景寓情的阶段,进入了盛唐。张说敏锐地察觉到这一变化的意义,并'每示能文令为楷式',便及时防止了开元前期齐梁清媚诗风流行,容易失于肤浅的潜在危机,并为近体山水诗指出了艺术升华的途径。"[①]这是从文学史角度来解读的,张说范式确定的示范性引领,直接导致盛唐诗歌风貌的形成,对盛唐诗歌高潮的到来,作出了意义非同寻常的贡献,成为策划和营造"盛唐气象"的组织者和奠基人。因此,我们甚至可以说,张说最先发现了王湾此诗的现实意义与文学价值。

  因此,殷璠《河岳英灵集》本里选入《江南意》,是因为张说特别欣赏此诗。刘学锴先生说:"《江南意》应是初稿,而《国秀集》所

[①] 葛晓音:《诗国高潮与盛唐文化》,北京大学出版社1998年版,第87页。

收的《次北固山下》应是修改后的定稿。至少在张说手书此诗于政事堂时应题为《江南意》。"①刘先生对二稿的优劣似乎未置可否。然他认为《次北固山下》为"定稿",应该含有修改稿《次北固山下》优于初稿《江南意》的意思。有一点我们可以肯定,张说认定的是初稿,即认定的是《江南意》。

二、何以要重"原璧"

于二诗稿中,王夫之《唐诗评选》选入的是初稿《江南意》。王夫之的评点,往往三言两语,要言不烦,寥寥几字者也比比皆是。然于此诗后,他则大加发挥,大做文章,且有愤愤不平之意。不妨全文照录:

> 的是江南风景,非特语似,抑亦神肖。
>
> 此诗见《全唐诗话》,其传旧矣。《品汇》据别本,作"客路青山外,行舟绿水前。潮平两岸阔,风正一帆悬。海日生残夜,江春入旧年。乡书何处达,归雁洛阳边"。不但塞拙失作者风旨,且路由青山,舟行绿水,是舟车两发,背道交驰矣。北固,江间一卷石耳,安所得青山外有路邪?颔腹二联取景和美,了无客路之感。"乡书"、"归雁",其来无端;"洛阳边"三字,凑泊趁韵。此必俗笔妄为窜改,窃取少陵"戎马关山"、崔颢"日暮孤舟"之意,割裂补缀而成。乃不知杜诗"吴楚"、"乾坤"之句早成悲响,崔作"历历"、"萋萋"之语已寓远怀。其上有金者,其下有玉;其上有酒者,其下有食。故曰八风从律而不奸。今使"河洲"、"黄鸟"起弃妇之怨,"谷薤"、"下泉"兴好逑之乐,人项鸟膺,亦

---

① 刘学锴:《唐诗选注评鉴》,中州古籍出版社 2017 年版,第 194 页。

积惊之府矣。自当仍存原璧，捐其粺莠，庶使依永和声，群分类聚尔。①

这段点评，没有说《江南意》如何好，而是说《次北固山下》如何的不好，而且非常的不好。他认为："文章之道，自各有宜"（评高适《自蓟北归》）。但是，他指出：《次北固山下》诗"蹇拙失作者风旨"而"凑泊趁韵"，或有"人项鸟膺"之虞。并认为，修改稿所以改得这么糟，不是王湾所为，"此必俗笔妄为窜改"。王夫之与顾炎武、黄宗羲并称明清之际三大思想家，亦著名诗论家。在王夫之看来，诗歌作为一种艺术形式，以情感为其主要特征，不能以学理来代替情感，更不能以其他文体或学问来代替诗歌。王夫之选诗取《江南意》而不选《次北固山下》，以为选本"自当仍存原璧"，即认同殷璠的诗见。

王夫之的诗观，骨子里也是"诗必盛唐"的诗观，选诗不选宋元。他强调即景含情，景语乃情语，"景中生情，情中含景，故曰景者情之景，情者景之情也"（评岑参《首春渭西郊行呈蓝田张二主簿》），情与景间不能"彼疆此界"（评丁仙芝《渡扬子江》），生硬相连，只有"意志而言随"，方可妙合无垠而浑然一体。他论诗重情境，重意趣，重构境之和谐，构境之奇妙，移远以近，变虚为实，即实即虚，超入玄境，给人以无限想象的空间，从而造成切近而又深远的意境。霍松林先生说，"这首五律虽然以第三联驰誉当时，传诵后世，但并不是只有两个佳句而已；从整体看，也是相当和谐，相当优美的。"②以整体性看，因为是盛唐的山水诗，而非有句无篇的前此山水诗，亦非景理并写的后此山水诗，应该说，无论是《江南意》还是《次北固山下》，均景情相融，且通篇和谐，具有和谐优美的意境。然二稿异文的差异性很大，题目不同，起结不同，且措词也有不同。因此，高下

---

① 王夫之撰，陈书良校点：《唐诗评选》，上海古籍出版社2011年版，第105—106页。
② 《唐诗鉴赏辞典》，上海辞书出版社1983年版，第366页。

也是见仁见智的。

　　《次北固山下》属于纪实性题目，属于行旅类山水诗，前三联似也难切"次"题纪实。起联："客路青山外，行舟绿水前。"诗人在冬末春初时，由楚入吴，水陆兼程，一路行来。船沿江东行途而至北固山下，江面陡然开阔，春水自然涨漫，再以江心高悬之一帆为参照物，长江两岸距离也愈显阔大。海天相接，水天一线，而忽见旭日生于其间，如置身茫茫沧海。颔联先写舟中所见景物，浩浩汤汤，属于动景；颈联则写"次"北固山后的静观，日生海上，冉冉袅袅，属于静景。两联分写却合力，造足了情氛。结联："乡书何处达？归雁洛阳边。"诗人触景"归雁"，思想由眼前的镇江春色，而跳接到千里之外的洛阳，不由得萌发出思乡之情。从结构上看，首尾环顾，两相包举，尾联照应了首联的"客路"，千里而来，羁旅思乡，自然而然，虽在冬末春初，江南已春意盎然，见"归雁"而起乡思，全诗照应密切，浑然无间。

　　王夫之认为此开篇不好，"路由青山，舟行绿水，是舟车两发，背道交驰矣。北固，江间一卷石耳，安所得青山外有路邪？"王夫之认为此收尾更不好，"颔腹二联取景和美，了无客路之感"。诗的前三联写拂晓行船的情景，与"次"题不相符合。中间两联"取景和美"，壮阔波澜而蒸蒸日上的情境，怎么可能生出愁来，即"愁来无端"，景情相悖。故而有"人项鸟膺"的"窃取"生硬，给人"割裂补缀而成"的感觉。意思是，这种"悲响"之结尾，与整体诗意不相协调，不能吻合，虽然不是英雄迟暮的哀伤，却也有些许穷途末路的凄婉。唐人虽然也有如少陵"戎马关山"、崔颢"日暮孤舟"之失意，也有如李白的"长安不见使人愁"的怅惋，还有李商隐久滞不还的"夜雨寄北"的悲怨，所以这样写，皆与他们的境遇有关。如果单纯从诗来看，应该情景相生，前后相谐。而诗愁来无端，其合无缘，情非景生而不能情景和谐，缺失了整体性与和谐性的意境美。因此，王夫之认为，这"蹇拙失作者风旨"。何焯在《唐三体诗评》中也说："开元数纪重见太平，五六气象非常。落句更不假寄书也。"何焯在《瀛奎律髓汇评》里回应曰："方说'不若《国秀》之浑全'，非是。不惟名句，而亦治象。武、韦继乱，忽睹开元之政，四海皆目明气苏也。"

　　据刘学锴先生推断，《江南意》为什么要改成《次北固山下》，是因为这个题目"未能明示作诗的具体地点，首、尾两联的文字又比较艰涩"[1]。也就是说，要求题目也要能够具有写实性。不知道刘先生对此改是赞同还是不赞同。《江南意》诗之起联"南国多新意，东行伺早天"，没有直接描写行程，而是交代性的破题文字，紧贴江南意，而让颔、颈联自然承接，围绕"新意"展开，也为"新意"具象。王湾自北方旱地初来江南，乍见江海，极受震撼，浪漫水势给其强烈的视觉冲击，对独特的江南景致与蓬勃的自然生机而生成了深刻体感与强烈感叹。亦如王维初出塞，置身大漠时而有"长河落日圆"的惊奇。《江南意》中间两联，取境生象，亦皆隐含哲理，江上春气回转的微妙特征，海上日出的瞬息变化，这既是春天的活力和生机，也是新旧替代的变革时期的象征性反映。旧年已去，江春悄悄来临，江面才会涨漫而泛滥，形成"潮平两岸阔"的观感；夜色已残，海日辉煌而如诞如生，形成"海日生残夜"的境界。结联"从来观气象，惟向此中偏"二句，乃顺颔联颈联之"和美"取景而下，自然而生成此感叹，其中洋溢着无限的惬意，表现出极大的满足。从来也没有见过这样的壮丽雄浑，观景无数而才看到江南如此美景，诗人也倍受鼓舞而豪情满怀。"题意与首、尾两联的意思正相切题。说明此诗写作的愿意，就是要抒写诗人对江南春意早早来到的诗意感受，末联出句'气

---

[1] 刘学锴：《唐诗选注评鉴》，中州古籍出版社2017年版，第194页。

象'即体现春意的景象。"[1]王湾公元712年进士及第，次年（开元元年）出游吴地，由洛阳沿运河南下瓜州，后乘舟东渡大江抵京口，即北固山所在地，接着东行去苏州。刚刚进士登第，最是春风得意而踌躇满志时，见此壮丽气象，为之而感慨无限，也深受鼓舞。《江南意》起承转合，首尾二联与中间二联虚实相生。诗末非常含蓄，诗人在昼夜转接、时序交替之际感到一种由衷喜悦，也伴生出一种高朗壮阔的自豪感。这样的结尾，充溢着高远的时代激情，给人以乐观豪迈、积极向上的精神鼓舞，是非常典型的盛唐人胸臆，盛唐人意气，盛唐人格调。

概言之，《国秀集》《河岳英灵集》里的异文二诗，因为起结的不同，而各自的立意或诗旨也就发生了侧重，发生了差异。《江南意》偏于颂春，诗重气象；《次北固山下》则偏于怀乡，诗多意蕴。因为这种偏重，在表现时代精神上，表现盛唐气象上，《江南意》则胜过《次北固山下》矣。

三、绝笔海日生残夜

笔者曾经撰文认为"海日生残夜"诗乃唐诗的极品，而且提议以"王湾体"为盛唐诗命名。如果要拈二句来概括盛唐的时代特点，概括盛唐诗的艺术风格与整体水准，还真没有比"海日"联更合适的。其实，这事胡应麟早就做了，他在《诗薮》中说：

> 盛唐句如"海日生残夜，江春入旧年"，中唐句如"风兼残雪起，河带断冰流"，晚唐句如"鸡声茅店月，人迹板桥霜"，皆形容景物，妙绝千古，而盛、中、晚界限斩然。故知文章关气运，非人力。[2]

---

[1] 刘学锴：《唐诗选注评鉴》，中州古籍出版社2017年版，第194页。
[2] 胡应麟：《诗薮》，上海古籍出版社1979年版，第59页。

胡应麟分别拈出三个时期的三名句，以区别"界限斩然"的盛、中、晚唐诗歌的时代面貌与风格特点，其形象性和准确性历来为唐诗研究者们所称道。

从接受美学的角度解读，张说特别欣赏王湾是诗，这与其诗观和欣赏趣味密切相关。张说崇尚气势，讲求风韵，欣赏境界阔大、气格爽健的作品，他在《唐昭容上官氏文集序》中曰："七声无主，律吕综基和；五彩无章，黼黻交其丽。是知气有壹郁，非巧辞莫之通；形有万变，非工文莫之写。"张说做出了以"海日生残夜"诗而为"盛唐范式"的重大选择，是因为王湾诗合乎张说的美学理想而精准地表现出了盛唐气象和宏阔境界。

歌德说："真理和神性一样，是永不肯让我们直接识知的。"诗亦如此，尤其是盛唐诗不言而言之，无字之处皆是意。"海日生残夜，江春入旧年"二句，对仗隐含哲理，给人积极向上的艺术魅力，也表现出了社会转型期的时代特征。上句光明灿烂的景象孕育于消逝在即的寒夜之中，一夜之间，中分二年，是为光明替代了黑暗；下句"江春入旧年"写时序的变换，春天已按捺不住自己的脚步，走进了旧年。上句之海日紧接残夜而生，下句之江春不待旧年之完结而入。诗中二动词使用极有活力，妙不可言。所谓"生"者，"诞"也，"长"也，"新"也，由无而有为"生"，由小而大为"生"，由旧而新为"生"，具有更替而后的新生，具有形态，具有活力。"入"字则极富张力，入者"进"也，入者"闯"也，"入"者具有强行入驻之意味，生成不可羁绊之形象，破寒而入，破旧而入，不仅写景逼真，叙事确切，而且这种变换是在不知不觉中进行的。同时，"生""入"二字，也写出了夜和日、旧和新之间互相依存的关系，表现了物体之间的模糊界限。

王湾观于山水而不滞于山水，寓意于物而不比德于物，在于其以人格精神而契合山水精神，以山水气韵而折光时代气象，在审美层次上形成了同形同构的妙合意象，实现了诗歌的山水审美的"意象化"和"意境化"。诗以山水为境，山水亦以诗为境。诗中这种"原初直观"的意象化山水，不仅是自然原生态的表征，更是诗人心理内容，是诗人对自然和人生理解的外在形态，是心理的情绪纪实，而且生成了诗人心灵与自然相交融的"象"，这也意味着诗人将诗歌的意象化程度提高到了一个崭新的境界。

被司空图称誉"当为一代风骚主"的唐末诗人郑谷，其《卷末偶题三首》（其一）曰："何如海日生残夜，一句能令万古传？"这是无疑而问，是没有问题的问题。而真正是个难题的，《国秀集》《河岳英灵集》异文哪一个版本更好呢？应该说，初稿与修改稿也真个是难分伯仲，虽然古人有所轩轾，笔者也有以《江南意》为高的倾向性，然真正能够决出高下而信服众人，甚至颠覆旧有观念，难矣。即便是让王湾自己来抉择，恐怕也并非易事也。

正可谓：

> 楷式盛唐诗极品，开元山水共春心。
> 自从海日生残夜，风正一帆悬至今。

第十四章

"衔命"本似应更好

《使至塞上》是王维边塞诗的代表作，也是盛唐边塞诗的代表作。此诗选入各种版本，非常的脍炙人口。我们所读的《使至塞上》，出自流行本，即宋蜀本，诗曰：

单车欲问边，属国过居延。

征蓬出汉塞，归雁入胡天。

大漠孤烟直，长河落日圆。

萧关逢候骑，都护在燕然。

还有一种版本，是《文苑英华》本，"文苑"本诗如下：

衔命辞天阙，单车欲问边。

征蓬出汉塞，归雁入胡天。

大漠孤烟直，长河落日圆。

萧关逢候骑，都护在燕然。

宋蜀本与文苑本，差别就在诗的第一联上，即只是开篇不同。钱谦益《初学集》卷八十三《王右丞集》跋云："《文苑英华》载王右丞诗，多与今行椠本小异"，而多"以《英华》为佳"。《使至塞上》之二版本，孰优孰劣呢？以"理勘"而论，我们以为，《文苑》本更好。虽然只是稍有差异，而趣味云泥之别也。

一、于谐律上来考量

宋蜀、文苑二版本，宋蜀本平起平收，文苑本仄起仄收。宋蜀本平起，因为平起，第二联需要仄起来粘，然第二联出句（征蓬）则为“平”，无法粘上首联的对句（属国），两联间平仄失粘。平仄失律的硬伤明显。而《文苑》本仄起，首联对句（单车）“平”起，颔联出句（征蓬）亦“平”起，两联相粘，平仄合律。因此，文苑本与宋蜀本（流行本）比，韵律上优劣自见。

近体诗格律形式的完成，亦即以律诗为代表的粘对规则的完成。粘对规则成为唐诗形式的基本要求，成为唐代诗人所最要遵循的基本规则。《旧唐书》本传说：王维“九岁知属词”。王维诗集里诗之题下标明写作时间的十余首，均为少年作，最早为 15 岁。这种特别注明年龄的作法，非常耐人寻味，可见王维很小就精通诗赋，且多出手不凡。《旧唐书》本传又说：“维以诗名盛于开元、天宝间，昆仲宦游两都，凡诸王驸马豪右贵势之门，无不拂席迎之。宁王、薛王待之如师友。”这可反证王维青年时期以诗胜，在二京出足风头。宇文所安就认为：“他的教养和背景使他足以胜任文学侍臣一职”，“他的诗集显示他完全可以熟练运用所有流行于当代的诗歌风格”，“王维在八世纪四十年代被称许为‘诗名冠代’，他的诗歌技巧来自宫廷诗歌写作的训练”。说“这种训练和控制可谓王维的第二天性”[①]。因此,《使至塞上》出现这种“失粘”现象，我们只能用传抄上的失误来解释了。

宋蜀本的首联“单车欲问边，属国过居延”，还犯“合掌”之病。所谓“合掌”，是个比喻说法，即一联的上下两句同说一个意思，如两只手掌合在一起。合掌说法，宋代才开始有。沈括《梦溪笔谈》及

① 宇文所安主编:《剑桥中国文学史》，北京三联书店 2013 年版，第 346、348 页。

唐诗甄品

《蔡宽夫诗话》均指出：对仗要避免"上下句一意"之病。南宋魏庆之《诗人玉屑》归纳"两句不可一意"。元明诗论家则拈出"合掌"其名，给唐宋诗词挑出不少毛病。明清八股文盛行，科举中作文更是有严格的格式、方法限制，也是合掌说法盛行的一个原因。"单车欲问边，属国过居延"，单车指使者，属国[①]也指使者。上句意谓：我轻车简从奉使宣慰走边关；下句意谓：我以外交官的身份出使已过居延。上下二句说的意思相同，表意重复。也就是说，诗的上下句如果同说一件事，诗的容量就小了。施蛰存先生赏析王维《使至塞上》时指出这"合掌"之病，随后则举了"这些都被宋代评论家举出过的合掌的例子"，如杜甫"今欲东入海，即将西去秦"，如白居易"远芳侵古道，晴翠接荒城"，还如郎士元"暮蝉不可听，落叶岂堪闻"。施先生说："这种诗病，唐代诗人都不讲究，宋以后却非常注意，不做这种联语。"[②]宋人拘谨，太多规矩，恪守定格，写诗也有太多理学的规定，限制了诗人的个性发展，因此宋以后的律诗也逐步僵化，不像唐人的豁达大度，个性自由张扬，有定格而无拘束。这也就是说，王维此诗的首联虽有"合掌"之病，但也无甚大碍。

还是施蛰存的这篇文章，认为此诗在地理概念上有误。施先生很不理解地说："王维的地理概念，似乎有错误。萧关在东，居延在西。如果过了居延，应该早已出了萧关。王维另外有一首《出塞作》，自注云：'时为监察，塞上作。'此诗第一句就说：'居延城外猎天骄。'可知他曾到过居延，不知为什么这里却说过了居延，才出萧关。"[③]施先生话的意思里似有这样的疑问：王维是"明知故犯"。王维为何要

[①] 属国，官名，秦汉时有一种官职名为典属国，苏武归汉后即授典属国官职。唐人有以"属国"代称出使边陲的使臣说法。"属国"，一解作"附属国"，少数民族附属于汉族朝廷而存其国号者。此句意为"过居延属国"。
[②] 施蛰存：《唐诗百话》，上海古籍出版社1987年版，第98—100页。
[③] 施蛰存：《唐诗百话》，上海古籍出版社1988年版，第100页。

明知故错呢？"居延"：汉代称居延泽，唐代称居延海，今内蒙古额济纳旗北境[①]；"萧关"：古关名，又名陇山关，唐时防御吐蕃的军事重地，故址在今宁夏固原东南；还有一个地名"燕然"：即杭爱山，今蒙古国境内。据考，王维此行，无需经过居延（一般注本都说王维路过居延），也没经过萧关，更不需要去"燕然"。文苑本开篇"衔命辞天阙，单车欲问边"，没有出现"居延"，是不是就不存在"地理常识"的问题了呢？其实，《使至塞上》不能当作科普文章来读，不能要求王维写诗有地理勘察实录的精确。惠洪《冷斋夜话》卷四评王维的《袁安卧雪图》："诗者，妙观逸想之所寓也，岂可限以绳墨哉！王维作画雪中芭蕉，法眼观之，知其神情寄寓于物，俗论则讥其不知寒暑。"王维画中的芭蕉茂盛在冰天雪地里，打破了时空的樊笼和限制，而不是拘泥于生活的真实。艺术有艺术的真实，艺术有艺术的逻辑，芭蕉不能存活于雪地里，只是生活的常识，只是自然性的有限。艺术不能为"造化"所困，王维打破时空樊笼，突破生活常识，超越自然逻辑，把并非同一节令的景物并置一处，将物理时空重新组合，以生活上的不真实表达更加深刻的艺术真实，表现一种超凡脱俗的文人意趣，突出一种让人耳目一新的"反常合道"的审美意蕴。王士禛《带经堂诗话》："世谓王右丞画雪中芭蕉，其诗亦然。如'九江枫树几回青，一片扬州五湖白'，下连用兰陵镇、富春郭、石头城诸地名，皆寥远不相属。大抵古人诗画，只取兴会神到，若刻舟缘木求之，失其指矣。"王士禛以王维的《同崔傅答贤弟》诗为个案，其实，王维的《送封太守》《观猎》《送康太守》《送宇文太守赴宣城》以及《冬

[①] 居延：地名，汉代称居延泽，唐代称居延海，在今内蒙古额济纳旗北境。又西汉张掖郡有居延县（参《汉书·地理志》），故城在今额济纳旗东南。又东汉凉州刺史部有张掖居延属国，辖境在居延泽一带。此句一般注本均言王维路过居延。然而王维此次出使，实际上无需经过居延。因而林庚、冯沅君主编的《中国历代诗歌选》认为此句是写唐王朝"边塞的辽阔，附属国直到居延以外"。

日游览》等皆然。王士禛所说的那种"皆寥远不相属"而"只取兴会神到",以及"诗家惟论兴会,道里远近不必尽合"的美学观点,刘勰早就说过,正所谓:"诗人比兴,触物圆览;物虽胡越,合则肝胆。"(《文心雕龙·比兴篇》)意思是说,诗人如果在比兴上处理得当,融合圆通而周密得体,即便是在诗中揽入北胡南越而毫不相关的事物,也都能够亲近如肝胆。艺术本来就是超脱自然的限制去表现心灵的自由,而心灵的高度自由才会产生奇特美。王维在诗中化入地名,以写使者的行踪,写漫漫行程,既是生活的真实,也符合艺术的真实,诗人在物理世界之外建构一个情景"妙合无垠"的艺术世界。因此,读王维诗需格外注意,不能以"刻舟缘木求之"。

程千帆先生说:"汉唐两朝有许多可以类比的地方,因而以汉朝明喻或暗喻本朝,就成为唐代诗人的一种传统的表现手法,其例举不胜举。当诗人们写边塞诗的时候,也往往是这样做的。诗中或全以汉事写唐事,专用汉代原有地名;或正面写唐事,但仍以汉事作比,杂用古今地名。由于是用典的关系,所以对古地彼此之间,乃至今地与古地之间的方位、距离不符合实际的情况,也就往往置之不顾了。"[1] 因此,有研究者以为,《使至塞上》里是以"居延"代指凉州,以"燕然"代指青海湖西前线。这种解释也是可以接受的,可以解释王维"明知故错"的原因。

后二问题,可以不是问题,也是宋蜀本与文苑本所共有的,然文苑本没有宋蜀本失粘的硬伤也。

二、起处即有崚嶒之势

施补华《岘佣说诗》说王维的《观猎》"起处须有崚嶒之势"。其

---

[1] 程千帆:《论唐人边塞诗中地名的方位、距离及其类似问题》,《南京大学学报(哲学社会科学版)》1979年第3期,第75—76页。

实，王维的边塞诗起处大多很讲究，从这一点上来考量，文苑本自然要好于宋蜀本了。

《使至塞上》是诗人奉命赴边慰问将士途中所作的一首纪行诗，宋蜀本之开篇，属于一般性交代，起句平淡，没有什么特别深意，让人感到情事急迫，行色匆匆，仓促赶路。尤其是，开篇突出了一个"单"字，将这个"单"字前置而统领全篇，让人联想到形单影只、单车独行之类的词汇，不像是一国之使去执行特别使命，倒像是被贬臣子灰溜溜出行，有种落魄、无奈与颓唐感，使诗蒙上了一层孤独抑郁的灰色调。

诗中的"属国"意象，还让人自然联系到苏武，有漂泊天涯的悲凉和孤寂感。这与王维的诗风不合。王维的边塞诗，特别是出塞之后的边塞诗，出于真情实感和高妙的艺术体悟，达到了新境界，如《出塞》《从军行》《陇西行》《送陆员外》《送平澹然判官》等，一改边塞诗偏重内容而疏于艺术的粗犷之风，风格雄奇，气势逼人，气吞万里如虎，充满了极端英雄主义与乐观主义精神。

杨载《诗法家数》："起句尤难，起句先须阔占地步，要高远，不可苟且。"《文苑》本则以"衔命辞天阙"开篇，起笔不凡，字字千钧，形成高屋建瓴之体势，也表现出慷慨高远之襟怀，既是破题，又是点题，为全诗定下乐观、豪迈与骄傲的基调，符合古人的"起手贵突兀"（沈德潜《说诗晬语》）的要求。"衔命"暗用语典，《管子·形势》："衔命者君之尊也，受辞者君之运也。"《后汉书·邓寇传》："使君建节衔命，以临四方。"开篇即打天朝牌天子牌，接下来才交代到哪儿去。我谨奉皇命辞别皇城帝宫，轻装简行向凉州边塞进发。"单"字因为后置，可理解为"轻车简行"，可理解为"独当一面"，亦表现其不讲排场的办事效率与雷厉风行的作风，虽是奉皇命出使，也不用前拥后簇，一如普通出行，不仅表现出诗人轻快雀跃的心情，也更能凸显诗人意气风发的精神状态与气宇轩昂的使者形象。

　　从整体构思看，"衔命"开篇，诗人身负朝廷使命前往边塞，以完成使命追踪都护去燕然而收束，形成了一个完整的构思，突出了赴边劳军的"在场"状态。诗以衔命"问边"急起破题，直接切入。诗的中间四句，分写了两个画面。颔联"征蓬出汉塞，归雁入胡天"二句，概写万里行程，显示出高度的概括力。边塞芜远荒凉，行者一路奔袭，日夜兼程，满目荒凉，除了随风飘卷的蓬草，除了偶尔可见的几行归雁，什么都没有，荒无人烟，更无行旅，走呀走，就是走不到尽头。颈联"大漠孤烟直，长河落日圆"二句一转，转出了个"千古壮观"。沙漠为面，长河为线，落日则是点，形成了点、线、面的巧夺天工的奇绝组合，构成了最原始的，也是最纯粹的几何画面。诗人置身大漠，举目黄沙，长河蜿蜒，浩瀚无边，碧天黄沙之间，烽烟升腾如竖，拔地而起①；而于荒凉旷远塞外，长河横亘曲漫，落日圆润崇高，静穆沉凝，给人以一点暖色，让人为之大振。清人屈复《唐诗成法》说此诗的"前四写其芜远，故有'过'字、'出'、'入'字。五六写其无人，故用'孤烟'、'落日'、'直'字、'圆'字，又加一倍惊恐，方转出七八，乃为有力。"中间二画面，以前之荒凉，反衬后之壮丽，情氛虽然凄凉，境界却也奇瑰，宁静肃穆，这是诗人初识大漠的真实感受，又都服从于诗之主旨表现的需要。尾联与首联同，都写人的活动，"萧关逢候骑，都护在燕然"，回应首联出使问边之意，萧关已到，燕然不远。在萧关处遇到了侦候骑士，他告诉我都护已到燕然了，这两句虚写战争，从骑士口中得知都护仍然身在前线燕然，写的是一种民族自豪感、一种胜利喜悦与赞叹之情。王夫之《使至塞上》评语："右丞每于后四句入妙，前以平语养之，遂成完作。一结平

---

①《坤雅》："古之烟火，用狼烟，取其直而聚，虽风吹之不斜。"清人赵殿成说："亲见其景者，始知'直'字之佳。"

好蕴藉，遂已迥异。盖用景写意，景显意微，作者之极致也。"(《唐诗评选》卷三）此"结"妙在呼应"衔命"，形成关合，且再度点题，强化"衔命"出塞的使命感。

施蛰存先生对"萧关逢候骑，都护在燕然"二句，感到"匪夷所思"。他说："至于燕然山，更不是西域节度使的开府之地，王维用这个地名，恐怕只是对当时的节度使恭维一下，比之为窦宪。这最后一联，非但用燕然山，使人不解，而且这两句诗，根本不是王维的创作，他是抄袭虞世南的。虞世南《拟饮马长城窟》诗云：'前逢锦衣使，都护在楼兰。'在楼兰倒是符合地理形势的。王维此诗本来可以完全借用虞世南这一句，但为了韵脚，只好改'楼兰'为'燕然'，这一改却改坏了。"[①]这里纠缠的就不仅是地理问题了，还有创作问题。从地理真实上看，王维此行没到"燕然山"，那他为什么要用"燕然山"呢？《后汉书·窦宪传》：窦宪大破单于军，"遂登燕然山，去塞三千余里，刻石勒功，纪汉威德，令班固作铭"。王维这一改却改好了，好得不得了，顺手抬典，以汉之窦宪转喻唐之都护，盛赞此战大获全胜而声威远震具有"刻石勒功"的意义。施先生所说的"抄袭"，是唐人诗中普遍出现的一种"偷"，中唐著名诗僧皎然将之归纳为"偷语""偷意""偷势"的三偷，即诗之用典也。王维"偷"其"前逢锦车使"意而为"候骑出萧关"，自然带出关于何逊诗的联想与类比。何逊诗："凄凄日暮时，亲宾俱伫立。征人拔剑起，儿女牵衣泣。候骑出萧关，追兵赴马邑。且当横行去，谁论裹尸入。"何诗描写征人与亲人分别的情景，气氛渲染强烈，人物形象生动，全诗充满了英气豪情。虞世南的诗也是写将士忠君报国而奋勇杀敌的，慷慨悲壮而寄意高远。王维的"抄袭"，属于借玉生金，喻指唐军将士凛然不可侵犯

---

① 施蛰存：《唐诗百话》，上海古籍出版社1988年版，第101页。

的威风,以婉赞他们战场厮杀的神勇。王维笔下的这些唐军将士,同样具有为报效国家而血洒疆场的精神意志,其风神不下何逊与虞世南笔下的征人啊!因此,真不是"这一改却改坏了",而是这一改却妙不可言了。胡震亨《唐音癸签》说:"'前逢锦车使,都护在楼兰',虞世南用为起句,殊未妥。不若王摩诘'萧关逢候骑,都护在燕然',改作结句较妥也。"古人也认为王维改得好,这是从谋篇布局上来解的,典籍故事信手拈来,宛如己出,扩大了诗的容量,改变了诗的表现形态,引起读者的联想与类比,产生了"言有尽而意无穷"的效果。

三、意境之高下立判

文学史多误读王维,说是张九龄罢相后,王维便一蹶不振。因此,说王维此行问边是被"支"出去的,或是避难去的。

开元二十五年(737)夏,张九龄被贬为荆州长史;是年秋,王维以监察御史的身份奉使出塞,赴凉州宣慰。张九龄对王维有知遇之恩,王维《寄荆州张丞相》诗里说"终身思旧恩",也曾有"方将与农圃,艺植老丘园"的想法。据此逻辑而线性思维,王维出塞在客观上是政治迫害,而在主观上则是消极逃避。以"单车欲问边"开篇,王维确实有点像是仓促"逃离"的,于是"征蓬"联也就有了被排挤而孤独寂寞之解。

而开篇即言"衔命",诗人骄傲与炫耀之情溢于言表,非常形象地表现其乐观豪迈的积极状态与意气风发的精神面貌。其实,王维问边后的那些边塞诗,真看不到任何政治迫害或避祸朝廷的迹象,相反,这些作品立意高远,多"忘身辞凤阙,报国取龙庭"(《送赵都督赴代州得青字》)的慷慨雄浑,充分体现了以搏杀疆场而赢得功名的价值取向,表现出为国家而战、为功名而战的自豪感和自信心。所以，那种认为王维此行问边是被"支"出去的说法，不仅不合乎诗意，也不符合实情。

玄宗时期，吐蕃已经完全占据九曲之地，入侵大唐临洮之地，大肆劫掠唐朝官营牧马场，并对兰州、渭州造成极大威胁。吐蕃之患，让唐王朝非常头痛，以和亲维系与吐蕃的和平共处。开元二十五年（737），吐蕃进攻勃律国（克什米尔北境印度河流域的小国，唐附属国），居然无视唐皇调停，破勃律国。玄宗大发雷霆，遂折毁赤岭界碑，命河西节度使崔希逸痛击吐蕃。《旧唐书》卷九玄宗李隆基本纪：开元二十五年"三月乙卯，河西节度使崔希逸自凉州南率众入吐蕃界二千余里。己亥，希逸至青海西郎佐素文子觜，与贼相遇，大破之，斩首二千余级"。如此胜绩，令玄宗兴奋不已，也大长唐人志气，此次派员去宣慰劳军，意义非常特殊，自然不是随便派个什么人就可以的。春秋战国时就有"重行人之职，荣使臣之选"[①]的观念，开元天宝也有"为使则重，为官则轻"[②]的说法。据说，开元天宝间对使者的要求近乎苛刻，"常择容止可观、文学优赡之士为之，或以能秉公执法，折冲樽俎，不辱君命者充任，故必尽一时之选，不轻易授人"[③]。也就是说，使者遴选的条件，除了政治条件、业务能力，还要有文学水平，甚至要高颜值，要有风度。王维虽不能说是君主信任或朝廷倚重者，至少是"尽一时之选"者也。作为被选派的王维，应该感到非常荣耀，又怎么可能视此行为畏途而情绪低落呢！

因此，颔联里"征蓬"与"归雁"，不应该往消极上想，尽管可以往消极上解。注本也多释为：诗人自况，写飘零之感。如果"单车"

[①] 王钦若等编纂，周勋初等校订：《册府元龟》，凤凰出版社2006年版，第7516页。
[②] 李肇：《唐国史补》，上海古籍出版社1979年版，第53页。
[③] 薛明扬：《论唐代使职的功能与作用》，《复旦学报（社会科学版）》1990年第1期，第27页。

开篇，也确有些悲凉意的，让人觉得"微露失意情绪"：使者像随风而去的蓬草一样出临"汉塞"，像振翮北飞的"归雁"一样进入"胡天"。"征蓬"，古诗里常用以比喻身世飘零，已经形成了某种特定的意蕴与内涵，能够敏感地唤起相对稳定的联想，游子客居他地，恰似蓬草断根；游子行无定点，如同蓬草无依。曹植《杂诗》："转蓬离本根，飘飖随长风。"南朝梁吴均《闺怨》："胡笳屡悽断，征蓬未肯还。"借蓬草自况，抒写有家难奔、有国难投的飘零之感。王勃《冬郊行望》："江皋寒望尽，归念断征蓬。"飘蓬比喻漂泊的旅人，泛指远行之人。李白《送友人》："此地一为别，孤蓬万里征。"此意象则用以送别友人，寄托心曲。白居易《自河南经乱关内阻饥兄弟离散各在一处因望月有感聊书所怀》："吊影分为千里雁，辞根散作九秋蓬。"兄弟因战乱而离散五处，各自飘零，像是分飞千里的孤雁，形影相吊；又像是秋天里断根的蓬草，辞别故乡流落他方。看到"征蓬"，我们自然会往飘零失意上想，但不是所有的"征蓬"都承载同样的"意"，要有整体思考，联系特定的情事。王维《送陆员外》诗中亦写"蓬草"，"阴风悲枯桑，古塞多飞蓬。万里不见虏，萧条胡地空"。其中的"蓬"就是写景衬托，渲染气氛，不可能是自喻。"征蓬"物象，根据它与其他物象的组合，根据其所承载的意旨，呈现出不同的表意、喻指或寓意。

开篇用"衔命"，立意就不一样了，大漠就不是一味的荒凉了。颔联二句写其行程，既是写景，又是叙事，二句写其千里之行，归雁与征蓬之物象，已非纯粹自然之景物，景与事与情与境已经融为一体。《资治通鉴》卷216，唐纪三十二，玄宗天宝十二载："是时中国盛强，自安远门，西尽唐境，万二千里，闾阎相望，桑麻翳野，天下称富庶者，无如陇右，翰每遣使入奏，常乘白骆驼，日驰五百里。"王维"衔命"出使，是大唐全盛时，是在唐军大获全胜的大好形势鼓舞下，难不成其笔下"征蓬"也往身世飘零的悲凉上靠吗？林庚先生1982年在《社会科学战线》上发文章说："没有盛唐就没有边塞诗。我们生活中无往不在的蓬勃朝气，所谓边塞风光也就早被那荒凉单调的风沙所淹没。"因此，"也就不会有'大漠孤烟直，长河落日圆'那样的边塞诗。"[①] 王维取"征蓬""归雁"物象，主要是渲染气氛，设置场景，通过写景而来造境，说明完成使命的艰难，也说明唐军取胜的不容易。王维写的是边塞，是大漠，是战场，自然不能用他熟悉的辋川物象了，也必须采用具有边地特征的物象，诗人车行大漠，极目所见，塞外飞蓬，胡天归雁，沙漠浩瀚，狼烟孤直，黄河流长，落日坠圆，中间四句一句一景，画面感极强，境界苍莽，气象雄浑。而同样是写边塞，岑参所观之物与所取之象就与王维不同。殷璠《河岳英灵集》说他"语奇体峻，意亦造奇"。岑参两次出塞，往返于庭州和轮台，也曾出使交河郡、玉门关等地，对边地景致、军旅生活及战事了若指掌，亦体验深切。《走马川行奉送封大夫出师西征》开篇即写道："君不见走马川行雪海边，平沙莽莽黄入天。轮台九月风夜吼，一川碎石大如斗，随风满地石乱走。"《碛中作》："走马西来欲到天，辞家见月两回圆。今夜不知何处宿，平沙万里绝人烟。"《过碛》："黄沙碛里客行迷，四望云天直下低。为言地尽天还尽，行到安西更向西。"诗里的风沙，肯定不可能是诗人自喻吧。万里平沙，荒无人烟，造成一种情境，大漠长途不知道什么时候才是尽头，也不知道哪里才有个尽头，让人心生荒凉和落寞。

赵殿成笺证《使至塞上》诗说："亲见其景者，始知'直'字之佳。"（《王右丞集笺注》）王维在边地的现实感受与生活经验，改变了他此前边塞诗"捕风捉影"（郑振铎语）的创作常态。凉州与长安的距

[①] 林庚:《唐诗综论》，商务印书馆2017年版，第66、67页。

离"东北至上都,取秦州路二千里,取皋兰路一千六十里"[①],唐代对使者行程的规定,"马日七十里,步及驴五十里,车三十里,江五十里,余水六十里"[②]。王维诗里所用的"征蓬"等物象,是其出使途中的所见所感,而成为诗人造境的"材料",创造出了荒凉旷大、壮丽雄浑的意境,给人身临其境的"现场感"。诗人"衔命"出塞,身负朝廷使命问边劳军,本来是一件非常值得骄傲的差事,故而本来就需要非常强烈的使命感,本来也就应该具有意气风发的精神状态。从《使至塞上》的诗意看,当使者深入边地,被塞地的广袤苍莽、浩瀚悲凉所震撼,也被将士们捐躯报国的精神所感染,不仅没有凄伤感与孤独感,也没有跋涉劳顿的疲惫与怨尤,相反意气蓬勃,崇高感情陡然升华,其诗笔化苍凉为豪放,化肃杀为壮丽,清雄绮丽,极富创造精神也极富浪漫色彩,进而出现了"大漠孤烟直,长河落日圆"的"千古壮观"意境。事实上,问边出塞后,王维诗风大变,创作了一批兴象饱满而气骨高峻的边塞作品,折射出盛唐盛世的恢弘气象,也提升了盛唐边塞诗乃至整个边塞诗的境界。王维此时与此后的边塞诗,格调皆高亢悲壮,一改边塞诗长哀怨、多愤恚的沉郁格调,更非沉郁悲怆一路。

《使至塞上》以"衔命"来定调,诗的立意陡高起来,诗中所有的景象,均折光出盛唐浑厚恢弘的盛大之气与太平之象。征蓬、归雁、大漠、孤烟、长河、落日,每一个物象都有深意,都融入特定的情韵,给我们的整体感觉是,盛唐的疆域版图太辽阔了,唐军所向披靡太有战斗力了,都护边功奇高太值得赏赞了,而诗人充斥其间的自豪感、惊奇心与喜悦情也太感人了。

总之,基于以上三点理由,我们以为,"衔命辞天阙"的《文苑》

---

① 李吉甫撰,贺次君点校:《元和郡县图志》,中华书局1983年版,第1019页。
② 李林甫等撰,陈仲夫点校:《唐六典》,中华书局1992年版,第80页。

第四编 异文理校

本好于通行本。这个版本，让我们更能够领略到盛唐盛世的大国气象，更能够体验以身许国的守边战士的爱国精神，也更能够理解盛世诗人饱满的使命感和自豪感。然而，宋蜀本通行已千年，出现在各种教科书上，即便《文苑》本再好，也不可能再颠倒过来了。

真可谓：

> 衔命单车出帝京，征蓬万里搞唐兵。
> 长河落日圆边梦，几个书生有此行？

附：关于"征蓬出汉塞，归雁入胡天"的商榷

这是个颇棘手的问题。选本笺注多忽略，或者误读。

窃以为，此二句在表述上似有问题，说直白了就是"出""入"不合情理，而让人把秋天读成春天了。

据史载，王维出使河西，是在秋天。此诗背景是崔希逸破吐蕃之后，战役发生在开元二十五年春三月，而张九龄被贬为荆州长史是在夏五月，王维是在张相贬后不久出使的，时已秋天。诗中所用"征蓬""归雁"二物象，亦皆秋之景。

大雁回归，叫"归雁"。在南方指南雁北归，北方则指北雁南归，是以中原为中心。大雁春天北飞，秋天南飞，王维自长安出发而使凉州，由南向北走，归雁不是"入"胡天，而是"出"胡天。

征蓬飞旋，则更是秋景。若是春天，则蓬草未花。蓬草，草本植物，花期夏季，花似草球，白色，中心黄色，叶似柳叶，子实有毛，秋时枯根被风折断，随风飘飞，卷起飞旋，所以也叫"飞蓬""飘蓬""转蓬""孤蓬"。

"征蓬入汉塞"，路途漫漫，行程还在汉地，或者说还在国之边境线，再向前走，就要进入胡之领地。所谓"汉塞"，原意是汉朝的边塞，泛指国家的边塞或边城，后指长城。"归雁出胡天"，归雁顺应季节而南飞，我则奉命出使而北行。因此，将"出""入"二词前后调个位置，物候就不矛盾了，亦即成"征蓬入汉塞，归雁出胡天"。

那么，为什么会出现"出""入"上的问题呢？我们以为，最大的可能是传抄之误，该"出"的地方误抄为"入"，而该"入"的地方误抄为"出"了。尽管我们找不到版本依据，但是，"理勘"而调整"出""入"，应该是合乎文理的。

第十五章

"射雕"诗的传奇

    王维的五律《观猎》,奇诗也!沈德潜说此诗,"章法、句法、字法俱臻绝顶。盛唐诗中亦不多见。"(《唐诗别裁》)

    《观猎》诗云:

        风劲角弓鸣,将军猎渭城。草枯鹰眼疾,雪尽马蹄轻。

        忽过新丰市,还归细柳营。回看射雕处,千里暮云平。

    王维的这首五律,后来变成五绝《戎浑》,再后来变成了张祜的五绝《戎浑》。此诗的经历也真传奇。

    存世的唐人选唐诗之十余选本,两个选本选入《观猎》,一是中唐姚合《极玄集》,一是唐五代韦庄《又玄集》。"风劲角弓鸣"诗在唐代,作者王维,题目《观猎》,形式为五律。

    宋蜀本《王摩诘文集》:作者王维,题为《观猎》,亦为五律。然北宋郭茂倩《乐府诗集·近代曲辞》,截《观猎》前四句独立成篇,作者王维,题改作《戎浑》,诗成五绝。南宋洪迈(容斋)编《万首唐人绝句》,同上。"风劲角弓鸣"于宋代,作者仍然是王维,题目已不是《观猎》,形式也不是五律了。

    明代唐诗的重要选本,高棅《唐诗品汇》选王维五律四十首,其中王维此诗,题为《观猎》,亦为五律。

    清初王夫之《唐诗评选》里与唐本同。王士禛《唐贤三昧集》亦与唐本同。然彭定求等编《全唐诗》，宋本五绝《戎浑》，作者却变成了张祜。

概言之，"风劲角弓鸣"真是首有故事的诗。那么，盛唐人王维的五律《观猎》，为什么出现在中唐诗人诗的选本里？为什么在宋人选本里会被截句为五绝且题为《戎浑》？为什么到了清代那个被截句改名的五绝《戎浑》却被冠以张祜之名？

一、入编中唐应有深意

王维的五律《观猎》，最早被选入中唐姚合的《极玄集》里，就是我们熟悉的这个模样。

唐人选唐诗，姚合编纂的《极玄集》，历来与殷璠《河岳英灵集》、高仲武《中兴间气集》相提并论。该选本当时就饱受盛誉，贯休誉其"至鉴如日月"；齐己将其与皎然的《诗式》相并论。后来元人蒋易也说此选本"识鉴精矣"。

姚合的《极玄集》，编成于开成元年（836）至开成三年（838）间，所收21人诗作，王维排序第一，接下来的顺序是祖咏、李端、耿𣲗、卢纶、司空曙、钱起、郎士元、韩翃、畅当、皇甫曾、李嘉祐、皇甫冉、朱放、严维、刘长卿、灵一、法振、皎然、清江、戴叔伦，除了王维、祖咏为盛唐人外，其余均乃中唐人，构成了"安史之乱"后到元和中兴之间唐诗的主脉，其中没有白居易、元稹，也没有张祜。

为什么中唐诗人的诗选本，要收入王维的《观猎》呢？王运熙、顾易生先生是这样解释的："姚合编选《极玄集》，以王维诗居首，称为'诗家射雕手'，后面选的大抵都是王维一派诗人的作品。"[①] 这个理由似也成立。但是，按常理是不该选入盛唐诗人的诗的。高仲武的

---

① 王运熙、顾易：《中国文学批评史》，上海古籍出版社1985年版，第330页。

《中兴间气集》是与《极玄集》差不多时间编成的选本，入选者清一色的中唐诗人，即天宝至贞元间追随王维诗风的一批诗人，没有选入王维。那么，《极玄集》为什么一定要收入王维的《观猎》呢？这是否事出有因呢？

姚合《极玄集》"自序"曰：

>此皆诗家射雕手也，合于众集中更选其极玄者，庶免后来之非。凡二十一人，共百首。谏议大夫姚合纂

此序极其简洁，不足四十字，却很是意味深长，让我们读出了这么几点信息：其一，选者强调入选者皆诗坛一流乃至超一流高手，而以"射雕手"与"极玄者"誉之；其二，选者"合于众集"之谓，即明言所入选者，乃自唐诸选本中遴选出来，属于众望所归者也；其三，"庶免"句，话中有话，似有立此存照的意味，似是很有针对性的一种裁决，意思是说，以免时人与后人对这些入选的诗人诗作有什么说三道四的非议；其四，序以"谏议大夫"官衔落款，类似于当下某学术职务或职称，似是在显示选本的权威性，显示选家在开成诗坛的文宗地位。姚合是开元贤相姚崇的后人，历任刑部郎中、户部郎中、杭州刺史等，后任给事中、御史中丞、秘书少监等职，官至秘书监。

最蹊跷的是，姚合《极玄集》为什么在中唐诗人里杂入盛唐人王维的诗，且以其诗如《观猎》等开篇，列为首篇？选本称所收入的诗人"此皆诗家射雕手也"，而作为领衔的王维，自然也就是"极玄"中之"极玄"，"射雕手"中的"射雕手"矣。

无论是选诗，还是选本之序，总觉得是有其"背景"的。我们的这种怀疑，难不成有什么根据？

据唐代范摅的《云溪友议·钱塘论》条载，长庆三年（823），张祜去杭州拜谒白居易，其《猎》诗与《宫词》，深为白居易欣赏，白说："张三作《猎》诗，以较王右丞，予则未敢优劣也。"白居易为

了抬高张祜，不惜压低王维，所谓的"予则未敢优劣也"，言下之意就是，二《猎》诗，张祜未必在王维之下。显然，白居易有"诶评"之嫌，个人好恶的色彩很浓，或者说并不客观。施闰章就批评说："白尚书以祜《观猎》诗，谓张三较王右丞未敢优劣，似尚非笃论。祜诗（略）细读之，与右丞气象全别"（《蠖斋诗话》）；吴乔亦揶揄曰："张祜《观李司空猎》诗，精神不下右丞，而丰采迥不同"（《围炉诗话》）。那么，张祜诗到底如何呢？自然不好与王维诗比，关于这个，我们放在后文来说。

　　白居易与姚合同时期，比姚合大七八岁，出道也早，二人无多交往。白居易元和十四年（819）被贬为江州司马，后移为忠州刺史，后又自放杭州、苏州，二十余年间，淡出长安。而作"未敢优劣"此评时白居易在杭州任上。时在京城的姚合，是为文坛一时雅主。白居易的祜评，明显是带有感情色彩，而从白居易时在诗坛的影响来说，这种评判或可产生导向性的风靡，自然也引起了姚合的不满。故而，有此选本与序言。姚合得闻白居易之妄评，作此选本，将盛唐王维的《观猎》"拉入"大历诗人诗中，以选王维《观猎》来表明其诗观，而挑战与反击白氏"未敢优劣"的说法。这也并非没有可能。

　　我们这样解读，敢冒"穿凿"之险也。

二、"未敢优劣"非笃论

　　宋蜀本《王摩诘文集》旧谓北宋刻本，实刊刻于南北宋之际，由维弟王缙搜集整理，总共四百余篇，分为十卷。今存各类王维文集版本中，此宋蜀刻本时代最古，研究价值极高。这也是王维诗最为流行的文本。就《观猎》诗而言，此本与唐本无异，而后此选本皆以此为准，可见其信度之高。然郭茂倩的《乐府诗集·近代曲辞》与洪迈的《万首唐人绝句》二本，则将王维《观猎》诗截句成五绝《戎浑》，确实令人匪夷所思。

洪迈编《万首唐人绝句》原本一百卷，《四库全书》仅收九十一卷。此书汇集了唐代诸家诗文集、野史、笔记、杂说中的绝句诗，搜罗繁富，资料价值较高。《四库全书总目》曰：宋洪迈淳熙间，录唐五七言绝句五千四百首进御，后复补辑得满万首为百卷，绍兴三年上之。是时降敕褒嘉，有"选择甚精，备见博洽"之谕。据说是洪迈好大喜功，为了凑足万首之数，不免滥收，未能精审，且混入不少非唐人作品，也有将律诗割为绝句、或一人之诗分置几处等现象。无怪后人之排诋，以至于程珌《洺水集》责洪迈不应以此书进御。

那么，《乐府诗集》是否也有这种凑数量的问题呢？看来也在所难免。纪昀《四库全书总目》就曾指出，本书把某些文人诗列入乐府题目之中不大恰当。由于它重在曲调，因此所录歌辞往往和关于曲调的叙述不太一致，如近代曲辞中的《水调歌》，编者认为是隋炀帝游江都时制，而书中所录"唐曲"，并未注明作者。其实这些曲辞，恐怕是杂取唐人作品而成，如其中"入破"第二首，显然是杜甫的诗。宋代郭茂倩编《乐府诗集》，主要辑录汉魏到唐、五代的乐府歌辞兼及先秦至唐末的歌谣，共五千多首，现存一百卷，是现存收集乐府歌辞最完备的一部，将乐府诗分为郊庙歌辞、燕射歌辞、鼓吹曲辞、横吹曲辞、相和歌辞、清商曲辞、舞曲歌辞、琴曲歌辞、杂曲歌辞、近代曲辞、杂歌谣辞和新乐府辞12大类，其中又分若干小类，这对文学史和音乐史的研究都有极重要的价值。然其中亦有出于传闻，或杂取载入者，未可尽信从也。而将《观猎》截为五绝，是否还有其他方面的原因呢？

我们以为，读不懂王维，也是一种可能性。何以如此说呢？因为王维此诗，乃"奇"诗也。沈德潜《唐诗别裁》说王维《观猎》，"胜人处全在突兀也"。他主要是说此诗的起与结，也就是首联与尾联。

"起二句若倒转，便是凡笔"，"结亦有回身射雕手段"。其实，此诗之最奇特处，在于后四句的接续，堪为"突兀"也。

施补华《岘佣说诗》曰："起处须有崚嶒之势，收处须有完固之力。则中二联愈形警策。如摩诘'风劲角弓鸣，将军猎渭城'。倒戟而入，笔势轩昂。'草枯'一联，正写猎字，愈有精神。'忽过'二句，写猎后光景，题分已足。收处作回顾之笔，兜裹全篇，恰与起笔倒入者相照应，最为整密可法。"《观猎》的前四句写出猎，突兀而起，气概壮激，先声夺人，然属于正面直写，是乃常笔也。后四句写猎归，先用"忽过""还归"一转而拓宕开去，而用"回看射雕处"一合，巧妙地带出了北齐名将斛律光的典故，与狩猎之人事情景相关联上，收揽回来，是为奇笔也。前四句写得风起云涌，豪兴遄飞，造足了气氛，"题分已足"；"猎后"看似离题，却"映带"而出，所谓"前后映带，遂令全首改色"。后四句于章法上异军突起，柳暗花明，旁逸斜出，以侧取正，正侧互补。王夫之在《观猎》评语中喜不自禁地说："后四语奇笔写生，毫端有风雨声。右丞之妙，在广摄四旁，圜中自显。"王夫之最欣赏的就是王维"造境"，他说："右丞每于后四句入妙，前以平语养之。"出猎时刀光剑影，前四句写猎时，表现的是将军威猛神勇、英姿飒爽的一面；猎归时风定云平，后四句写猎后，表现的则是将军踌躇满志、闲情逸致的一面，特别突出了将军的意态豪情，所谓"养"也。整个诗篇，以"猎"关联，植入渭城、新丰、细柳营三地名而让人浑然不觉，三地相隔均在六七十里，兴会所至，一气流走，瞬息千里之势，生动凸显了猎骑情景，展示了意气风发的名将风度，折光了边境的宁静和平。收笔意远而完美关合，"千里暮云平"以景作结的写法，风生水起而终归平静，深意蕴藉，兴味深远，所谓"入妙"也。诗写的是盛世狩猎，大有军演之震慑威势与意味，展现的是盛世边境。边疆何以如此宁静？因为将军乃"射雕"之人也，因为边疆乃盛唐的边疆也。诗之到此，题旨昭然欲揭。原来写狩猎，是写的盛世将军，是写四海晏然的盛唐盛世也。

按照常理，题为《观猎》，诗的前四句"观猎"，后四句写"猎归"，即是跑题。然而，《观猎》之奇，正在后四句，或者说正是因为有了后四句，则生气远出而超逸象外；若无后四句，则浅平摹写而黯然失色。腰斩王维的《观猎》，真让人啼笑皆非啊！宋人不懂王维"每于后四句入妙，前以平语养之"的章法，但欣赏正笔摹写的作法，是为皮相之作也。

张祜《猎》诗，就是那种八句全写"猎"的思路。原题《观徐州李司空猎》，或为《观魏博何（李）相公猎》，宇文所安也关注到张祜约作于820年的这首小诗，他认为：姚合也"很可能见过此次猎雁和张祜的小诗"。全诗云：

晓出禁城东，分围浅草中。红旗开向日，白马骤迎风。

背手抽金镞，翻身控角弓。万人齐指处，一雁落寒空。

平心而论，张祜的诗不错，特别深受杜牧的欣赏。然其诗格调不高，多身世不遇之怨，以凄婉悲慨胜。而此猎诗则气概壮激，声色大作，音像逼真，很有现场感，然其如写生，虽工笔细刻，活灵活现，却流于质直而辞意浅尽，属于中唐写实的一路，绝无盛唐气象。王维是个"射雕手"，张祜只是个"射雁手"耳。宇文所安认为，王维的《观猎》可能"是姚合的选集中最杰出的一首诗，也是将诗歌技巧比作'射雕'的一个象征"。他评析说："张祜的诗有自己的美，但这是一首极富戏剧性的诗歌，带有王维的控制力，却无王维的节制。"他又说："王维精妙地描绘了射雕的景象，而张祜则平易而壮观地展现了猎雁的场景。"[1] 比较而言，张祜的诗，太平实了。李怀民就直接批评

---

[1] 宇文所安：《晚唐诗》，北京三联书店2011年版，第103—105页。

张祜的猎诗"无大好处,但取其写兴逼真"耳(《重订中晚唐诗主客图》)。一语破的,张祜猎诗没有什么惊人之处,只不过描写逼真而已。其诗乃直写式、记录性,率直浅露,类似报告文学的写法,岂可望王维《观猎》之项背?而白居易的"未敢优劣"论,实在有借扬张而抑王之私心也。也许这也惹怒了姚合,而使其将盛唐诗《观猎》曳入中唐诗集。我们这样推测,也不是没有一点道理的。

唐人喜狩猎,同题狩猎诗也不少,李白也有猎诗,白居易倒没有拿李白的诗来与之颉颃。李白《观猎》诗:

太守耀清威,乘闲弄晚晖。江沙横猎骑,山火绕行围。
箭逐云鸿落,鹰随月兔飞。不知白日暮,欢赏夜方归。

尽管李白诗在整体水平上不低于王维,然此作则逊色远甚。诗写一个太守夜猎的过程,顶多也就是"写兴逼真"耳。李白与张祜猎诗,共同特点就是,流于直写而辞意浅尽。王维《观猎》,乃唐诗之极品,读来只感到"耳后生风,鼻端出火,鹰飞兔走,蹄响弓鸣,真有瞬息千里之势"(顾安《唐律消夏录》)。李白的猎诗尚且不如王维,何况张祜乎!王维与张祜之猎诗比,真有云泥之别也。

我们这么详析《观猎》,且比较张祜与李白的同题诗来说,意在说明,读懂王维也不容易,白居易没有读懂,宋人也没有读懂,都是他们的诗观决定的。宋人没有读懂王维,有将《观猎》削足适履之迁也。削足适履成语的意思是,鞋小脚大,根据鞋的尺寸把脚削小。比喻不合理地牵就凑合,不顾具体条件,生搬硬套。我们活用成语,借喻宋人削五律为五绝,以适《戎浑》之乐律也。

三、或被误导而王冠张戴

《全唐诗》里张冠李戴处不少,不可思议的是,将"风劲角弓鸣"判给了张祜,于是,宋人选本里的王维《戎浑》,变成了张祜《戎浑》，五绝倒还是五绝。

《极玄集》编成于开成元年（836）至开成三年（838）间，也就是说，《观猎》至少从中唐起，就被确认为王维的作品，且是五律。然《全唐诗》中则另判给张祜了。这种判定，真让人啼笑皆非。

不过，《全唐诗》的做法还算有分寸。《全唐诗》（卷511张祜卷）在张祜五绝《戎浑》诗后注曰："即此首王维观猎诗前四句。"同时，《全唐诗》（卷143王维卷），在王维名下亦选入《观猎》，并在题下注曰："《纪事》题曰《猎骑》，《乐府诗集》《万首绝句》以前四句作五绝，并题曰《戎浑》。"看来《全唐诗》的编者在利用宋人选本时这样做，还是有所考虑的，故而将五律五绝并入，且于二诗上加注。这部九百卷的大书，由十位江南在籍翰林用一年半时间编完，在对前人选本采用时缺少认真考辨，而有误收、重收、兼收的讹误现象，也是情有可原的。那么，为什么还是将王维的作品判给张祜？

许是因为《全唐诗》的编辑们感到，五绝《戎浑》可备一说。那么，为什么他们要改判？为什么要改判给张祜？为什么没有改判给其他人？说不定还是白居易惹的事，是被白居易误导了。

张祜，恃才傲物，狂妄清高，因诗扬名，然其布衣一生，平生却结识了不少名流达官。他去拜谒宰相李绅，投帖上自名"钓鳌客"。他说他钓鳌，以虹为竿，以新月为钩。李绅笑问道："以何为饵？"祜答曰："以短李相公也。"史载，元和长庆间，令狐楚"自草荐表"，谨令张祜缮录三百首诗，"诣光顺门进献"。皇上问身边的元稹："祜之词藻上下？"元稹对曰："张祜雕虫小巧，壮夫不为。若奖激大过，恐变陛下风教。"张祜诗因"专觅宫闱琐事，被之讽咏，扬其阙失"，被指"有妨名教"，由是寂寞而归，为诗自悼云："贺知章口徒劳说，孟浩然身更不疑。"然杜牧却非常赏识张祜的诗，说是"谁人得似张公子，千首诗轻万户侯"（《登池州九峰楼寄张祜》）。其实，张祜充其量也只是个二三流的诗人，"在很大程度上张祜是个模仿者；在他这个集子中，我们可以看到他阅读唐代前辈诗人的痕迹"①。张祜最有知名度，也最让人能够拿来说事的诗是五绝《宫词》："故国三千里，深宫二十年。一声何满子，双泪落君前。"宋人王直方《王直方诗话》曰："张祜有《观猎诗》并《宫词》，白傅称之。《宫词》（"故国三千里"）小杜守秋浦，与祜为诗友，酷爱祜《宫词》，赠诗曰：'如何故国三千里，虚唱歌词满六宫。'"白居易"未敢优劣"论在前，王直方又将张祜《观猎诗》《宫词》并提，说是"白傅称之"，《宫词》是五绝，让人误以为其猎诗也是五绝，看到宋人选本里有王维五绝《戎浑》，便判给张祜，以为张祜更会这样写，因为王维《观猎》被腰斩后只取前四句，不像是盛唐诗了，王维五绝诗也没有这种写法的。白居易的高评，造成辨识上的混乱，让清人而有王冠张戴的误判。我们这么推断，并非完全没有这种可能性也。

王维的五律《观猎》，宋时成了五绝《戎浑》，清时则成为张祜的五绝《戎浑》了。要解释这种不太好解释的离奇"嬗变"的现象而作如此解释，在没有"二重论证"的文献时，这样推测也应成为一种可能了。

真可谓：

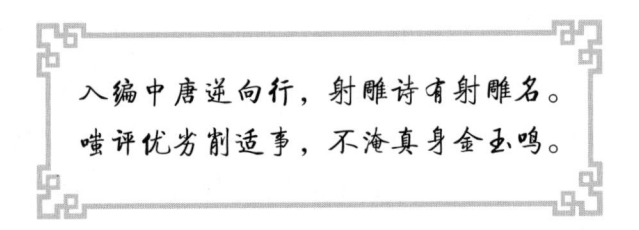

> 入编中唐逆向行，射雕诗有射雕名。
> 嗟评优劣削适事，不淹真身金玉鸣。

---

① 宇文所安：《晚唐诗》，北京三联书店 2011 年版，第 236 页。

第十六章

登高已力不从心

杜甫的《登高》，被明代学者胡应麟推为"古今七言律第一"（《诗薮》）。清代杨伦也说其"高浑一气，古今独步，当为杜集七言律诗第一"（《杜诗镜铨》）。

《登高》诗几为所有的人说好，诗的所有地方皆为人说好。然细读久玩，似亦未必如此，杜甫于诗中已有"力不从心"之嫌矣。

一、是否"未免过夸"

杜甫《登高》诗曰：

> 风急天高猿啸哀，渚清沙白鸟飞回。
> 无边落木萧萧下，不尽长江滚滚来。
> 万里悲秋常作客，百年多病独登台。
> 艰难苦恨繁霜鬓，潦倒新停浊酒杯。

笔者初涉唐诗，读到《登高》亦很受震慑，对胡应麟的好评也全然信服而全盘接受。胡应麟《诗薮》曰：

> 杜"风急天高"一章五十六，如海底珊瑚，瘦劲难明，深沉莫测，而力量万钧。通首章法，句法，字法，前无昔人，后无来学。……然此诗自当为古今七言律第一，不必为唐人七言律第一也。

若"风急天高",则一篇之中句句皆律,一句之中字字皆律,而实一意贯穿,一气呵成。骤读之,首尾若未尝有对者,胸腹若无意于对者;细绎之,则锱铢钧两,毫发不差,而建瓴走坂之势,如百川东注于尾闾之窟。至用句用字,又皆古今人必之不敢道,决不能道者。真旷代之作也。然非初学士所当究心,亦匪浅识所能共赏。①

这两段高评,频繁出现在杜诗研究中,对读者发生着极其深刻的影响。胡应麟是个很有影响的明代诗歌理论家,其同时代的同样著名的诗论家胡震亨誉他为"近代谈诗集大成者"。胡应麟说自己的《诗薮》"盖生平精力毕殚此矣"。

在古代诗话中,《诗薮》是我翻得最多的一部,他的不少经典看法让我服膺十分,研究文章里频繁引用。因为信奉胡应麟,也因为跟风时论,骨子里最怕成为"浅识"者,也一味地对《登高》叫好不绝,20世纪90年代还曾有过文章发表。随着书读得多了,思考也大胆了,再读《登高》时,一些包装于诗上的神圣的东西开始逐渐淡去,而看出了点"疲软"。其实,《登高》的不足,胡应麟早就指出过了,他认为:此篇结句似微弱者,第前六句既极飞扬震动,复作峭快,恐未合张弛之宜,或转入别调,反更为全首之累。只如此软冷收之,而无限悲凉之意,溢于言外,似未为不称也。② 这段话,紧承于前引第二段文后,不至于原来读《诗薮》时没发现吧,然而,却只拣好评看,往好的方面理解了。许印芳就说:"七言律八句,首句乃复用韵,初唐人已创此格,至老杜始为精密耳。此诗前人有褒无贬,胡元瑞极口称赞,未免过夸,然亦可见此诗本无疵颣也。"(《瀛奎律髓汇评》引)而古人对于《登高》的微词,多在诗的起落句上。王世贞《艺苑卮言》

---

① 胡应麟:《诗薮》,上海古籍出版社1979年版,第95—96页。
② 同上书,第96页。

曰："老杜集中，吾甚爱'风急天高'一章，结亦微弱。"王慎中《五色批本杜工部集》曰："起结皆臃肿逗滞，节促而兴短，句句实，乃不满耳。"吴昌祺《删订唐诗解》："太白过散，少陵过整，故此诗起太实，结亦滞。"胡震亨《唐音癸签》曰："无论结语腿重，即起处'鸟飞回'三字，亦勉强属对，无意味。"黄生《杜诗说》曰："结联宜稍放松，始成调法。今更板对两句，通体为之不灵。《九日》《恨别》《野望》诸诗，并不得登甲集，皆以起结欠灵故也。"[①]古人之诟病，多集中在《登高》的起结上。

杜甫《登高》亦非无懈可击的完美，其起结"逗滞""软冷"，也是我们所要研究的，而我们更要侧重研究的是，为什么会出现这种起结不足的现象。

二、最不愿自然本色呈露

杜甫的《登高》，767年作于夔州，一说作于梓州，是杜甫晚年的作品。"安史之乱"已经结束，家弟杜观来书说到家乡中兴之事，杜甫非常急于想结束在西南托足权门的日子，让其子宗文先行归乡安顿。久客西南，漂泊无寄，时值九九，诗人便带病独自登台，想要排解苦闷与忧愁，写下了这首悲愁深郁的诗。

古人评论《登高》，最欣赏的是中间四句。换言之，《登高》之最精彩处乃在中间两联，是为古来众口一词的看法，四句"建瓴走坂""百川东注"的磅礴气势，"四句如千军万马，冲坚破锐，又如飘风骤雨，折旆翻盆。合州极爱之，真有力拔泰山之势"（张世炜《唐七律隽》）。

诗的颔联"无边落木萧萧下，不尽长江滚滚来"二句，从大处落

---

① 篇中所引，未详注出处者，转引自刘学锴《唐诗选注评鉴》，中州古籍出版社2017年版，第1088—1094页。

笔写远眺之景，起句紧承首句写山景，下句顺接次句写江景，上点下染，山上江中，两相交织，互为映衬，构成了一幅肃杀凄清的三峡秋景图。深秋风大，但闻落叶之"萧萧"；峡深流急，始见波涛之"滚滚"。"落木"形容以"无边"，即满目皆见，境界空旷而辽阔；"长江"形容以"不尽"，即满耳充闻，场景肃穆而萧杀。两句又多用双声叠字，音调铿锵，声韵谐美，秋声萧飒荒凉里含有一种奔放而浑灏的气势。显然，诗人写意"袅袅兮秋风，洞庭波兮木叶下"（《九歌·湘夫人》）。古人选取"秋风、水波、木叶"三种物象，摹状出袅袅秋风，渲染了凄凄秋景，构成了优美而惆怅的意境，那种相约未见的愁情，缠绵悱恻，痛彻肺腑。杜甫笔力出神入化，诗中境界亦化育得愈加阔大，愁情"无边"亦"不尽"也，落木无边萧萧而下，长江不尽滚滚而来，对句精工，悲凉沉郁，气象峥嵘崔巍，境界宏阔寂寥，诗中的秋风秋景，融入诗人生命有限而宇宙无穷的感怆，让人自然联想到诗人的处境与状态以及韶光老去的晚景。诗不着一愁字，但悲愁至极，意味尤其深长。

颈联"万里悲秋常作客，百年多病独登台"二句，极为凝炼，极具概括力，可谓句中之化境也。关于二句的评论，一般都比较笼统，属于惊叹性质的高评，如施补华《岘佣说诗》说："通首作对而不嫌其笨者，三四'无边落木'之句，有万钧之气；五六'万里悲秋'二句，有'顿挫之神耳'等。"宋人罗大经就此二句评析曰："盖万里，地之远也；悲秋，时之惨凄也；作客，羁旅也；常作客，久旅也；百年，暮齿也；多病，衰疾也；台，高迥处也；独登台，无亲朋也。十四字之间含有八意，而对偶又极精确。"（《鹤林玉露》乙编卷五）上下二句，仅十四言，蕴含着"八悲"，成为诗人一生颠沛流离生活的高度概括。如果再从整体上看，所能够感受到的意蕴更深刻，意义就更丰富。空间，万里；时间，百年。空间的广阔和时间的深邃，交织成宏阔浑厚的境界，而于一对句之中概括表现，融入极其丰富的情感与十分博大的思想，可担当得起"地负海涵"的评价也。

刘克庄《后村诗话》说《登高》"此两联不用故事，自然高妙"。七律通篇不用故事，非景即情，诗由写景开头，忧国伤时而自写收结，真个是百感交集，悲慨万端。杜甫律诗的重要特征，多前半写景，后半抒情，第三联腹转而归结。深于言情者，正在善于写景。这是写景的极高境界。然杜甫律诗情景分离的情况还是比较明显的，或者说，杜甫对景有一种工具性认识，写景似为抒情议论。明眼者宇文所安先生指出："在所有中国诗人中，杜甫或许是最不愿意让自然界以本色呈露的一位，在他笔下，自然现象极少看来是随意的或偶然的，也极少仅因其存在而引起注意，如孟浩然一些最优秀的诗所描写的那样。物质世界充满了意义，有时是明显的对应，有时是逗人的隐藏。但是，在杜甫诗歌中，连这种观察也从属于特殊的情况——符合多样性的较大真实。"[1]也就是说，《登高》亦非一般性描摹景物，其笔下的景物就不是"随意的或偶然的"。诗的首联如工笔碎景，均眼前具体景物，山高林密，风霜肃洁，高猿空谷长啸，哀转传响不绝；沙洲小渚，孤零冷落，寒潭水落石出，水鸟低飞盘旋。或许正因为不是"随意的或偶然的"，便有人感到诗的第二句，与一三四句不谐。这里就涉及七律中的写景，涉及情与景的关系，涉及意境的营造问题。

林庚先生曾经指出："诗歌中的形象最好是直接从事物本身来。"他引述《诗品序》里的一段话。钟嵘曰："'思君如流水'，既是即目；'高台多悲风'，亦惟所见；'清晨登陇首'，羌无故实；'明月照积雪'，讵出经史；观古今胜语，多非补假，皆由直寻。"钟嵘为了要说明"直寻"，举例名句，这些都是"直寻"所得，并不是来自典故和经史之

---

[1] 宇文所安：《盛唐诗》，北京三联书店2004年版，第232页。

类的书籍。所谓"直寻",就是从感物动情之中直接求得好语好句。林庚是个有着深厚诗人底子的学者,是个著名诗人,是个卓有成就的诗人,因此他对唐诗以及古人诗话的诠释,大不同于一般学者,没有搔痒之靴隔而直击鞭辟。林先生认为"直寻"观,"这至少说明了最平常的真理"①。关于"观古今胜语,多非补假,皆由直寻",曹旭先生按:"此是钟嵘诗歌创作论之核心。旧说一谓'直寻'乃直接反映现实;二谓'直寻'即直抒胸臆,皆与'直寻'真谛擦肩而过。'直寻'本义,当是刘勰《文心雕龙·神思》篇所谓:'窥意象而运斤',即诗人'即景会心',将瞬间直觉之审美意象直接表达之意。"②曹旭也擅诗,他在《诗品笺注》的基础上又增订为《诗品集注》。他反对"直寻"的二旧说,也是得珠知言。"直寻",是一种直观感悟中心与物的直接对话,无须逻辑推理作中介,不需要用概念表达,使得在"直寻"之中包含了形象思维,但不是直接反映现实,也不是直抒胸臆。我们以为,杜甫诗中虽然亦偏于写物,偏于反映现实而"最不愿意让自然界以本色呈露",但是,其笔下之景亦"直寻"之象也。

六朝人讲"直寻",而唐人讲意境,意境是诗的最高境界,意境到盛唐才真正成熟。单是"直寻",诗多有句无篇。宗白华接受了王夫之意境学说之精髓,他认为中国艺术之精粹在于"因心造境",即是一个"写实,传神,造境"的过程。他说:"中国艺术家何以不满于纯客观的机械式的摹写?因为艺术意境不是一个单层的平面的自然的再现,而是一个境界层深的创构。从直观感相的模写,活跃生命的传达,到最高灵境的启示,可以有三个层次。"③此三个层次则是诗人"生气远出"的生命风采和人格精神的外溢,而第三层次"最高灵境

---

① 林庚:《唐诗综论》,商务印书馆2017年版,第99页。
② 钟嵘著,曹旭集注:《诗品集注》(增订本),上海古籍出版社2011年版,第226页。
③ 宗白华:《美学散步》,上海人民出版社1981年版,第63—64页。

的启示"才是艺术的最高旨趣。也就是说，即便《登高》中景象都取自夔州三峡秋季，皆"直寻"之物，并未失去它的"自然英旨"，但也不能即目辄书，随意拼合，而要有个"写实—传神—造境"的过程而生成谐境。宗白华先生还有一篇重要文章谈意境生成的，题为《中国艺术意境之诞生》，文章中指出：

> 王船山又说："工部（杜甫）之工在即物深致，无细不章。右丞（王维）之妙，在广摄四旁，圜中自显。"又说："右丞妙手能使在远者近，抟虚成实，则心自旁灵，形自当位。"这话极有意思。"心自旁灵"表现于"墨气所射，四表无穷"，"形自当位"，是"咫尺有万里之势"。"广摄四旁，圜中自显"，"使在远者近，抟虚成实"，这正是大画家大诗人王维创造意境的手法，代表着中国人于空虚中创现生命的流行，絪缊的气韵。[1]

宗白华将王夫之的意境学说作为我们领悟"中国艺术意境之诞生"的理论根据。王夫之的话说得比较玄，他是比较王维与杜甫的诗创作特点来说的。虽然造境非杜甫之长，然其不是不懂意境，杜诗也不是没有意境，而是他的精力与追求放在"即物深致，无细不章"的取象摹物上，或者其创作如林庚先生所说的，因为杜甫的过于苦闷，而使景象异化，"那便是离开了感情渐远，而加入理智的安排愈多"，那便是"在写作之中逐渐增加了记忆的成分"[2]。杜甫一生劳碌奔波，时有家国之忧，用诗记录生活，无物而不可入诗，因此，境界没有王维之超逸。王维则偏于纯粹审美，多情感上的节制与逃避，其诗亦成了纯粹唯美的艺术，然气象没有杜甫之宏阔。

---

[1] 宗白华：《美学散步》，上海人民出版社1981年版，第70—71页。
[2] 林庚：《中国文学史》，清华大学出版社2009年版，第182页。

三、是乃强弩之末也

一首诗如果让人感到哪里最好,那肯定就有哪里比较不好了,即诗不够完美了。《登高》诗好,集中在中间两联上说,确实"章法句法,直是蛇神牛鬼佐其笔战"(周珽《唐诗选脉会通评林》)。然对此诗的评价,亦有"结句软冷""结语卑弱"之类的说法。亦即有"虎头蛇尾""功亏一篑"之嫌。我认同这个说法,也想就此诗的结语说点自己的意见。

《登高》诗之收结疲弱,也是一目了然的。沈德潜曰:"结句意尽语竭,不必曲为之讳。"(《杜诗偶评》)为尊者讳,是我们研究中比较常见的通病,而为杜圣讳则尤甚,而"曲为之讳"也。何满子先生有一段《登高》的评语,就很典型。何先生说:"反复讽诵全诗,结句终究给人一种气力不足之感。但此句之不足为全诗病者,在于它和前七句气脉贯穿,前面三联一气排闼之势犹有充沛的余力足以济穷,足以包容其荏弱,足以维持其全诗的雄浑苍凉之气于不坠……至于末联之于全诗,等于两句补语,或如高潮之后的下降,主体既佳,全诗自美。艺术作品也正如人体一样,不能苛求十个指头一般长的。"[①]刘学锴先生也说:"作为全篇感情的结穴,这个结尾确实有点'黯然而收'。就杜甫的实际处境而言,这样的结尾自是无可厚非,但就诗的艺术意境而言,尾联(特别是末句)只是顺延敷衍腹联的意蕴,而乏新意,也是事实,尽管并不至于影响诗的整体。"[②]于此二论,亦可见出《登高》诗并非"锱铢钧两,毫发不差"。批评非常委婉,属于"曲为之讳"也,抑或是心有余悸,怕为人骂其"隔靴之见"。而他们的观点

[①] 袁行霈主编,赵为民、程郁缀编辑:《历代名篇赏析集成》(上),中国文联出版公司1988年版,第865—866页。
[②] 刘学锴:《唐诗选注评鉴》,中州古籍出版社2017年版,第1094页。

是,即便是《登高》有此瑕疵的结句,也不影响诗的表现,甚至也不影响诗的高度。这个说法,我们不以为然也。

杜甫《登高》以酒来收结,虽也可与"登高"搭上边了,但这个收尾意义不大。杜甫诗喜欢用酒来收尾,这与他嗜酒习性有关,郭沫若先生说杜甫嗜酒终身,十四五岁就已经是个酒豪了,嗜酒不亚于李白,杜甫饮酒诗三百余首,占其现存诗文百分之二十一强,李白一百七十首,占其现存诗文百分之十六强。[①] 金志仁也有统计,"杜甫与李白一样皆一生嗜酒,诗中写酒的诗篇很多,还特别喜欢以写酒来收结全诗。我做了一个统计,在杜甫现存一千四百多首诗中,以酒收结的诗作竟达八十多首(不包括篇中写酒的诗)"。金先生又说:"而这些以酒收结的诗句大多数写得平常",以酒收结"简直成了杜诗结穴的一种模式"。不少诗前面写得好好的,"结尾也忽然转酒收结,变得无意味。《登高》也是这种类型诗作中的一篇,也突然转写酒收结,而且结得并不理想,表现得非常典型"。金先生认为原因有二:一是缺少精益求精的精神,特别是到了老年"因高度自信而在创作上表现出来的'疏懒'";二是往往把诗作日记写,"不一定每一首都经过认真的艺术加工"。[②] 因此,金先生将《登高》结尾"缺少余韵"的原因,说成"这是由于作者信手拈来,未做深入锤炼造成的"。这个"原因"的分析,笔者不敢完全苟同。杜甫说他是"晚节渐于诗律细"(《遣闷戏呈路十九曹长》)。其于格律,有时候过于讲究,不仅恪守诗律法度,而且创造性地于清规严矩中显示诗才。《登高》首联上下两句工对,句内亦对,如"风急"对"天高"、"渚清"对"沙白"。一诗八句皆对,首尾好像"未尝有对",胸腹好像"无意于对",尾联硬被说成了对。

[①] 郭沫若:《李白与杜甫》,见《郭沫若全集》第四卷,人民文学出版社1982年版,第426页。
[②] 金志仁:《海萤轩诗词曲论稿》,北岳文艺出版社2016年版,第320—321页。

此诗的最重要特点似乎就是"对"。七律作法里有对得越多便越好的说法吗？为什么一定要八句皆对？四联皆对与诗意题旨有什么关系吗？七律本来就容易陷于板滞单调，如果杜甫不这么过于工整，也许会更好，更加的意兴横逸而生气逸远吧。也就是说，我们不认为"是由于作者信手拈来，未做深入锤炼造成的"，相反倒认为，是其太过讲究所造成的，有点弄巧成拙，变得僵直、生硬而板滞。

夔州时期，是杜甫七律创作成熟期与巅峰期，其数量多达百首，七律代表作如《登高》《登楼》《阁夜》《秋兴八首》等皆出于此时。于此，诗人也将律诗体式的美学特长发挥到了极致。管世铭《读雪山房唐诗序例》说杜甫："七言律诗，至杜工部而曲尽其变。盖昔人多以自在流行出之，作者独加以沉郁顿挫。其气盛，其言昌，格法、句法、字法、章法，无美不具，无奇不臻，横绝古今，莫能两大。"[1]黄子云《野鸿诗的》中也说："七律则上下千百年无伦比，其意之精密、法之变化、句之沉雄、字之整练、气之浩瀚、神之摇曳，非一时笔舌所能罄。"[2]然而，读杜甫的律诗，我们有一个特别强烈的印象，就是诗人多于"即物深致"上使力，多于对仗格律与炼句上倾心，而轻忽整体性构思，特别是收结上缺乏通盘考虑。林庚先生早就指出，杜甫律诗的一个弊病：最后一联往往收不住全诗，常常老生常谈，他以《咏怀古迹》诗为例说"前六句何等的高妙！尾二句老生常谈，真是搪塞而已。杜甫的七律，因此往往借一空洞的老调为收尾"。因此，这也是"所以杜甫的名句极多，而成章却少"的原因。[3]为什么会出现这个问题呢？林庚一语中的地指出："他绝句的失败，乃也同时影响到他律诗的结语。诗的结语要能含不尽之意，这正是绝句的所长，而杜甫

---

[1] 郭绍虞编：《清诗话续编》，上海古籍出版社1983年版，第1562页。
[2] 丁福保编：《清诗话》，上海古籍出版社1978年版，第850页。
[3] 林庚：《中国文学史》，清华大学出版社2009年版，第182页。

所短的。律诗前六句都可以对仗，只有末一联不能对，以短短的两句如何能收结上面沉重的铺陈，这在精于格律的杜甫也常常感觉得棘手了。"[1] 林先生的分析精辟极了，杜甫《登高》这么收结，确实可以归结到这个原因上去。林先生从杜甫不擅绝句的角度来解，精妙之至，中肯之极。绝句怕对仗，杜甫的绝句也常常对仗，因此，杜甫不擅绝句，也没有多少好的绝句。诗的收束，应该是诗的重中之重处，应该有个整体的构思，处理不好，不仅成为"蛇尾"，且全诗亦功亏一篑。"诗的结语要能含不尽之意"，比较而言，王维就深谙收束之道，在收束上特别用功，处理得特别好，这也是王夫之最欣赏的，他说："右丞每于后四句入妙，前以平语养之。"譬如他的《山居秋暝》《终南山》《观猎》等，收束二句出，通盘生辉，全篇升华。

概言之，造成杜甫《登高》结句荏弱的原因是多方面的，还有一个很重要的原因就是：诗人老矣，登高乏力，笔力也弱了，强弩之末也。其"结句终究给人一种气力不足之感"，何以有"气力不足"之感？诗人笔力不足也。何以笔力不足？可能原因诸多，而其中有一个很重要的原因是：老杜老矣。

正可谓：

> 颠沛一生诗问顶，登高力已不从心。
> 悲秋万里苦无酒，沉郁依然顿挫吟。

---

[1] 林庚：《中国文学史》，清华大学出版社 2009 年版，第 181—182 页。

后记

又是写后记的时候了。后记的写法，似形成了一条不成文的"潜规则"，成为用来致谢的一种特殊文体。笔者也不能免俗。真不是刻意要说多少"谢谢"的话，在每本书稿寄出时，内心就自然涌起许多感恩的情感。这是我在河北人民出版社出版的第三部书，前两部印数大，社会效益也好，王静、王岚二编审之功大甚。陈才智博士已是第二次为我作序，给了我很大激励。贤内早就要我"金盆洗手"，怕我案牍久坐之劳，然她还是快乐着我的快乐，分担了几乎所有家务，而让我后顾无忧。这些都是我要特别感谢的，自然还有好多我要感谢的人。

最要感谢的应是读者。笔者从事唐诗研究，已有三十年，单篇论文发表，"新世纪（2000—2015）国内唐诗研究多产作者"排名第三，在商务印书馆、人民文学、北京大学等出版社出书二十余种。近几年的几部拙著，一印再印，最多的五次印刷，甚至有二次印刷一次两万册的纪录，这让我有了很多的读者朋友。没有读者，拙著充其量也只是一堆印刷精美的废纸。据国图咨询机构"开卷"统计，综合实体店、网店及零售三渠道数据，年销售量小于10本的图书，占全部图书品种的45.19%。在传统纸本阅读受到强大挑战与冲击的当下，我则拥有了这么多的读者，成了个很幸福的人，这也是我著述不辍的最重要原因。

我一直以为，后记主要是用来与读者交流的，为读者提供一些关于著作与作者的相关信息。那么，我想与读者有些什么交流呢？就从为什么要做这本书说起吧，从此说开去。

唐诗经过千百年的解读，尤其是那些经典唐诗，被缠裹上了千百层豪华包装而让人难见真身，我们已难能看到唐诗原生态的"单纯"。换言之，汗牛充栋的所谓文献，遮蔽了我们对唐诗的真切认知。而我们的研究，却多热心于以占有资料为炫耀的堆砌与搬运，或拿香跟拜而学舌古人，或因赶课题而变得迟钝平庸，消磨了研究的锐气和想象力。罗宗强先生说："现在一些年轻的研究者，比较缺乏审美能力，一首诗艺术上好在什么地方看不出来，只能从思想上来分析问题"，这是"永远读不到诗的最高境界去"。读研唐诗，光搞史料清理，或者光搞历史背景研究，难以抵达唐诗的诗性精神，也难看到唐诗的"自性灵光"。王水照先生说："钱锺书那一代是从研读大量的原典入手的，相比之下，我们则有些'先天不足'。从面对文献的身份而言，他们既作为一个研究者，也是一位鉴赏者，又是一位古典诗词的创造者，这三种身份是合一的。"而"三者合一"的说法，其实就是在强调研究者的文学素养，强调文学研究中的审美活动。然当下唐诗读研的突出问题，就是审美能力低下，就是文学研究者忽略文学，故而不能真正读懂唐诗，"还是离诗很远"也。

笔者个性率真耿直，直言无忌，特重鉴赏与性情的积极参与，赋闲后没了研究压力，而于静思熟参中常有会心，虽不能说是妙悟，却是些不重复别人也不重复自己的知见，于是便就唐诗中一些"热点"，或"热点"唐诗，真诚地说出了点并非学舌的话来，本意不是"颠覆"而却写成了"翻案文章"。书中的不少观点，已见诸报刊，笔者曾一度为《扬子晚报》专栏供稿，也于《解放日报》《光明日报》与《博览群书》等报刊上发表，如今将那些观点重新提炼，整理充实，集腋成裘，书题为《唐诗甄品》。"甄"者，别裁鉴赏也；"品"者，涵咏滋味也。且"甄品"与"珍品"同音，所选皆唐诗名篇精粹。书中讨论的问题，不少是学术热点，或语焉不详或始存疑者也，虽然不能算是唐诗研究的创新，却是一种别解，自己来读而读出了自己。

唐诗研究应该崇尚实证考据，然更需要自己来读，不是全盘信古地考论与佐证。文献研究，只能是唐诗研究的一部分，而不是唐诗研究的全部。从文本细读原理看，并不意味着文本可以被随心所欲地解读，但我们每个人可能都是带了自己的隐秘经验而进入阅读的。韦勒克、沃伦在《文学理论》里说："从作者的个性和生平方面解释作品，是一种最古老和最有基础的文学研究方法。"这种"细读"的方法，具有读研的"在场化"，易于抵达阅读的深度，读出并非人云亦云的真知灼见。笔者甚至以为，一首诗的真伪或优劣的判定，审美细读在一定程度上比文献版本还要可靠，还要真实，还要有价值。章学诚曾曰："近日学者风气，征实太多，发挥太少，有如桑蚕食叶，而不能吐丝。"我们追求事实与义理结合的学术研究，重视精审严谨的事实考订，也应该重视考订中的义理引发与推衍。唐诗研究的路子很多，不是只有文献整理一条路，也不是文献整理独尊独大。而固守已有的文本与资料，缺乏艺术的直觉敏感，不擅精细阅读而琢磨参悟，不仅很难获得一种"非理知思辨"的妙悟及"悦神"层次的审美愉悦，也使唐诗研究狭窄化或纯科研化，而没有了趣味与情调。因此，唐诗研究不仅要有思想的独立性，不从众，不媚俗，不为尊者讳，还要重情感参与，重直觉判断，而有审美判断的自信。

笔者著述或立论，多"有疑而作"，以解决有价值的问题为目的，以研究的有效性为原则。司法改革，将"疑罪从无"作为刑事诉讼制度中一项重要的司法原则，即在不能证明被告人有罪、又不能证明被告人无罪的情况下，推定被告人无罪。而唐诗研究，也应该有推定，应该是"疑案从有"的推定思路，即一时拿不出否定意见而又无法实证其有无的，而推定其有。事实上，不是古人说的都是正确的，古人做出来的学术见解，也仅是一家之言，抑或还没给出充分的学术材料，甚至还是个臆测性的学术误判，也不是所有的纸本文献，都可能有地下出土文献来作二重、三重的补正，不是所有需要考定的文本都可以追溯到源头的。事实上，我们所认定或维护的不少的学术结论，也还是无实证或证据不足的悬想，而让我们在以"疑案从有"的思维在维系。胡适先生在"五四时期"就提出了"大胆假设，小心求证"的观点，为人们提供了一种全新的研究问题、解决问题的思路。笔者研究唐诗，力求在材料和视角上出新，而当文献考证无能为力的时候，尝试着以审美细读的方法来解决问题，对需要解决的问题提出新的假设或解决的可能。

随着年龄的增长，愈多细读，也愈多见疑，而有了"见疑生新"的冲动，也有了"因疑生议"的著述。

真可谓：

> 结缘摩诘老来忙，勤插茱萸遍大荒。
> 身到水穷明进退，心随云起识行藏。
> 月圆自接桑榆影，日薄先赊星斗光。
> 命数逃乖唯读写，今生无悔客诗唐。

辛丑秋分于三养斋